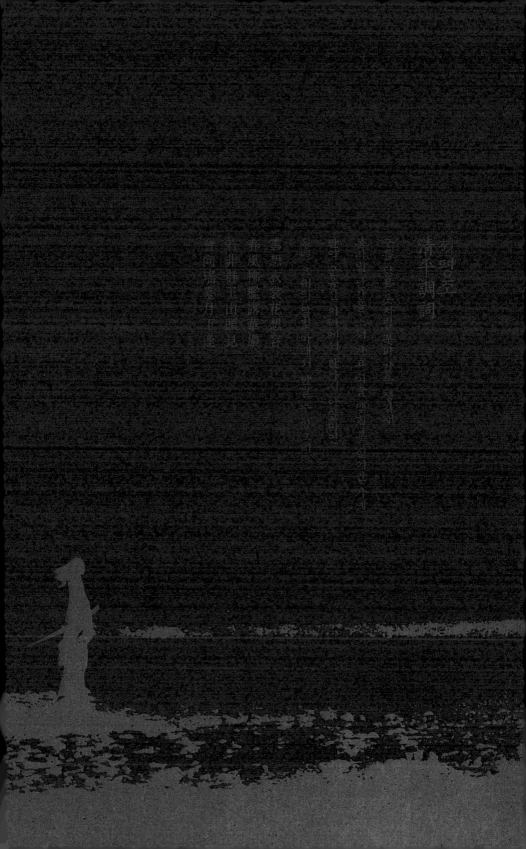

동백

송백 2

백준 新무협 판타지 소설

초판 1쇄 찍은 날 § 2005년 1월 10일
초판 1쇄 펴낸 날 § 2005년 1월 20일

지은이 § 백준
펴낸이 § 서경석

편집장 § 문혜영
편집책임 § 장상수
편집 § 유경화 · 서지현
마케팅 § 정필 · 강양원 · 이선구 · 홍현경

펴낸곳 § 도서출판 청어람
등록번호 § 제1081-1-89호
등록일자 § 1999. 5. 31
어람번호 § 제2-0506호

주소 § 경기도 부천시 원미구 심곡1동 350-1 남성B/D 3F (우) 420-011
전화 § 032-656-4452 팩스 § 032-656-4453
http://www.chungeoram.com
E-mail § eoram99@chollian.net

ISBN 89-5831-385-4 04810
ISBN 89-5831-383-8 (세트)

송백

松百

1부
魔道傳說
(마도전설)

2

백준 新武俠 판타지 소설

Fantastic Oriental Heroes

도서출판
청어람

|목차|

■제1장■

피 흘리는 곳

"하얏!"

두두두두두!

외침성과 대지를 흔드는 말발굽 소리가 천지를 진동하듯 울리고 있었다.

말들이 지나가면서 만들어내는 황토먼지가 마치 구름을 연상케 하듯 위로 올라가고 있었다. 그 사이로 수많은 말들이 달리고 있었다. 드넓은 평원을 가득 메우고 있는 말들은 그 수를 헤아릴 수 없게 만들었다. 엄청난 수의 말들이 달리고 있었다. 그 위에 올라탄 사람들의 수도 헤아릴 수 없을 만큼 많았다.

마상의 병사들의 손에는 도와 창들이 들려 있었으며, 가죽으로 된 갑옷을 대충 걸치고 있었다. 그들의 표정에는 비장함이 보였다. 그들의 시선 너머 지평선에는 수십의 흰 구름들이 위로 향하고 있었다.

두두두두!

희미하게 들리는 소리와 저 멀리서 피어나는 황토구름이 높은 구릉에 서 있던 장일의 눈에 들어왔다. 망을 보는 것이 그의 일이었다.

두두두두!

대지가 천천히 흔들리더니 황토구름 사이로 검은 인마들이 눈에 들어왔다. 순간 장일의 표정이 삽시간에 굳어졌다.

"북, 북을 울려라!"

장일이 소리치자 옆에 있던 병사가 재빠르게 움직이며 거대한 북이 울리기 시작했다.

둥! 둥! 둥!

정일관은 북소리에 밥그릇을 던지며 일어섰다.

"적이다!"

"오이라트의 기마병이다!"

여기저기에서 외침 소리가 터져 나오자 밥을 먹던 병사들이 무기를 챙기며 일어섰다. 정일관의 얼굴은 놀라고 있었다.

"모두 진정하라!"

정일관이 소리치자 장수들이 사방으로 뛰어다니며 병사들을 진정시켰다. 정일관은 투구를 쓰며 말 위에 올라탔다.

"포병은 앞으로! 궁병도 앞으로 돌리고 보병은 그 뒤에 선다!"

소리친 정일관은 막사를 뒤로하고 병사들의 앞으로 말을 몰아갔다. 곧 저 멀리서 피어나는 황토구름을 볼 수 있었다. 거대한 평원에 수십만의 병사들이 긴장한 표정을 한 채 서 있었다. 그 뒤로 기마병이 서 있었지만 그들은 움직일 생각이 없는 것 같았다. 이곳에서 기마병을 쓸 수는 없었기에 뒤로 뺀 것이다.

"소모전인가? 아니면 헛수작을 거는 것인가."

정일관은 굳은 표정으로 중얼거렸다. 어느새 다가왔는지 옆으로 장관영이 서 있었다.

"치고 빠질 것입니다. 저희는 대충 방어만 하면서 천천히 전진하면 될 것입니다."

장관영은 달려오는 말들의 모습을 바라보며 무겁게 말했다. 정일관도 같은 생각이었다. 하지만 기병이 한번 달려들면 피해도 클 것이다. 정일관의 안색이 어둡게 변하였다.

두두두두!

저 멀리 있던 새까만 그림자들이 어느새 점점 가까워지고 있었다. 거기에 따라 대지도 미미하게 떨리기 시작했다. 병사들의 얼굴에 땀이 배어 나왔다. 그만큼 중압감을 느끼고 있는 것이었다.

"화포를 발사하라!"

정일관의 명령에 붉은 깃발이 올라가며 정일관의 왼쪽에서 흔들렸다. 정일관의 왼쪽에 포와 궁, 그리고 화총수들이 있었다.

쾅! 쾅! 쾅!

수백의 포문이 불을 뿜으며 화탄이 날아갔다.

콰콰쾅!

저 멀리서 폭발이 일어나며 수십의 기병이 말과 함께 쓰러져 갔다. 하지만 몽고군은 멈추지 않고 달려들었다. 시체가 생기면 그 위를 밟고 달려들었던 것이다.

쾅! 쾅!

또다시 화포가 불을 뿜었다. 땅이 파이며 비명성과 함께 몽고군들이 쓰러졌으나 그들의 말은 멈출 생각이 없는지 계속해서 달려들었다. 그 모습에 병사들의 표정이 점점 어둡게 변하였다.

정일관은 이를 강하게 물어야 했다. 기세에서 밀리기 시작한 것이다. 그 순간에도 기마병들은 점점 가까워지고 있었다.

"화총수와 궁수는 무엇을 하느냐! 마구 쏘란 말이다!"

정일관이 소리치자 왼편에 몰려 있던 궁수와 화총수들이 일제히 앞으로 나오며 화살과 총을 발사했다.

쐐아아아!

하늘에서 수만 개의 화살비가 몽고군에게 떨어져 내렸다. 하지만 몽고군의 기병들은 더욱 빠르게 달려들 뿐이었다. 사람들의 얼굴에 담긴 긴장감이 점점 고조되었다.

두두두두!

점점 진동이 가까워지며 그들이 서 있던 땅이 떨리기 시작했다. 정일관은 검을 꺼내 들며 말에 힘을 주려 했다. 진격하려는 것이었다. 순간 가장 앞서 달려들던 말이 방향을 꺾으며 궁수들과 화총수들에게 달려들었다. 그 뒤를 이어 수만의 기병들이 정일관의 왼편으로 꺾어 들어갔다. 희뿌연 황토바람이 정일관에게 몰려들었다.

"이런!"

삽시간에 일어난 변화였다. 정일관의 표정이 굳어졌다. 표정이 굳어지는 사이 가장 앞서 달리던 말이 궁수들의 머리를 밟으며 뛰어들었으며 그 뒤를 수만의 기마병이 뛰어들어 왔다. 삽시간에 비명성과 요란한 병장기 부딪치는 소리가 아우성쳤다. 진형을 미처 다 갖추기도 전이라 왼편은 아수라장이 되고 말았다.

"죽여 버려!"

"한 놈도 살려두지 마라!"

정일관이 외치며 달려들자 수만의 병사들이 몽고군의 측면으로 파고들어 갔다. 삽시간에 평원은 비명과 시체들로 변해가고 있었다.

"빌어먹을!"

정일관은 투구를 던지며 숨을 몰아쉬었다. 너무 방심했던 것이다. 옆에 서 있던 병사가 투구를 손에 쥐었다. 정일관의 눈에 비친 것은 수많은 시신들이었다. 말들과 뒤섞인 사람의 시신들과 핏물이 사방으로 거대하게 펼쳐져 있었다. 그 참담한 모습에 누구도 입을 여는 사람이 없었다.

피에 젖은 사람들이 여기저기 눈에 띄었다. 정일관의 갑옷도 피로 얼룩져 있었다. 정일관은 거칠게 숨을 몰아쉬며 핏빛 눈동자를 빛냈다.

"개자식들!"

정일관이 크게 외치며 숨을 몰아쉬자 모여 있던 병사들도 거친 표정을 지었다. 장관영을 비롯한 몇몇 장군이 다가왔다. 그들도 피에 젖어 있었다. 정일관이 그들을 바라보며 말했다.

"전진한다."

정일관은 빠르게 말하며 한쪽에 놓여 있던 말 위에 올라탔다. 그 옆으로 투구를 주운 병사가 다가왔다. 정일관이 병사의 손에 들린 투구를 받아 들었다. 병사의 옷도 피에 젖어 있었다.

"복수해야겠지?"

병사는 정일관의 말에 놀라 눈을 들다 황급히 숙이며 외쳤다.

"넵!"

정일관은 고개를 끄덕이며 투구를 썼다.

"이곳을 벗어나자."

장수들이 정일관의 뒤를 따르며 남아 있던 병사들 역시 이동을 시작했다. 병사들의 표정은 한결같이 굳어 있었으며 눈동자에는 지금까지와 다른 이질감이 담겨 있었다.

"피해 상황은?"

"화포의 사분지 삼이 사라졌습니다. 화총수도 대다수 죽고 궁수들도 피해가 심각합니다. 총 팔만의 병력이 죽거나 다쳤습니다. 적은 칠만의 기병이었습니다. 그들이 노린 것은 화포였고, 모여 있는 화탄을 터뜨리는 바람에 더욱 많은 피해가 생겼습니다."

정일관의 물음에 장관영이 빠르게 답했다. 그러자 옆에 앉아 있던 사십대 초반의 남신도가 짧은 수염을 쓰다듬으며 말했다.

"오히려 이것이 전화위복이 될지도 모릅니다."

"무슨 말인가?"

정일관이 묻자 남신도가 대답했다.

"그들의 기습으로 피해는 컸지만 그만큼 병사들의 사기는 올라갔습니다. 악에 받친 그들의 표정과 복수해야 한다는 병사들 간의 말이 크게 사기를 올리고 있습니다. 이대로 빠르게 진군해야 합니다. 적도 많은 피해를 당했습니다. 그것을 인지해야 합니다."

"알고 있다."

정일관은 고개를 끄덕였다. 장관영이 다시 말했다.

"기병의 피해를 무릅쓰고 그렇게 덤빈 이유는 화포의 수를 줄이려는 속셈 때문이었습니다. 치고 빠지는 전술 같은 것을 쓸 리가 없지요. 더욱이 갑작스런 기습이라니… 허를 찔렸습니다."

정일관은 고개를 끄덕이며 말했다.

"초병을 전진 배치시키고 적의 기습에 빠르게 대처할 수 있도록 병사들에게 일러둬라. 그리고 번은 사 교대로 서게 하고 야습도 조심하라."

"예."

모두 대답하자 정일관이 다시 말을 이었다.

"해류도에 도착하는 순간 돌격할 것이다. 그리 일러두도록."

"알겠습니다."

모두 막사를 빠져나갔다. 남은 것은 정일관 한 명이었다. 정일관의 가슴은 크게 요동치고 있었다.

두두두두!

수만 기의 말들이 천천히 전진하고 있었다. 그들이 남기는 황토바람이 사라질 때쯤 송백의 모습이 나타났다. 그 뒤로 많은 인마들이 열을 지으며 천천히 전진하고 있었다.

송백은 주변을 살펴보다 왼쪽으로 구릉들이 이어져 있자 남전에게 고개를 돌렸다.

"몇 명을 보내 주변을 수색하게. 너무 멀리는 가지 말고."

"예."

남전이 대답하며 뒤에 있던 병사들에게 지시했다. 그러자 조전운이 몇 명을 왼편으로 보냈다. 조전운이 볼 때도 왼편의 구릉들은 의심이 드는 지역이었다.

얼마 동안 앞으로 전진하자 조전운이 다가왔다.

"아무도 없답니다."

송백은 고개를 끄덕였다. 아무도 없다면 다행이기 때문이다. 몽고군이 이곳으로 오는 자신들을 발견하면 기습을 해올 것이 분명했다.

얼마 지나지 않아 앞쪽에서 몇 필의 말들이 달려왔다.

"이곳에서 밤을 보낸다고 합니다."

전할 말을 전했는지 말들은 기수를 돌리며 앞으로 전진했다.

"바람을 피할 수 있는 장소에 막사를 치고 불을 피우게."

남전과 조전운이 송백의 명령을 전달하자 병사들이 기분 좋은 말들을 서로 전하며 말에서 내렸다. 아닌 게 아니라 추웠던 것이다.

다음날 아침이 되자 송백을 반긴 것은 강한 황토바람이었다. 몇 개의 막사가 바람에 날아갔다. 강하게 부는 바람 때문에 전진하는 속도가 늦어지고 있었다. 또다시 하루가 그렇게 흘러가고 있었다.

"저쪽에 높은 언덕이 있는데 그 밑으로 들어가야 할 것 같습니다."

조전운이 다가와 말하자 송백은 말의 머리를 그리로 돌렸다. 그 뒤로 병사들이 따라갔다. 그곳에 당도하자 강한 바람이 없어지고 약간의 따뜻한 기온이 감돌았다.

"이곳에서 오늘을 보내야겠지."

"예."

"가서 정팔삼을 불러오게."

"예."

조전운이 대답하며 병사들에게 야영을 명령했다. 모두들 바쁘게 움직였다. 곧 남전이 다가와 말했다.

"이럴 줄 알았으면 무관은 안 할 것을… 잘못한 것 같습니다."

"전에는 후회 안 한다고 하시더니……."

조전운이 어느새 다가와 웃으면서 말했다.

"이렇게 춥고 배고파서야 원……."

남전이 말하자 정팔삼이 다가왔다. 그 옆으로 같은 조인 노호관과 공노가 따라왔다. 송백의 시선이 그들에게로 향했다. 그러자 노호관이 미소 지었다.

"지키라고 해서 말입니다."

"잘하고 있군."

송백은 말을 하며 정팔삼을 바라보았다.

"우리가 얼마만큼 왔지?"

정팔삼은 주변을 둘러보더니 바로 말했다.

"이제 절반 정도 온 것 같습니다."

송백은 고개를 끄덕였다. 그런 송백의 표정은 굉장히 굳어 있었다.

"이 상태로 바람이 계속 불면 우리는 쌓여 있는 시체만을 보게 되겠지."

평원에서 약간 솟아오른 구릉, 그런 구릉이 다시 평평하게 사방에 뻗어 있다. 그래서 그곳은 해류도다. 평원에 떠 있는 섬. 그 해류도를 둘러싸고 굵은 나무들로 목책을 쌓아놓고 있었다. 그 위에 높은 망루도 세워져 있었으며 십여 개의 문이 중간중간에 닫혀 있었다.

쾅! 쾅!

콰콰쾅!

화포 소리가 요란하게 울리며 왼쪽의 목책이 부서져 나갔다. 하지만 그것이 전부는 아니었다.

"우와아아아아!"

드높은 함성 소리와 지축을 울리는 사람들의 발소리. 수만의 사람들이 앞으로 달리기 시작했다. 순간 높은 망루에서 징이 울리며 사방의 문이 열렸다.

두두두두두!

문이 열리자 기다렸다는 듯이 기마병들이 튀어나와 보병의 숲으로 파고들어 갔다. 한순간에 아수라장이 되었다. 그때를 기다렸다는 듯 달려드는 보병의 양쪽 옆에서 갑주를 걸친 기마병들이 튀어나와 몽고군의 숲으로 뛰어들더니 열려 있는 문 안으로 뛰어들어 가기 시작했다.

"모두 죽여! 죽이란 말이다!"

정일관은 소리치며 자신의 앞으로 달려드는 기마병의 안면을 향해 창을 휘둘렀다.

퍼퍽!

창대로 치는 순간 떨어지는 기병의 몸에 보병의 창날이 박혔다.

쾅! 쾅!

콰콰콰쾅!

"으아악!"

"크악!"

뒤에서 느릿하게 다가오던 화포들이 목책을 부수기 위해 화탄을 발사했다. 그 바람에 목책은 부서졌지만 아군들이 피를 토하며 튕겨져 나갔다. 그렇지만 아무도 탓하는 사람이 없었다. 부서져 내리는 목책을 향해 병사들이 집중적으로 달려들기 시작했다. 그렇게 목책이 서서히 무너지기 시작했다.

"와아아아아!"

함성 소리는 여전히 계속 되었으며 병사들이 안으로 뛰어들기 시작했다. 그 순간 목책과 오십여 장 떨어져 모여 있던 몽고군들 사이에서 화살이 비 오듯 쏟아져 내렸다.

쉬이이익!

퍼퍼퍼퍼퍽!

비명 소리가 울리며 사람들의 신형이 뒤로 튕겨져 나갔다.

"멈추지 말고 달려!"

정일관은 병사들에게 소리치며 앞으로 나갔다. 또 한 번의 화살비가 쏟아져 내렸으나 이미 기세가 오른 병사들을 막을 수는 없었다.

"으아아아!"

병사들이 악에 받친 소리를 토해내며 앞으로 달리기 시작했다. 그러자 몽고군도 기다렸다는 듯이 달려나왔다.

퍼퍼퍽!

서로가 맞부딪치며 기이한 소리가 사방으로 울렸다. 그것은 인간이 만들어내는 고통과 악성이었으며 뼈가 갈리는 소리였다.

"저마다 사연이 있고, 저마다 살고 싶은 생각이 있었겠지. 그런 것이 없는 사람이 어디 있겠나. 단지… 재수가 없었을 뿐이야."

그의 머리 속에 문득 오래전에 친구와 나누었던 이야기가 떠올랐다.

"크큭."

헝클어진 머리카락이 마치 미친 사람의 머리처럼 바람에 휘날렸다. 입고 있는 갑주는 피에 젖었으며 양손은 묶여 있었다. 그 좌우로 두 명의 몽고군이 그를 끌고 있었다. 입에서는 연신 실없는 웃음소리가 흘러나왔다. 순간 두 명의 몽고병은 그를 밀었다.

털썩!

그의 헝클어진 머리카락 사이로 눈이 빛났다. 그의 옆에 누워 있는 시신 때문이다. 억울한지 눈은 떠져 있었으며 목에 난 구멍에서는 흉물스러운 검은 핏물이 흘러나오고 있었다.

"관영, 너도 죽었나. 크큭."

그의 입에서 또다시 미친 듯한 웃음소리가 흘러나왔다. 순간 두 명의 몽고병이 그의 어깨를 눌렀다.

퍽!

이마가 땅에 부딪쳤으나 그는 곧 고개를 들었다. 그런 그의 눈앞에 두 개의 발이 보였다. 다른 몽고군과 다를 게 없는 모습이었다. 하지만 그 뒤로 의자가 놓여져 있었다. 앉아 있는 것이다.

"중원의 개."

유창하지는 않지만 분명히 알아들을 수 있는 말이었다.

"개는 우리가 잘 죽이지."

미소. 그가 볼 때 그것은 미소였다. 강인한 인상의 몽고군은 미소를 그리고 있었다. 그리고 왼팔은 잘린 듯 천에 감겨 있었지만 얼굴만은 고통보다 미소가 있었다. 그것은 승리의 미소였다.

"타자르!"

새벽의 안개가 걷히며 저 멀리 해류도의 목책이 보이기 시작했다.

"헉!"

왕청은 안개가 걷히자 놀란 눈으로 해류도의 앞을 바라보았다. 그곳에 누워 있는 시신들 때문이다. 피는 흘러내려 얼어붙었고 사람들의 얼굴에는 서리가 앉아 있었다.

"으, 으."

왕청의 신형이 저절로 떨리기 시작했다. 그렇다고 멈출 수는 없었다.

둥! 둥! 둥!

저 멀리 해류도에서 북소리가 울리기 시작했다. 그것은 적이 왔다는 신호였다.

"이럴 수가… 이럴 수가……."

왕청은 멍한 눈으로 사방을 둘러보고 있었다. 왕청은 그저 믿을 수 없다는 듯한 눈으로 사방을 보고 있을 뿐이었다.

그런 마음은 병사들도 마찬가지였다. 병사들의 사기는 더욱 떨어졌다. 시신들을 보는 그들의 몸은 서서히 떨리기 시작했다. 끝을 알 수 없을 만큼 해류도의 평원은 시신들로 가득 덮어 있었다.

"저희가 너무 늦었습니다."

그 옆으로 송백이 다가왔다.

"닥쳐!"

왕청은 지금 아무것도 들리지 않았다. 그저 송백의 말 역시 욕으로 들릴 뿐이었다. 그것은 자신이 늦어서 생긴 일이라는 자책감으로 생긴 감정이다. 송백은 고개를 저으며 목책을 바라보았다. 좌우로 크게 뚫려 있었으며 작게 허물어진 곳도 군데군데 보였다. 치열함을 느끼게 해주는 모습이었다.

"우리는 오른쪽으로 들어간다."

"예?"

남전은 송백의 말에 놀란 표정을 지었다. 모두 질렸기 때문이다. 이런 상태로 적에게 달려가리라고 생각한 사람은 아무도 없었다. 하지만 송백은 무심한 표정으로 말하며 앞으로 천천히 걷기 시작했다.

그때 병사들의 입에서 소용돌이치는 소음이 발생했다.

송백은 말을 멈추며 앞쪽을 바라보았다. 해가 뜨면서 안개가 사라지자 부서진 목책의 모습이 확연하게 들어왔다. 그 위로 중원의 병사들이 일제히 고개를 내밀었다. 모두 포로들이었다.

"살려주시오!"

"살려줘!"

그들의 입에서는 커다란 외침이 터져 나왔다. 그것을 바라보는 병사들의 혼란은 더욱 커져 갔다. 송백은 인상을 찌푸렸다. 악수를 두었기 때문이다. 그 순간 송백의 눈이 떨리기 시작했다. 중앙의 목책에 서 있는 인물 때문이었다.

"나는 정일관이다!"

커다란 외침이 사방으로 퍼져 나갔다. 순간 왕청을 비롯해 병사들의 눈이 커졌다.

"장군님!"

왕청은 너무도 놀라 정일관의 모습을 바라볼 뿐이었다. 송백은 무심하게 눈을 빛내며 정일관을 바라보았다.

"제가 배운 것은 승리하는 방법뿐입니다."

"후훗, 그런가? 그렇다면 내가 승리를 위해 자네보고 죽으라 명령한다면 그렇게 할 텐가?"

"그렇습니다. 승리를 위해서라면 기꺼이."

"하하하하! 멍청하군. 승리를 위해서 내가 그런 명령을 내릴 것 같나. 유능한 장수 한 명은 십만의 병사보다 귀중하네. 하지만 내가 죽어 승리할 상황이 온다면 기꺼이 죽어주지."

"죽으십시오."

송백은 무심하게 중얼거렸다. 그 말을 들은 남전의 눈동자가 커졌다. 송백이 정일관을 바라보며 말했기 때문이다.

정일관은 멍하니 앞을 바라보았다. 흐릿한 시선 너머로 수많은 말들과 병사들이 보였다. 모두 자신의 병사들이었다. 죽었다고 생각했던 놈들이 살아서 이곳에 와 있었기에 즐겁기만 했다. 정일관은 그들을 위해 최선의 선택을 해야 했다. 곧 거대한 목소리로 튀어나왔다.

"너희들에게 명령한다!"

정일관은 소리치며 앞으로 한 발 나섰다.

"기필코 이겨라!"

거대하게 외친 정일관은 땅을 바라보았다. 수많은 시신들이 그의 눈앞에 펼쳐져 있었다.

'옥지.'

순간 정일관의 몸이 목책을 차며 바닥으로 떨어져 내렸다. 머리가 땅으로 향하는 그의 눈이 저 멀리 서 있는 자신의 병사들에게 향하고 있었다.

'이겨…….'

퍽!

"으아아아아!"

왕청의 입에서 괴성이 터져 나오고 눈동자에 핏발이 돌았다. 그 뒤를 이어 목책에 서 있던 병사들이 따라 자결했다. 그 모습에 병사들의 눈동자도 붉게 물들었다.

"무엇들 하느냐! 돌격하라!"

왕청은 괴성과 함께 시체들을 밟으며 달려나갔다. 그 뒤를 이어 병사들이 달려나갔다.

"우와아아아!"

함성이 메아리치며 병사들이 달려나가자 송백도 말을 몰았다.

"모두 오른쪽으로 진격한다!"

송백은 외침과 함께 가장 먼저 창을 세우고 달려들었다.

"우아아아아!"

부서진 목책들 사이에서 몽고의 병사들이 뛰어나오기 시작한 것은 함성과 함께 달릴 때였다. 송백의 눈동자도 붉게 달아올랐다.

"죽이는 거다! 어차피 죽고 죽이는 세상이 우리의 세상이다."

"와아아아!"

함성을 외치며 병사들의 창날이 송백의 말을 향해 쏟아져 들어왔다. 순간 송백의 양손에 힘이 들어가며 창날이 강하게 회전했다.

콰쾅!

시체가 찢어지며 삽시간에 다섯 구의 시신이 피를 뿌리고 사라졌다.

퍼퍽!

"크아아악!"

송백의 창이 여지없이 회전하며 달려들던 병사들의 몸을 난자했다. 그 뒤로 수많은 인마들이 달려들고 있었다. 송백은 눈앞에 달려드는 몽고병을 향해 창날을 위로 세웠다.

쉬아악!

"더럽고 더러운 인생이지. 그 더러운 인생에 종지부를 찍어주는 거야."

퍽!

피가 튀어오르며 말과 송백의 안면을 적셨다. 하지만 멈출 수는 없었다. 어느새 목책을 넘어 거대한 평원으로 들어와 있었다. 그 뒤로 수많은 파오들을 늘어서 있었다.

퍼퍼퍽!

순식간에 두 명을 찍어누르던 송백의 말이 비명을 토하며 옆으로 쓰러졌다. 송백은 재빠르게 뛰어내려 창대를 옆으로 돌렸다. '쉬아악!' 거리는 바람 소리와 함께 창날이 몽고병의 가슴을 베고 지나갔다. 순간 하나의 도끼가 왼쪽에서 찍어내려 왔다. 송백은 양손으로 창대를 잡고 위로 올렸다.

깡!

강한 압력으로 내리누르는 힘에 송백의 신형이 뒤로 밀렸다. 순간 하나의 도가 도끼를 든 몽고병의 머리에 떨어졌다.

퍽!

피가 송백의 몸에 뿌려졌다. 조전운이었다. 하지만 서로를 볼 시간이 없었다. 적이 계속해서 달려들었기 때문이다. 송백은 창날을 세우며 앞으로 휘둘렀다.

"오로지 죽이면서 앞으로 나가는 거다. 이런 더럽고 미친 세상에 태어난 너희 같은 짐승들을 저주한다고."

"크아아악!"

"아악!"

송백의 옆으로 수많은 병사들의 비명성과 어지러운 말들의 울음소리와 사람의 울음소리가 울렸다. 송백은 자신에게 달려드는 병사를 향해 무심하게 창날을 찔러갔다.

픽!

또 하나의 짐승이 쓰러졌다. 송백은 투명한 눈동자를 굴리며 무언가를 찾고 있었다. 그곳에 남전의 모습이 들어왔다.

"으아아아!"

남전의 외침이 울리며 몽고병의 가슴에 구멍이 뚫렸다. 그와 동시에 남전의 말이 도끼에 찍히며 남전의 신형이 쓰러졌다.

쉬아악!

기다렸다는 듯이 도끼가 바람을 가르며 남전의 머리를 향해 내려왔다.

퍼퍽!

피가 튀어오르며 도끼가 힘없이 땅으로 떨어져 내렸다. 그 옆으로 송백의 창이 몽고병의 머리에 두 개의 구멍을 만들었다.

쉬아아악!

어디서 날아오는지 모를 창날이 송백의 눈앞에 아른거렸다. 순간 송백의 양손이 빠르게 움직였다.

까가강!

"죽여! 그리고 말하는 거다, 살기 위해 죽인 것이 아니라 죽고 싶어 죽이는
거라고."

"크아아악!"
누구의 비명성인지 모를 강한 소리가 울려 퍼졌다. 송백의 창이 그
림자를 만들어내며 앞으로 찔러가고 있었다.
퍽!
"크악!"
송백은 차가운 눈으로 주변을 둘러보다 눈을 부릅떴다.
"으아악!"
비명성이 울리며 두 명의 아군이 쓰러졌다. 그 뒤로 남전이 달려들
었다. 거대한 덩치와 양손에 든 박도는 아군을 유린한 듯 그의 주위에
는 아군의 시체가 쌓여 있었다.
"피해!"
송백은 소리치며 앞으로 달려들었다. 순간 무심하게 움직이는 하나
의 도가 남전의 옆구리로 파고들었다.
퍽!
송백의 눈동자가 커졌다.

"그리고 외치는 거다, 제발 나를 죽여달라고!"

"으아아아아!"
송백의 입에서 광소성이 터져 나오며 몽고군을 향해 달려들었다.
쉬아악!

강한 바람과 함께 송백의 창날이 회전하며 몽고군의 어깨에 박혀들었다. 몽고병의 입에서 비명이 터져 나왔으나 송백은 그대로 앞으로 밀어버리며 달려나갔다.

"으아아!"

악에 받친 외침을 터뜨리며 달려나가던 송백은 창날을 뺀 후 다시 복부로 찔러 넣었다.

퍼어억!

강하게 찔린 창날이 등으로 빠져나오자 상대의 육신이 창대의 중간까지 다가왔다. 그 기세에 주변에 있던 몽고병들이 기가 질린 듯 물러섰다.

순간 수많은 병사들이 송백의 뒤를 이어 함성을 지르며 달려들었다. 쓰러진 남전의 육신도 달려드는 병사들의 발 그림자 사이로 사라져 갔다.

뚝! 뚝!

송백의 손에 쥔 창날에서 쉬지 않고 피가 흘러내려 걸어가는 땅에 점을 만들어내고 있었다. 오른팔에서 흘러내리는 핏물이 쉬지 않고 창대를 타 내리고 있었다.

송백의 눈에는 몇 장 앞에 놓여진 거대한 파오가 들어와 있었다. 그 주변으로 몽고병들이 있었지만 송백이 다가가자 뒤로 물러서고 있었다. 순간 좌우에서 날아든 병사들의 창날이 몽고병을 죽여갔다. 피가 튀어오르고 비명이 울렸지만 송백의 눈과 귀에는 들어오지 않았다.

스륵.

파오의 문을 위로 들어 올리는 순간 반짝이는 물체가 송백의 복부로 날아들었다. 너무도 급작스럽게 일어난 일이었다.

퍽!

무심하던 송백의 눈동자가 미미하게 떨리기 시작했다. 그것은 창대를 잡고 있는 양손이 너무도 작은 손이었기 때문이다. 송백은 가만히 상대를 바라보았다. 머리를 길게 기른 여자 아이였다. 이제 겨우 열두세 살 정도로 보이는 아이였다. 아이는 울고 있었다.

"……."

송백은 가만히 아이의 얼굴을 바라보다 창대를 뒤로 뺐다.

"커어억!"

입에서 피를 토한 아이의 눈이 뒤집어지며 쓰러졌다. 송백의 시선은 뜨거운 김을 뿌리고 있는 자신의 창대로 향하고 있었다. 붉게 물든 창대는 수증기를 만들고 있었다. 송백은 파오의 안으로 들어섰다.

"중원의… 개."

송백은 어둠 속에서 들려온 말소리에 시선을 들었다. 그의 앞에 의자에 앉은 거대한 덩치의 인물이 보였다. 왼팔은 잘려 있었고, 오른 다리 또한 잘린 듯 피를 흘리고 있었다. 오른 다리는 금방 잘린 듯 보였다.

"피는 물보다 진하지. 하지만 물은 사라지지만 피는 굳어버린다."

어색한 음성이었다. 하지만 확실히 알아들을 수 있는 말이었다. 송백은 무심하게 앞으로 한 발 다가섰다. 그것을 바라보는 몽고병의 표정은 까맣게 굳어졌다.

"많으면 많을수록… 죽고 죽어나가는 만큼……."

송백은 몽고병을 바라보며 창대를 쥔 손에 힘을 주었다.

"우리의 굳건함은 더욱더 단단해질 것이다."

송백은 다시 한 발 앞으로 나섰다.

"언젠가… 반대가 되는 세상이… 올 것이다."

몽고병이 송백을 바라보았다.

"그때는 개가 아닌 사람으로 살게 되겠지."

무언가를 생각하는 듯 몽고병의 초점이 조금씩 흐려지고 있었다. 그런 그의 시선이 멀리 아주 멀리 허공을 응시하였으며 입가엔 자그마한 미소가 걸렸다.

"그런 날이 올 것이야. 그렇게 생각하지 않나?"

쉬아악!

순간 송백의 오른손이 어둠을 가르며 빠르게 움직였다.

픽!

송백은 땅으로 떨어진 둥근 물체를 바라보며 신형을 돌렸다.

"나도 모르오."

금색 보자기에 싸인 나무 상자가 송백의 옆에 놓여 있었다. 송백은 자신의 손을 바라보았다. 피에 젖은 손에선 아직도 뜨거운 기운이 올라온다고 생각되었다. 하지만 식어버린 손이었다. 송백은 조용히 숨을 내쉬었다. 그 옆으로 조전운이 다가왔다.

"일단주는 전사하셨답니다. 현재 이단주께서 정리하고 계십니다. 일단은 괴멸된 상태이고, 사단만이 별 피해가 없었습니다. 뒤에서 지켜보다가 뛰어들었기 때문입니다."

조전운은 인상을 찌푸리며 말했다. 화가 났기 때문이다. 송백은 그저 고개만 끄덕였다. 어떻게 보면 비겁할 수도 있었지만 상황을 관찰하면서 나선 것은 이단뿐이라고 여겼다. 이미 오이라트 군이 대다수의 병력을 잃어버렸기 때문에 예상보다 빨리 끝낼 수 있었다.

"그래도 온전한 정신을 가진 자는 이단주님뿐인가."

송백은 중얼거리며 조전운을 향해 말했다.

"남전은?"

"상태가 위독하나 목숨은 건졌습니다."

송백은 가만히 숨을 내쉬며 고개를 끄덕였다.

"잘됐군."

송백이 조용히 말하자 조전운은 미소 지었다. 그래도 이겼기 때문이다.

"단주님이 무사하셔서서 다행입니다."

"자네도."

송백이 말하자 조전운은 웃어 보였다. 그 옆으로 홍이식이 다가왔다. 전신에 피를 칠한 그는 송백이 앉아 있자 만면에 미소를 그렸다. 그 뒤로 몇 명의 살아 있는 대주들이 나타났다. 그들의 얼굴에는 미소가 걸려 있었다. 그제야 송백은 깊게 숨을 몰아쉬었다.

"살아 있었군."

대주들과 이야기하던 송백은 옆에서 들려오는 말소리에 고개를 돌렸다. 그곳에는 장여상이 서 있었다. 그러자 대주들이 인상을 찌푸리며 물러섰다.

"운이 좋았습니다."

"전쟁을 운으로 이기나?"

장여상은 말을 하며 미소 지었다. 송백은 옆에 있던 상자를 장여상의 앞으로 내밀었다.

"타자르입니다."

장여상의 얼굴이 굳어졌다. 이것을 받아야 하는지에 대한 생각 때문이다. 하지만 이내 손을 내밀어 상자를 받아 들었다.

"자네의 공이 크네."

송백은 그저 말없이 서 있었다. 곧 장여상의 표정에 여러 가지 복잡한 생각이 지나쳐 갔다. 장여상의 마음을 모르는지 송백은 다시 말했다.

"병사들은 이곳을 벗어나고 싶어합니다."

"그렇겠지. 이곳에 비하면 중원은 천국과도 같은 곳이니."

장여상을 말을 하며 고개를 끄덕였다. 하지만 어색함은 사라지지 않았다. 결국 장여상은 결심했는지 인상을 굳히며 송백에게 말했다.

"자네에게 말할 게 있네."

"무엇입니까?"

"폐하께서 돌아가셨네."

"……!"

여기저기서 놀란 음성이 흘러나왔다. 날벼락 같은 말이었기 때문이다. 송백의 표정도 크게 움직였다.

"나도 좀 전에 들었지. 하지만 문제는 그것이 아니야. 자네도 알다시피 황제 폐하께서 안 계신 조정은 복잡한 권력 싸움으로 피를 부르지."

송백의 표정이 더없이 경직되었다. 그것을 읽은 장여상이 다시 말을 이었다.

"이 기회를 빌미로 제독 태감인 장마소가 동방 장군님을 죽이려 하네."

송백의 전신이 미미하게 떨렸다.

"창평성이 위험하네."

장여상의 말이 끝나자 송백은 신형을 돌렸다.

"말을 가지고 와라."

송백의 명령에 놀란 홍이식이 빠르게 움직여 말을 가지고 왔다.

"뒤는 내가 알아서 하지."

장여상이 송백을 향해 말했다. 송백은 가볍게 고개만 숙여 보였다. 곧 조전운을 향해 송백이 말했다.

"모두 장 단주님의 명령에 따라 귀환한다."

"하지만 단주님!"

조전운이 급하게 말 위에 올랐다. 그 뒤로 여러 명의 대원들이 말 위에 올라타며 송백의 앞을 막았다.

"저희도 가겠습니다."

홍이식이 말하자 송백은 인상을 찌푸렸다. 그러자 장여상이 소리쳤다.

"이미 동방 장군과 일가족은 물론 구족을 멸한다고 하였다. 송 단주는 동방가의 양자이다. 그래도 돕고 싶나? 돕는 순간 모두 죽을 것이다!"

장여상의 외침에 일순간 소란스러움이 퍼졌다. 하지만 조전운은 송백의 옆으로 말을 몰아 다가섰다.

"우리 삼단은 단주님을 따라 소성으로 귀환한다. 빨리 준비해라! 지금 바로 떠날 것이다!"

조전운이 외치자 삼단의 대원들이 소리 지르며 준비하기 시작했다.

"소성까지라도 같이 가겠습니다."

송백은 조전운의 말에 고개를 끄덕였다. 지금은 그렇게 해야 할 것 같았다. 혼자 소성까지 가기에는 너무 멀었고 힘든 길이었기 때문이다. 그것을 잘 아는 조전운이 도와준 것이다.

■제2장■

살고자 한다

　밝은 실내의 상석에는 장마소가 앉아 있었다.

　"동방천후가 창평성에 들어갔다는 보고입니다."

　장마소의 앞에 부복하고 있던 복면인이 말하자 장마소는 차갑게 미소 지었다.

　"그래? 그렇다면 슬슬 움직여야 하겠지?"

　"물론입니다."

　복면인이 대답하자 장마소가 옆에 놓인 차를 한 모금 마시며 천천히 말했다.

　"경군을 보낼 터이니 너는 동방천후의 집으로 가 목을 가지고 오너라. 물론 그 집의 계집과 양자도 있을 것이다. 아, 양자는 전쟁터에 가 죽었나? 그럴지도 모르겠군. 한 가지 주의할 것은 동방천후의 무공이다. 조심해서 잡게."

"알겠습니다."

복면인이 대답하며 사라지자 장마소는 자리에서 일어섰다. 오늘따라 유난히 기분이 좋았다.

'며칠 뒤면……'

장마소는 입가에 저절로 미소가 어리자 참지 못하고 웃음을 흘렸다. 며칠 뒤면 드디어 나라가 자신의 손에 들어오기 때문이다. 황제가 될 수는 없지만 그 뒤에서 실세를 잡고 흔들 수는 있다. 이제는 독보천하가 가능한 것이다. 그것을 생각하자 오금이 저릴 정도로 흥분되었다.

집으로 돌아온 동방천후는 심기가 불편했다. 사마중의 집이 불탔기 때문이다. 자신이 직접 조사했지만 이렇다 할 단서가 없었다. 내심 장마소를 의심하고 있었지만 물증이 없었다. 더욱이 황제가 없는 지금 어떻게 움직일 여건이 안 되었다.

그것이 가장 큰 문제였다. 장마소가 어떻게 해서든 움직일 것 같았기 때문이다. 그것이 자신의 목을 조이는 일이라고 생각지 못했지만 전쟁에 대한 무언가의 움직임을 느낀 것이다.

쉽게 졌다. 그것이 장마소를 의심하게 만들었다. 그렇게 쉽게 질 전쟁이 아니었기 때문이다. 그리고 이번 정벌의 밑으로 장마소와 몽고군과의 결탁을 조사하고 있었다. 그 중심에 사마중이 있었던 것이다.

"휴우."

동방천후는 깊게 숨을 내쉬었다.

"무슨 일이세요?"

동방천후는 방 안으로 들어서는 백의녀를 바라보자 곧 얼굴의 수심을 접으며 미소 지었다.

"리아로구나."

"한숨을 쉬시다니… 무슨 일이 있으신가요?"

동방리는 동방천후가 한숨 쉬는 일은 본 적이 드물기 때문에 물어본 것이다. 동방천후는 고개를 저었다.

"아무 일도 아니다. 그것보다 그동안 잘 지냈느냐?"

"예."

동방리는 애써 웃어 보였다. 혼자 보내는 시간이 많이 힘들었지만 동방천후의 앞이라 뭐라 할 수는 없었다.

"앉거라."

동방천후의 말에 동방리는 자리에 앉으려 했다. 그렇게 고개를 숙이는 순간 스르륵거리는 소리와 함께 목에 걸린 반쪽의 승룡패가 튀어나왔다.

"엇!"

놀란 동방리가 손으로 감싸며 재빠르게 옷 속으로 집어넣었다. 하지만 이미 동방천후는 그것을 보고 말았다. 동방리는 애써 무시하듯 시선을 돌렸다. 조용한 침묵이 이어졌다.

동방천후는 승룡패가 누구의 것인지 잘 알고 있었다.

"전쟁에 나간 사람이다."

"예."

동방리는 마치 죄라도 지은 표정이었다. 안색이 어둡게 변하였고, 동방천후의 목소리는 딱딱했다.

"그만 돌아가거라."

"예."

동방리는 고개를 숙인 채 조용히 자리에서 일어섰다. 동방천후는 고개를 돌렸다. 동방리는 다시 한 번 동방천후를 바라보았으나 느껴지는 싸늘함에 신형을 돌려야 했다. 문이 닫히며 동방리가 사라지자 동방천후는 깊게 숨을 내쉬었다.

"어리석은……."

동방리는 방 안에 앉아 승룡패를 만지작거리고 있었다. 하도 많이 만져 닳아 없어질 것처럼 손때가 묻어 있었다. 문이 열리며 유모가 들어왔다. 그러자 동방리의 표정이 밝아졌다.

"소식을 들었나요?"

동방리는 송백의 소식을 물은 것이다. 유모가 나간 것은 동방천후와 같이 온 병사들에게 변방에 대한 것을 묻기 위함이었다. 하지만 유모는 고개를 저었다.

"아무것도 듣지 못했습니다."

동방리는 힘없이 자리에 앉았다.

"그렇군요."

동방리는 우울한 표정으로 한숨을 내쉬었다. 유모는 그 모습에 걱정이 되는지 말했다.

"아가씨, 아무 일도 없을 것입니다. 전처럼 무사히 오실 테니 걱정하지 마시고 편한 마음을 가지세요."

동방리는 힘없이 고개를 끄덕였다. 잠시 동안 침묵이 이어졌다. 동방리는 탁자에 몸을 기대며 중얼거렸다.

"어릴 때는 이렇게 헤어지는 날들이 있을 거라고 생각지 못했어요."

동방리는 승룡패를 만지며 짧게 숨을 내쉬었다.

"그거 아세요. 송 가가… 변하는 거. 한 번씩 나갔다 오면 조금씩 변하고 계세요. 점점 멀어지는 기분이 들어요. 저는 변하는 게 아무것도 없는데… 이렇게 그대로인데……."

*　　　*　　　*

타다닥!

모닥불이 어둠을 밝히며 타올랐다. 타오르는 만큼 심장의 박동도 크게 움직이고 있었다.

"장마소, 그 새끼가 그럴 줄 알았습니다. 그 망할 새끼."

조전운이 뜨거운 화주를 건네며 말했다. 주변에 둘러앉아 있는 사람은 불과 네 명뿐이었다. 그중 홍이식과 노호관이 끼어 있었다. 노호관은 송백에게 돌아가도 된다는 말을 듣기 위해서 따라온 것이다. 공노도 끼어 있었다.

사실 소성에서 노호관과 공노, 정팔삼은 고향으로 돌아가도 된다고 말했다. 하지만 공노는 남았다. 갈 곳이 없었기 때문이다. 정팔삼은 좋아서 어쩔 줄을 몰라 하며 도망치듯 그곳을 빠져나갔다. 갈 때 송백은 정팔삼에게 큰돈도 주었다. 잘살 거라 믿었다.

"그놈이 죽인 사람들이 어디 한둘입니까? 자기가 지나갈 때 돌을 던졌다고 그 마을을 모두 태웠습니다. 남녀노소 할 것 없이 싸그리 잡아다가 태웠다고 합니다. 그 일은 아직도 화제가 되고 있습니다."

홍이식이 거들며 말했다. 소성을 빠져나온 지 벌써 삼 일째였다. 낮에는 전속력으로 달렸지만 아직도 창평까지 가려면 시간이 걸렸다. 송백의 마음은 급하기만 했다.

"내일은 모두 돌아가라."

송백은 조용히 말했다. 그러자 조전운이 미소 지었다.

"단주님을 버리고 어디로 가겠습니까?"

"자네는 돌아가야 하네. 집으로 가던가 아니면 삼단주가 되던가."

"이왕 휴가를 얻었으니 고향으로 돌아가는 것이 마땅하나 창평성에 놀러 가는 것도 좋겠지요. 저는 휴가를 즐기러 가는 것입니다."

"저도 그렇습니다."

조전운이 말하자 홍이식이 거들었다. 송백은 곧 품에서 두 개의 주머니를 꺼내 노호관과 공노의 앞에 던졌다. 노호관과 공노는 궁금한 표정으로 주머니를 열어보았다. 그곳에는 금자 몇 개와 은자들이 들어 있었다. 낮에 주루에서 전표를 바꾼 것이었다.

"선물이네. 내일 아침에 각자 알아서 떠나게나."

노호관은 잠시 돈과 송백을 번갈아 바라보다 품에 집어넣었다. 공노도 노호관을 따라 넣었다.

"그러지요."

노호관은 쉽게 대답했다.

"뭐, 돈이 있다면야 어디 가서 못살겠습니까? 하지만 저는 갈 데도 없습니다."

공노가 말하자 조전운이 말했다.

"강남으로 가게나. 그곳에 가면 살 곳이 있을 것이네. 평화로운 곳이니."

공노는 잠시 생각하는 표정을 지었다. 사실 돈 때문에 따라온 것이 아니기 때문이다. 하지만 노호관의 눈짓에 고개를 끄덕였다.

"그렇게 하지요."

다음날 아침이 밝아오자 송백은 서둘러 떠났다. 그 옆으로 조전운과 홍이식이 따랐다. 남은 사람은 노호관과 공노였다. 노호관은 멀어지는 그들을 바라보며 짧게 숨을 내쉬었다.

"어떻게 할 건데?"

공노가 물어오자 노호관은 담담히 말했다.

"돈도 받았으니 이 길로 고향으로 돌아가야겠지."

노호관은 말을 하며 멀어지는 송백의 그림자를 바라보다 아쉬운 듯 중얼거렸다.

"마음에 들었는데 말이야."

무엇이 마음에 들었는지 모르지만 노호관은 송백의 모습을 계속해서 바라보았다. 노호관은 고개를 돌려 공노를 바라보았다.

"어떻게 할 건데?"

공노는 쓰게 웃었다.

"나도 무공이나 배울 생각이야. 이 돈이면 강남에 있는 무림맹에 들어갈 수가 있겠지. 그곳에서 무공을 배우면 너만큼은 될 수 있을까?"

공노의 말에 노호관은 크게 웃었다. 그러자 공노가 다시 말했다.

"사실 네놈을 보니까 무공이 배우고 싶어졌어."

"그럼 무림맹보다 더 좋은 곳으로 가는 건 어때?"

노호관의 말에 공노는 의아한 표정을 지었다. 무림맹에 대한 것도 소문으로만 들었을 뿐 아는 것이 전무한 그였다. 그렇지만 소문의 무림맹은 하늘과도 같은 곳이었다. 그런데 그곳보다 좋은 곳이 있다는 말은 그를 의아해하기에 충분했다.

놀라고 있는 공노를 향해 노호관이 웃으며 말했다.

"따라올 텐가?"

공노는 잠시 동안 노호관을 가만히 바라보았다. 노호관이 무슨 생각으로 그런 말을 했는지 알 수는 없었지만 지금까지 함께 생활하면서 보아온 노호관은 절대 거짓된 사람이 아니었다. 그것이 자신과는 달랐다. 그래서 마음에 들지 않았다. 공노는 인상을 찌푸리며 말했다.

"지옥 같은 곳이라도 가주지."

노호관은 고개를 끄덕이며 말에 올라탔다. 대답을 들었기 때문이다. 공노도 따라 올라탔다.

"출발한다."

"어디를 가는 것인데?"

공노는 궁금하단 표정으로 물었다. 도대체 무림맹보다 좋은 곳이 어딘지 알고 싶었던 것이다. 노호관은 짧게 대답했다.

"신교(神敎)."

저 멀리 창평성이 보이기 시작하자 송백이 약간은 안도하는 듯 보였다. 다 왔기 때문이다. 이곳까지 오는 동안 몇 마리의 말을 바꿔가며 타고 왔는지 모른다. 거의 쉬지 않고 달려온 길이었다. 몸도 지쳐 갔고 마음도 지쳐 갔다. 송백은 곧 말을 멈추었다.

"자네들은 이제 돌아가게. 이제부터는 나 혼자 가겠네. 그동안 고마웠고. 이것은 진심이네."

송백은 조전운과 홍이식을 바라보며 진정 어린 표정으로 말했다. 그러자 조전운은 아쉬운 듯 말했다.

"다음에 또 뵙기를 바랍니다."

"이번 정벌은 제 기억 속에 오랫동안 남을 것입니다. 건강하십시오."

홍이식도 말을 하며 아쉬워했다. 송백은 미소 지으며 고개를 끄덕이다 곧 말 머리를 돌려 앞으로 달리기 시작했다. 그 순간 송백의 눈동자가 흔들렸다. 성에서 검은 연기가 하늘 높이 치솟았기 때문이다. 그 뒤로 꽤 많은 병사들이 성으로 들어가는 모습이 보였다. 송백의 전신이 떨리기 시작했다.

*　　　　*　　　　*

　동방리는 수를 놓고 있었다. 조용한 한낮의 일과를 보내는 그녀에게 수를 놓는 일은 중요한 일이었다. 하지만 그때 귓가를 울리는 소란스러움이 있자 동방리는 바늘을 놓고 창밖을 바라보았다. 곧 그녀의 눈에 검은 연기가 들어왔다.

　“어머!”

　동방리는 불이 난 줄 알고 놀란 표정을 지었다. 곧 유모가 들어왔다. 유모의 표정은 굉장히 경직되어 있었다.

　“무슨 일인가요?”

　“성이 소란스럽습니다. 저도 자세히는 모르지만 병사들이 난동을 부리는 것 같습니다.”

　“그래요?”

　유모의 말에 동방리는 고개를 끄덕였다.

　“아버지는요?”

　“방에 계십니다.”

　유모의 말에 동방리는 안심한 듯 숨을 내쉬며 미소 지었다.

　“별일없을 것이에요.”

순간 거대한 함성 소리가 요란하게 울리며 비명 소리와 어우러진 고함 소리가 사방에서 울려왔다. 동방리와 유모의 표정이 삽시간에 경직되었다. 동방리는 놀라 일어섰다. 그러자 창밖으로 보이는 마당에 많은 호위군들이 들어왔다.

"도대체……."

동방리의 전신이 미미하게 떨리고 있었다.

*　　　　　*　　　　　*

송백의 말은 미친 듯이 앞으로 질주했다. 송백의 거친 숨소리 때문이다. 성문을 막아서는 병사들이 있었으나 급격하게 달려드는 송백을 막지는 못했다. 기세도 기세지만 입고 있는 중갑과 손에 든 창은 성문을 지키던 병사들을 소리없이 밀어내었다.

이성이 생기고 나서 처음 본 것이 이곳이었고, 이곳의 집이었다. 그전의 기억은 가물거리는 한낱 어린 시절일 뿐이었다. 형의 모습도 이제는 검은 그림자처럼 남아 있을 뿐이다. 그런 가운데 유일하게 남아있는 두 명의 얼굴이었다. 그런 동방가의 집에서 연기가 피어오르고 있었다.

송백의 말은 거품을 토하며 달리고 있었다. 거대한 대로에는 병사들과 양민들도 죽어 있었다. 병사들이 들어가며 죽인 것이다. 전쟁이란 이름 아래서는 그런 짓도 가능했다. 그런 모든 것을 송백은 차갑게 스쳐 지나갔다. 그의 눈에 비치는 것은 집 앞에 늘어서 있는 병사들이었다.

"우아아악!"

거대한 인마가 달려오는 소리와 함께 송백의 기합성이 크게 울렸다. 순간 정문을 가득 메우고 있던 병사들이 놀라 고개를 돌렸다. 송백의 말이 땅을 박차며 하늘로 뛰어올라 간 것은 그 순간이었다. 오르는 순간 여지없이 창이 휘둘려졌다.

뿌아악!

"크악!"

쿵!

말의 앞발이 땅으로 떨어지며 강한 소음과 충격을 주었다. 그 앞발에 찍힌 두 명의 병사가 피를 토하는 순간 송백의 양손이 움직이며 거대한 창날이 좌우로 크게 원을 그렸다.

"아악!"

허무하게 병사들이 쓰러지며 정문이 열리자 송백은 망설이지 않고 달려들어 갔다. 삽시간에 일어난 소란에 병사들은 놀란 표정으로 갈피를 못 잡고 있었다.

"막아라! 뭐 하는 것이냐!"

누군가의 외침에 병사들이 함성을 지르며 달려들었다.

송백은 그들을 무시하며 앞으로 내달렸다. 송백의 앞을 막고 있던 두 명의 병사가 창날을 세우며 달려들었다. 노리는 것은 말이었다. 하지만 송백의 오른손이 길게 앞으로 뻗어 나오자 창날이 순식간에 엿가락처럼 늘어났다.

퍼퍽!

두 번의 잔인한 소리가 울리며 피가 뿌려졌다. 미처 병사가 쓰러지기도 전에 송백의 말이 둘을 밀쳐 내며 달려들어 갔다. 저 멀리 두 번째 문이 눈에 들어왔다. 순간 십여 개의 화살이 뒤에서 날아들었다. 송백은 급하게 말을 세우며 허리를 숙였다.

퍼퍼퍽!

화살이 스치듯 송백을 지나치며 앞에 있던 병사들을 맞혔다. 그 짧은 순간 송백은 빠르게 달려나갔다. 눈앞에 놓인 병사들이 두려운 표정으로 송백을 바라보며 어정쩡하게 창을 세웠다. 송백의 손에 들린 창이 빛을 발하며 거대하게 휘둘러졌다.

"아아악!"

거대한 문 앞에 선 장호는 손에 들린 황명을 읽기 위해 펼쳐 들었다. 주변에서 일어나는 소음들은 아직도 잠잠해지지 않고 있었다. 하지만 자신이 해야 할 일이 있기에 장호는 애써 무시하며 읽기 시작했다.

"동방천후는 들어라! 황제 폐하를 시해하고, 그것도 모자라 군대를 일으켜 왕위를……."

푸아악!

글을 읽던 장호는 자신의 얼굴에 뿌려진 핏방울과 친서에 묻은 핏자국을 바라보자 놀란 표정으로 고개를 돌렸다.

"크아악!"

피를 뿌리며 쓰러진 병사가 장호의 어깨에 부딪쳐 왔다. 놀란 장호가 옆으로 피했다.

뿌릉!

말의 콧소리가 울리며 주변을 둘러싼 병사들 사이로 송백이 서 있었다. 피에 젖은 말과 피에 젖은 송백의 모습은 마치 혈귀 같았다.

송백은 차가운 눈으로 장호를 바라보았다. 병사들은 창날을 겨눈 채 움직이지 못하고 있었다. 두려움 때문에 누구도 송백에게 다가가지 못했다.

장호는 송백이 자신을 바라보자 놀란 표정을 지었다. 문관인 그는 장마소를 대신해서 온 것이었다. 그런 그의 앞에 피를 뿌리는 혈귀가 서 있었다.

"뭐라 했느냐?"

"그, 그게……."

장호는 주변을 둘러보며 침을 삼켰다. 병사들은 많았지만 송백의 주위에 널브러진 시신들이 그들의 발목을 잡고 있었다.

따각! 따각!

말발굽 소리가 크게 울리며 장호의 앞으로 다가섰다.

송백은 차갑게 웃으며 장호를 바라보았다. 송백의 입가에 걸린 미소가 장호의 눈에 박혀들었다. 순간 송백의 안면이 굳어지며 오른손이 앞으로 움직였다.

쉬아악!

강한 회전과 함께 거대한 창날의 장호의 눈앞으로 밀어닥쳤다.

"아아아악!"

비명을 지르며 장호는 피하려 온 힘을 다리에 주었다. 하지만 다리는 이미 굳어 있었다.

퍽!

힘없이 장호가 쓰러지자 병사들의 창날이 달려들었다. 순간 송백은 병사들을 향해 창을 세웠다.

"으……."

달려들던 병사들이 기겁을 하며 멈춰 섰다. 송백은 차갑게 그들을 바라보았다. 병사들의 목으로 침이 넘어가고 있었다. 송백은 그들을 바라보며 문 앞으로 이동했다. 그러자 그곳을 지키고 있던 호위군들이 재빠르게 문을 열어주었다.

"저 새끼가 동방천후의 양자인가?"

"그렇습니다."

"호오."

높은 곳에 서 있던 하적심은 옆에 서 있는 수하의 보고에 혀로 입술을 적셨다. 복면을 하지 않은 하적심의 얼굴은 차분한 인상이었다. 하지만 눈매만큼은 차가웠다. 하적심은 처음부터 송백의 움직임을 보고 있었다. 그리고 송백이 근 백여 명을 순식간에 주살하며 안으로 들어가는 모습까지도 생생하게 바라보았다.

"군의 창술은 아닌 것 같은데…….."

하적심이 손으로 턱을 매만지며 말하자 옆에 서 있던 수하가 빠르게 대답했다.

"죽은 모영의 강살구식(剛殺九式)이라는 창술로, 모영이 십 년 동안 가르친 자가 송백입니다."

"그럼 그렇지."

하적심은 고개를 끄덕였다. 모영이라면 황군에서도 가장 강한 무공을 구사하는 인물이었다. 대대로 무가였으며 집안에서 내려오는 창술은 일절로 꼽히는 것이었다. 그렇기 때문에 장마소가 일찍 제거하려고 했었다. 그런 모영에게 직접 배운 송백이 약할 리가 없었다.

"심심하지는 않겠어."

하적심은 미소를 지은 채 수하를 향해 고개를 돌렸다.

"동방천후를 주살한다."

끼이익!

문이 열리는 기이한 소리가 조용한 실내에 울렸다. 송백의 머리카락은 이미 헝클어져 있었고 입고 있는 갑주도 피에 젖어 있었다.

"왔나."

송백은 가만히 앞으로 걸음을 옮기며 의자에 앉아 있는 동방천후를 바라보았다.

뚝! 뚝!

팔에서 떨어지는 핏방울이 바닥을 적시었다.

"다쳤구나."

동방천후는 가만히 송백의 오른 어깨를 바라보았다. 화살촉이 어깨를 뚫고 나와 있었다. 경황 중에는 몰랐으나 어느새 맞았던 것이다. 송백은 튀어나온 화살촉을 잡아 부러뜨렸다. 그러자 동방천후가 손을 들었다.

"이리 와서 뒤돌아 앉거라."

송백은 가만히 다가가 의자에 앉으며 등을 보였다. 동방천후의 양손이 움직이며 화살을 잡았다.

"오랜만에 보는구나."

"……."

순간 힘이 들어가며 삽시간에 화살이 빠져나오며 피를 뿌렸다. 송백의 얼굴이 살짝 일그러졌다. 하지만 신음 소리는 흘러나오지 않았다.

"그동안 잘 살아주었다."

동방천후의 잠긴 목소리에 송백의 전신이 미미하게 떨렸다.

찌이익!

소매가 찢어지는 소리가 울린 후 동방천후가 송백의 어깨에 천을 감기 시작했다. 송백의 눈동자가 흔들렸다.

"나는 너를 늘 아들이라고 생각했다. 처음 너를 본 순간부터 아들로 삼고 싶었지."

동방천후는 손을 움직여 천을 묶기 시작했다. 하나하나의 손길에 정이 담겨 있었다.

"하지만 너는 나를 단 한 번도 아버지라 생각하지 않았지."

"……"

다 묶자 동방천후는 송백의 어깨를 두드려 주었다.

"단 한 번만 아버지라고 불러주겠느냐?"

송백의 전신이 눈에 보일 정도로 떨렸다. 마음속으로 아버지란 말을 외치고 있었다. 하지만 말을 할 수는 없었다. 그 말을 하게 되면 하나의 얼굴을 지워야 한다.

끝내 혀는 움직이지 않고 있었다. 송백은 눈을 감으며 이를 강하게 물었다. 결국 송백은 자리에서 일어서며 말했다.

"제가 여기를 맡겠습니다. 어서 피하십시오."

동방천후는 잠시 동안 멍하니 송백을 바라보았다. 수많은 생각들이 동방천후의 눈동자에 어렸다. 그러다 이내 부드럽게 미소 지었다.

"아니다."

송백의 눈동자가 출렁이기 시작했다.

"제발… 제가 여기 있겠습니다."

송백의 목소리가 깊게 잠겨 있었다. 동방천후는 가만히 고개를 저으며 말했다.

"이리 오너라."

동방천후의 목소리에 송백은 천천히 다가갔다. 동방천후는 자리에 일어서며 탁자에 검을 올려놓았다.

"나는 이곳에 남을 것이다."

"……."

동방천후의 손이 송백의 어깨를 감싸 쥐었다. 잠시 동안 그렇게 송백을 바라보던 동방천후가 천천히 입을 열었다.

"리아를 맡기마."

송백은 고개를 숙였다. 그런 송백의 모습을 동방천후는 미소 지으며 바라보았다.

"어서 가거라."

순간 바람을 가르는 소리가 울리며 창문을 뚫고 수십 개의 화살이 날아 들어왔다.

"크악!"

"으아악!"

잠시 멈췄던 공세가 다시 시작된 것이다. 송백의 표정이 굳어졌다.

"어서!"

동방천후가 소리치자 송백은 재빠르게 신형을 돌렸다. 그 모습을 동방천후는 끝까지 지켜보았다. 그리고 후문으로 사라지는 송백의 모습을 보자 숨을 크게 내쉬며 의자에 앉았다. 여전히 탁자 위에는 검이 놓여 있었다. 곧 동방천후의 오른손이 검의 손잡이를 잡아갔다.

쾅!

문이 박살나며 병사들이 들이닥쳤다.

"으아악!"

병사들의 비명성이 눈앞에서 들리듯 생생하게 들려왔다. 동방리는 유모를 끌어안고 있었다.

핑!

공기를 가르는 소리가 울리며 창문을 통해 화살이 들어와 '팍!' 하며 탁자에 박혔다.

"헉!"

유모가 헛바람을 삼키며 놀란 눈으로 그 모습을 바라보았다. 곧 문 쪽에서 소음이 울리며 병사들의 외침과 비명 소리가 끝없이 이어졌다.

"창문을 닫아야겠습니다."

유모는 동방리를 살짝 밀며 말했다. 동방리가 불안한 표정으로 고개를 끄덕이자 유모는 곧 창가로 걸음을 옮겼다.

쉬아악!

순간 십여 개의 화살이 유모의 눈앞에 거짓말처럼 나타났다. 놀란 유모의 눈동자가 커졌다.

퍽!

쿠당!

유모의 이마에 박힌 화살이 떨리고 있었다. 동방리의 눈동자가 믿을 수 없다는 듯 커지더니 머리를 저으며 몸을 떨었다.

"아아아악! 유모!"

주룩.

이마에서 흘러내린 핏물이 바닥을 적시기 시작했다. 놀라 다가가려던 동방리는 순간 걸음을 멈춰야 했다.

쉬아악!

파파파곽!

수십 개의 화살이 또다시 창문을 넘어 박혀들었기 때문이다. 동방리는 놀라 자리에 주저앉았다. 전신의 떨림이 멈춰지지 않았다.

"크아악!"

"아악!"

순간 더욱 강한 비명성이 사방에서 울려 퍼졌다. 동방리는 눈을 감고 귀를 막았다. 도저히 지금 일어나는 일들이 현실처럼 다가오지 않았다. 그저 꿈같이 느껴졌다.

'눈을 뜨면… 달라질 거야.'

동방리는 몸을 떨며 눈을 떴다.

"아악!"

순간 피에 젖은 사람이 눈앞에 서 있자 놀라 비명을 지르며 물러섰다. 하지만 고개를 들어 얼굴을 확인하자 동방리의 눈가에 눈물이 맺혔다.

"송 가가… 송 가가."

동방리는 저도 모르게 그에게 달려들어 안겼다. 피에 젖은 옷과 헝클어진 얼굴이었지만 동방리는 개의치 않았다. 그저 품에 안겨 있을 뿐이었다.

"유모가……."

동방리는 쓰러져 있는 유모를 바라보며 말하자 송백은 고개를 저으며 동방리에게 말했다.

"어서 피해야 한다."

"으아악!"

비명성은 여전히 계속해서 들리고 있었다. 잠시 동안 송백으로 인해 수비하던 병사들이 유리했으나 곧 또다시 밀리기 시작했다.

송백은 창밖을 바라보다 동방리에게 다시 말했다.

"걸을 수는 있어?"

동방리는 고개를 끄덕였다. 송백은 곧 동방리의 손을 잡고 후문으로 나왔다. 그러자 병사가 다가와 말을 건네주었다. 병사를 바라보던 송백은 고개를 끄덕였다.

"뒤를 부탁하네."

"옙!"

병사의 믿음직한 외침에 송백은 동방리를 태우고 자신도 말에 올라탔다. 이제는 이곳을 빠져나가는 일만 남았다.

"무서워도 참아."

동방리는 고개만 연신 끄덕이고 있었다. 또다시 들려오는 비명성이 메아리처럼 귓가를 스치고 있었다.

"아버지는요?"

송백은 동방리의 물음에 잠시 동안 가만히 숨을 내쉬었다.

"아버지는……."

"먼저 몸을 피하셨다."

"다행이에요."

동방리는 작은 목소리로 속삭이며 송백의 품에 몸을 기대었다.

"가자."

송백은 재빠르게 말을 차며 앞으로 달리기 시작했다.

후문을 나서자 기다렸다는 듯이 모여 있던 병사들이 달려들었다.

"아아악!"

놀란 동방리가 소리를 지르자 송백이 그녀의 어깨를 누르며 오른손을 들었다.

"숙여라."

순간 오른손에 들린 창날이 크게 움직이며 달려들던 병사들을 베어 갔다. 처절한 외침과 비명성이 울렸다. 동방리의 옷에도 피가 묻어나기 시작했다.

"잡아라! 죽이는 자에겐 포상이 있을 것이다!"

외침 소리가 울리며 병사들이 먹이를 노리는 승냥이 떼처럼 밀려들었다. 하지만 송백의 창날이 그들보다 더욱 사나웠다. 순식간에 창날의 그림자가 원을 크게 그리며 전후좌우로 움직였다.

"아아아악!"

"크악!"

달려들던 병사들의 시체가 짧은 순간에 쌓여갔다. 미친 듯이 달려들던 병사들도 놀라 주춤거렸다. 그 순간 송백의 말이 뛰어오르며 그들의 머리를 타넘고 대로를 질주하기 시작했다.

"막아라! 잡아!"

병사들이 소리치며 송백의 뒤를 따라 달리기 시작했다. 하지만 그 옆으로 더욱 빠르게 몇 기의 인마들이 대로를 질주하기 시작했다. 그들의 내는 말발굽 소리가 요란하게 울렸다.

마상에서 떨어져 내리는 창날은 막기 힘들다. 성문을 지키던 병사들도 그것은 마찬가지였다. 여지없이 머리로 떨어지는 창날에 피를 뿌렸다.

"큭!"

비명성과 신음성이 교차되며 송백의 말이 북문을 빠져나와 앞으로 질주하기 시작했다. 뿌연 황토바람이 그 뒤를 따라 움직였다.

동방리의 상체는 여전히 마상에 붙어 있었다.

"이제는 일어나도 돼."

송백의 목소리에 동방리는 허리를 세웠다. 하지만 인상을 찌푸리며 약간의 신음 소리를 흘리자 송백의 표정이 굳어졌다.

"다쳤어?"

송백은 놀라 물었다. 그러자 동방리의 고개가 왼 다리로 향했다. 송백은 피가 묻었다고 생각한 자리에서 다리로 흘러내리는 핏방울을 발견했다. 어느 순간에 동방리의 다리에 창끝이 찔린 것이다. 송백의 표정이 한없이 싸늘하게 변하였다.

"참을 수 있어요."

동방리는 애써 태연한 척 웃으며 말했다. 하지만 송백은 여전히 어두운 표정이었다. 어느새 뒤에 따라붙은 십여 기의 말들 때문이다. 거리는 백여 장이었지만 순식간에 좁혀질 거리였다. 멈춘다면 말이다.

쉬아악!

그때 송백의 귓가에 파공성이 들려왔다. 놀란 송백이 급작스럽게 허리를 숙였다.

"어머!"

퍽!

타육음이 울렸다. 동방리는 허리를 숙인 송백에게 눌려 눈을 감았다가 자유스러워지자 다시 눈을 떴다. 순간 눈동자가 커졌다.

"악!"

송백의 왼 어깨를 뚫고 나온 화살촉이 붉게 물들어 있었다.

"송 가가!"

동방리의 눈에 눈물이 맺혔다.

송백의 안색은 굳어 있었다. 정확하게 자신의 어깨를 노리고 날아들었던 화살이기 때문이다. 그것도 백여 장의 거리를 두고 날린 것이었다. 예사 인물들이 따라오는 게 아니라는 것을 느꼈다.

쉬아아악!

좀 전보다 더욱 강한 파공성이 송백의 귓가에 울렸다. 순간 송백은 말 머리를 동쪽으로 돌리며 질주했다.

팟!

등을 살짝 스친 화살이 땅바닥에 박히는 모습이 보였다. 송백의 이마에 식은땀이 맺혔다.

"동쪽으로 가는 것으로 보아 요동의 군부로 갈 셈인가?"

하적심이 중얼거리자 옆에서 달리던 수하가 말했다.

"더 멀리 갈 수도 있습니다. 혹시 요동을 넘을지도 모릅니다. 요동을 넘으면 여진의 세력권이기 때문에 저희도 거기까지는 갈 수 없습니다."

"훗."

하적심은 싸늘하게 웃었다.

"우리의 손을 벗어나서 여진까지? 웃기는 소리 하는군. 오늘 안으로 잡히게 되어 있어."

"물론입니다."

수하가 대답하자 하적심은 다시 말했다.

"동방천후의 여식은 빼어난 미인이라고 소문난 여자다. 양자 녀석은 죽이고 여자는 생포한다. 그것이 우리의 목표이니 다들 잊지 말거라."

"알겠습니다."

수하들이 어떤 뜻인지 잘 알고 크게 웃으며 대답했다. 하적심은 고개를 돌려 앞을 바라보았다.

"끈질겨."

두두두두!

송백은 앞에 보이는 장애물을 바라보았다.

"만리장성."

동방리는 놀란 표정으로 중얼거렸다. 송백은 이미 예상했기 때문에 앞으로 내달렸다. 이미 해가 지기 시작했다. 그 뒤로 백여 장의 사이를 두고 여전히 따라오는 인마들이 있었다. 송백의 눈에 성문이 들어왔다. 그리고 말들도 보였다. 그곳의 수비군들이 쓰는 말들이었다.

"힘들어도 참아."

동방리는 고개를 끄덕였다. 순간 송백은 동방리를 안아 들며 말들의 옆으로 달려갔다. 그리고 재빠르게 말을 바꿔 타고 앞으로 내달리기 시작했다.

"저 새끼!"

"말 도둑이다!"

"성문을 닫아!"

"막아!"

모여 있던 병사들이 아우성치며 송백을 막으려 했다. 하지만 송백의 말은 그들의 행동보다 더욱 빠르게 만리장성을 넘어 앞으로 달리기 시작했다.

"젠장!"

하적심이 욕설을 터뜨리며 사라지는 송백을 보았다.

"말을 갈아타라!"

하적심은 소리치며 배를 만졌다. 배가 고파지기 시작한 것이다.

"망할 새끼! 갈아 마시고 만다."

쉽게 끝날 것 같은 일이 점점 길어지고 있었다.

"송 가가."

조금씩 어둠이 내려앉을 때 동방리가 어렵게 입을 열었다.

"왜?"

동방리는 가만히 송백의 품에 파고들었다. 앞에서 불어오는 바람이 차갑게 느껴졌기 때문이다.

"저희 남… 매인가요? 남… 남이잖아요."

동방리는 그동안 마음속에 어렵게 담아뒀던 말을 꺼냈다. 수많은 불안한 생각들이 머리를 가득 메웠지만 한 가지만 확실하다면 참을 수 있을 것 같았기 때문이다. 이렇게 힘들고 어려운 상황인데도 왠지 모르게 편하게만 느껴졌다. 그런 느낌을 동방리는 계속 갖고 싶었다.

"우리는… 같아."

송백은 짧게 말했다. 동방리는 고개를 끄덕였다. 왠지 실망한 표정이었다. 그런 동방리의 귓가에 바람처럼 송백의 말소리가 들렸다.

"남매는 아니지만… 하나다."

동방리는 고개를 들어 앞을 바라보는 송백을 올려다보았다. 말발굽 소리가 요란하게 울렸고 귓가를 스치는 바람 소리가 크게 진동했지만 분명히 전해져 온 목소리였다.

"어릴 때… 처음 송 가가를 봤을 때… 정말… 행복했어요."

"그래?"

동방리는 고개를 끄덕였다. 그리곤 조용히 말했다.

"땅과 하늘이 만나 열 십(十)자가 되었대요. 그래서 열은 완벽한 수라고 하지요."

"……."

송백은 말이 없었다. 하지만 아직도 생생한 동방리의 목소리를 간직하고 있었다. 동방리의 입이 다시 열렸다.

"아버지의 말을 듣고 굉장히 슬펐어요. 땅과 하늘도 만나는데… 우리는… 송 가가와 저는……."

동방리가 말을 하며 파고들자 송백은 가만히 그녀를 한 손으로 안았다.

"나에게 남은 것은 언제나 너 하나였다."

송백은 조용히 말했다. 동방리는 애써 태연한 척 노력하려 했다. 하지만 송백의 품은 너무도 따뜻했다. 동방리는 들릴 듯 말 듯 미미하게 입을 움직였다.

"사랑해요, 송 가가."

동방리의 목소리가 바람을 타고 흩어져 갔다. 그렇게 한참 동안 송백의 체온을 느끼려 노력한 동방리가 다시 고개를 들었다.

"어디로 가는 건가요?"

"요동을 넘어 여진이 있는 곳으로."

"……."

동방리는 여진이 뭔지 어딘지 알지 못했다. 단지 송백이 가는 곳이라면 좋은 곳이라고만 생각했다. 두렵다는 생각도 들었다. 하지만 송백이 있기에 그런 마음을 애써 버리려 노력했다. 자신마저 두려움에 떤다면 송백이 너무도 불쌍하다고 생각했다.

동방리는 애써 웃으려 노력하며 말했다.

"이대로… 함께하는 건가요?"

"물론."

송백은 동방리의 말에 굳게 말했다. 그러자 동방리가 송백의 품에 기대며 말했다.

"혼자… 두지 마세요."

"널 혼자 두지 않아, 절대."

송백은 과거 누군가 했던 말을 자신이 한다고 느꼈다. 하지만 과거의 사람과 자신은 달랐다. 자신은 끝까지 있을 것이다. 그렇게 굳게 다짐했다.

송백은 눈앞에 보이는 산을 숲을 바라보았다. 말은 점점 지쳐 가고 있었으며 어둠은 더욱 깊게 숨어들고 있었다. 송백의 머리에는 이미 어떻게 할 것인지를 정해놓고 있었다. 송백은 한참 동안 달리다 말에서 내렸다. 그리곤 말의 엉덩이를 차며 귀를 땅에 숙였다.

두두두두!

아직까지도 들리는 땅의 미세한 진동 소리에 송백은 인상을 굳히며 동방리을 업었다.

"산으로 들어간다. 꼭 잡아."

동방리는 고개를 끄덕였다. 송백은 동방리를 업자 재빠르게 산으로 숨어들었다.

얼마의 시간이 흐르자 십여 기의 인마들이 빠르게 지나쳐 갔다. 그것을 산 위에서 바라본 송백은 곧 신형을 돌리며 신속하게 산을 타기 시작했다. 이곳의 지리는 과거에 한 번 온 적이 있어 어느 정도 알고 있었기 때문에 가능한 행동이었다.

"망할!"
퍼억!
말 머리가 잘리며 땅바닥에 쓰러졌다. 송백이 타고 왔던 말이 한동안 앞으로 달리다 가만히 쉬었기 때문이다. 지치고 배도 고팠던 것이다.
하적심의 표정은 보기 흉하게 일그러져 있었다.
"연산(燕山)으로 숨어들었습니다."
"연산에서 여진으로 가려면 어디로 가야 하지?"
"가장 빠른 길은 운무산(雲霧山)을 지나는 길입니다."
수하의 말에 하적심은 고개를 끄덕였다. 갈 곳이 정해졌다.
"그곳으로 간다. 샅샅이 수색하면서 전진해. 발견하면 신호를 하고 보이는 즉시 죽여 버려!"
하적심은 소리치며 산으로 올라갔다. 불과 백여 장의 거리에서 일어난 일이었다.

산을 타는 일은 쉬운 일이 아니었다. 그것도 길이 없는 산을 사람 업고 간다는 것은 너무도 힘든 일이었다. 특히 동방리의 흰옷은 어둠 속에서도 쉽게 눈에 띄었고, 이미 방향을 잃은 지도 오래였다.
쉬이익! 팍!
한 사람의 검은 인영이 나뭇가지를 타고 나무를 넘어서 빠르게 지나갔다. 그 옆으로 서 있는 바위의 그늘진 밑에 앉아 있던 송백의 안색은 삽시간에 굳어졌다.

'동창!'

송백은 그들의 놀라운 무공에 과거에 들은 이야기를 떠올리며 동창을 생각했다. 장마소의 팔과도 같은 곳이었고, 그들의 무공은 상상을 초월한다고 들었다. 그 모습을 직접 보게 된 것이다. 송백은 동방리를 업었다.

뿌득.

낙엽 밟는 소리가 어둠 속에서 더욱 크게 울리며 퍼져 나갔다. 순간 송백의 표정이 굳어지며 다시 상체를 숙였다.

팍!

땅에 무언가 밟는 소리가 울린 것은 송백이 상체를 어둠 속에 숨기는 순간이었다.

"이상하네. 무슨 소리가 들렸는데."

낙엽을 밟는 소리와 함께 사람의 그림자가 송백의 눈앞에 나타났다. 순간 망설이지 않고 송백의 오른손이 앞으로 뻗어나갔다.

퍼억!

"크아아악!"

배를 찌른 순간 비명성이 요란하게 울리며 산중에 메아리쳤다. 일부러 터뜨린 비명이었다. 송백은 재빠르게 창을 거두며 동방리를 업고 빠르게 달리기 시작했다. 하지만 그 빠름이란 송백의 빠름이었지, 동창의 빠름이 아니었다.

"저쪽이다!"

메아리치는 소리가 크게 울리기 시작했다.

"허억, 헉."

송백은 온몸이 땀으로 젖어 있었다. 그 뜨거움을 동방리는 등에서 올라오는 온기에 알 수 있었다. 이미 갑주는 벗어 던진 지 오래였다.

동방리의 손이 송백의 이마에 올라가며 땀을 닦아주었다. 그 따뜻한 온기가 송백의 전신에 힘을 넣어주고 있었다.

"걱정하지 마."

송백은 자신에게 다짐하듯 중얼거리며 앞으로 달렸다. 낙엽을 밟는 소리와 어둠 속에서 숨을 몰아쉬는 소리가 크게 울렸다. 하지만 멈출 수는 없었다. 눈앞에 보이는 어둠과 수풀 사이를 헤치며 송백은 앞으로 나가고 있었다. 어느새 새벽이 밝아오고 있었다.

"찾았다!"

삐이익!

외침 소리와 휘파람 소리가 산중에 길게 울리며 메아리쳤다. 송백은 넘어올 것 같은 숨을 삼키며 앞으로 달리고 있었다. 하지만 수풀을 헤치며 나가던 송백의 발도 끝내 앞에 보이는 전경에 멈춰서야 했다.

"이럴… 수가."

송백은 멍하니 앞을 바라보았다. 삼십여 장의 절벽이 눈앞에서 길을 막고 있었다. 그 앞으로 넓은 강줄기가 송백을 무시한 채 조용히 흘러가고 있었다. 송백의 눈동자에 절망감이 어렸다.

쉬아아악!

공기를 가르는 소리가 들린 것은 그렇게 정신을 놓고 있을 때였다. 하지만 그 소리가 송백의 정신을 잡아주었다. 송백은 재빠르게 몸을 앞으로 돌리며 창을 세웠다.

퍽!

"큭!"

송백의 오른 허벅지에 박힌 화살이 미미하게 진동하며 흔들렸다. 그 흔들림을 이기지 못하고 송백의 다리도 흔들렸다. 동방리가 어깨 너머로 그 모습을 보았다.

"송 가가."

동방리의 표정이 더욱 어둡게 가라앉았다. 송백은 무심하게 앞을 바라보았다.

"결국… 여기까지구나. 꽤나 고생을 시켰겠다!"

여덟 명의 그림자가 송백의 앞에 나타났다. 그들의 맨 앞에 나타난 하적심은 검을 세우며 눈을 빛냈다.

"밥도 못 먹었어. 거기다 배도 아프단 말이다. 볼일도 못 봤단 말이야, 이 자식아!"

하적심의 외침에 주변에 있던 인물들이 실없이 웃음을 흘렸다. 하적심도 미소를 그렸다. 다 잡았다고 생각했기 때문이다. 이제 남은 것은 어떻게 처리해야 할 것인가였다.

"어떻게 죽일지 계속 생각해 봤는데 역시 피부를 벗겨 버리는 것이 좋겠다."

하적심은 말을 하며 한 발 다가섰다. 그 모습을 보던 송백이 창날을 세웠다. 하적심은 가소롭다는 듯이 송백을 바라보았다.

"송 가가."

송백은 등에서 들리는 목소리에 고개를 돌렸다. 그곳에 동방리의 하얀 얼굴이 보였다. 동방리의 얼굴에 미소가 어렸다. 송백은 무언가 이상하다는 생각이 들었다.

"살아야 해요."

동방리의 작은 목소리였다. 순간 송백은 등이 허전하다는 것을 알았다. 송백의 눈동자가 커지며 빠르게 뒤를 돌아보았다. 하지만 동방리의 발은 허공을 밟았다. 동방리의 손이 송백의 얼굴을 향해 가볍게 앞으로 뻗어 나왔다.

　"리……"

　송백은 멍하니 동방리의 얼굴을 바라보았다. 도저히 믿을 수 없다는 표정이었다. 하지만 눈앞에 있는 동방리의 얼굴은 눈물로 젖어 있었다. 그런 동방리의 얼굴이 조금씩 작아지기 시작했다. 그리고 목에서 위로 올라오는 반쪽의 승룡패가 송백의 눈을 더없이 크게 만들고 있었다.

　"내 목숨이다."

　"으, 으, 으윽."

　송백의 입에서 핏물이 흘러나오며 멍하니 동방리의 얼굴을 바라보았다. 눈앞에서 작아지는 동방리의 모습은 꿈처럼 느껴졌다.

　"사셔야 해요."

　작아지는 동방리의 입 모양이 그렇게 말하고 있었다. 송백의 전신이 조금씩 떨리기 시작하더니 눈동자에 핏빛이 맴돌았다. 그 순간 동방리의 모습이 물속으로 사라졌다.

　풍덩!

　"으아아아악!"

　송백의 입에서 광포한 괴성이 터져 나오며 몸을 돌렸다. 그곳에 놀란 표정의 하적심이 서 있었다. 그들도 갑작스럽게 일어난 일에 놀라고 있었다. 순간 송백의 창날이 앞으로 뻗어 나오며 하적심의 얼굴을 매섭게 찔러갔다. 놀란 하적심이 신형을 비틀어 피하자 송백이 그 사이로 달리기 시작했다. 너무도 급작스럽게 일어난 일에 잠시 정신을 빼앗겼던 하적심이 그 모습에 정신을 차리며 소리쳤다.

"빨리 죽여!"

"사서야 해요."

'살아야 한다!'

송백은 미친 듯이 앞으로 치닫기 시작했다.

핑!

픽!

나무를 스치고 지나가는 순간 하나의 비수가 여지없이 왼 종아리에 박혀들었다. 하지만 신음을 내뱉을 여유도 없었다. 송백의 눈에는 아무것도 보이지 않았다. 오직 살아야 한다는 생각만이 머리 속을 가득 채웠다.

"죽어라!"

어느새 다가왔는지 검은 인영이 송백의 안면으로 검을 찔러왔다. 순간 송백의 창이 본능적으로 앞을 향해 찔러갔다.

픽!

검이 송백의 왼팔을 뚫고 나왔다. 하지만 창날은 상대의 복부를 뚫고 나갔다.

"으아아아악!"

송백의 입에서 괴성이 터져 나오며 상대를 앞으로 밀었다. 고통에 찬 비명성이 울렸으나 송백의 눈은 그저 앞만을 보고 있을 뿐이었다. 순간 하나의 검빛이 송백의 등줄기를 스쳤다.

"으악!"

송백의 입에서 결국 비명성이 터져 나왔다. 왼 어깨부터 오른 허리까지 깊게 베인 것이다. 그 뒤로 하적심의 검날이 먹이를 노리는 뱀처럼 나무들을 스치고 날아들었다. 송백은 몸을 굴리며 배가 뚫린 시신을 뒤로 돌렸다.

"헉!"

놀란 하적심이 주춤거리는 순간 송백은 창을 버리고 앞으로 뛰어내려 갔다.

"개자식!"

하적심의 다리가 땅을 크게 찼다.

또각! 또각!

그리 크지 않은 소로에 한 마리의 말이 걸어가고 있었다. 말 위에는 고풍스런 분위기를 풍기는 삼십대 중반의 장년인이 앉아 있었다. 날카로운 눈매가 인상적인 장년인은 주변을 유람하는 듯 여유로운 표정으로 말 위에 앉아 있었다.

장년인은 한참을 그렇게 가다 잠시 말을 세우며 고개를 오른쪽으로 돌렸다. 그곳에는 나뭇가지만 엉성한 나무들과 겨울에도 푸른 소나무들이 주변을 가리며 서 있었다. 이미 주변은 해가 떠오르는 시간이라 점점 밝아지고 있었다.

중년인이 멈춰 서자 말도 이상함을 느낀 것인지 고개를 돌렸다. 그 순간이었다, 숲에서 무언가가 튀어나온 것은.

픽!

육중한 소리가 울리며 피에 젖은 청년이 소로에 굴러 떨어진 것은 말 머리가 고개를 돌릴 때였다.

삼 장여 떨어진 곳에서 청년은 몸을 떨고 있었고, 다리에는 여러 개의 비수가 박혀 있었다. 하지만 장년인의 시선이 멈춘 곳은 등에 난 검상이었다. 장년인의 아미가 찌푸려졌다. 마치 싫은 기억이라도 떠오른 듯 보였다.

"살아야 한다."

청년은 몸을 떨며 일어서기 위해 양팔에 힘을 주었다. 하지만 양팔도 이미 피에 젖어 있었고, 힘을 주려는 손은 떨렸다.

"살아야 한다."

청년의 미세한 음성이 중년인의 눈썹을 미미하게 움직이게 했다. 청년은 일어서기 위해 양 발과 양팔에 힘을 주었다. 하지만 상체를 일으키는 것조차 힘이 드는지 전신을 떨었고 결국은 땅으로 쓰러졌다.

픽!

땅에 다시 얼굴을 처박은 청년은 또다시 팔에 힘을 주며 일어서려 했다. 장년인은 무심한 시선으로 가만히 그 모습을 지켜보았다.

"으아아아아악!"

청년의 입에서 괴성 같은 폭음이 터져 나오며 양팔을 세우기 위해 발악하는 모습이 눈에 들어왔다. 하지만 그것은 청년의 몸부림이었고, 할 수 없는 일을 하려는 머리 속의 생각이었다.

"저기 있다!"

숲 속에서 들리는 외침이 청년을 자극시켰을까? 청년의 양팔이 앞으로 나오며 땅을 기기 시작했다.

"살아야 한다."

청년는 핏물과 눈물로 얼룩진 얼굴을 앞으로 향하며 양손에 힘을 주기 시작했다.

뿌드득!

땅을 파는 손가락이 피에 젖기 시작했다. 하지만 청년의 얼굴은 고통이 없는 듯 보였다. 청년의 손이 또다시 앞으로 움직이며 땅에 긴 핏자국을 만들었다. 청년의 눈에선 하염없이 눈물이 흘러내렸다.

"살고… 싶어."

절망 어린 목소리와 피에 얼룩진 음성이었다. 청년의 오른손이 떨리며 또다시 앞으로 뻗어나갔다.

턱!

청년의 흐린 시선 속에 무언가 알 수 없는 물체가 손에 잡혔다. 그것이 무엇인지 알려고 해도 청년의 눈과 머리는 거기에서 끊어지고 말았다.

장년인은 자신의 발을 잡고 있는 청년을 바라보며 미세하게 눈을 빛냈다. 곧 무슨 생각을 했는지 굳은 눈동자가 빛나며 청년을 안아 말 위에 올려놓았다.

"뭐 하는 놈이냐! 그놈을 당장 내려놓아라!"

어느새 나타났는지 하적심과 동창의 고수들이 소로에서 모습을 드러냈다. 하적심은 장년인의 행동을 보고 있었기 때문에 인상을 찌푸리고 있었다. 왠지 기이한 기운이 주변을 맴돌고 있다는 생각이 들었다.

장년인은 하적심을 무시하는 듯 고개조차 돌리지 않았다. 그 모습에 하적심은 싸늘한 목소리로 다시 소리쳤다.

"죽고 싶어!"

하적심이 소리치자 장년인은 가볍게 검의 손잡이에 손을 감았다. 순간 거짓말 같은 섬광과 함께 세 개의 초승달이 중년인의 앞을 감고 돌았다.

그 모습에 하적심을 비롯한 동창의 고수들이 놀라 눈을 부릅떴다. 왠지 모르게 불안한 마음이 전신을 감싼 것이다.

하적심은 다시 소리쳐서 무언가 말하려 했다. 왠지 이상한 기분이 들었기 때문이다. 그런 하적심의 마음을 모르는지 장년인의 오른손이 가볍게 움직였다.

쉬아아악!

순간 세 개의 초승달이 거짓말처럼 하적심에게 날아들었다. 놀란 하적심이 검신을 세워 막았다. 순간 초승달과 하적심의 검신이 부딪쳤다.

"막았……?"

하적심은 막았다고 생각했다. 하지만 그것은 하적심만의 생각이었다. '핏!' 거리는 미세한 소리가 울리며 검신이 초승달에 잘려나가기 시작했다. 그 모습이 생생하게 하적심의 눈 안에 담겨졌다. 그것은 믿을 수 없는 일이었다.

"이런… 개 같은……."

순간 초승달이 하적심의 검을 자르며 가슴을 뚫고 지나갔다.

퍼퍼퍼퍽!

순식간에 여덟 구의 시신이 허공 중에 피를 뿌리며 분해되었다. 장년인은 그 모습을 싸늘하게 지켜보다 신형을 돌렸다. 그들이 누구인지, 어디에서 무엇을 하는 사람인지 그것은 장년인에게 중요하지 않았다.

장년인에게 중요한 것은 자신이 하고자 하는 일에 그들이 막아섰다는 것이다. 그런 장년인에게 그들은 한낱 도적 떼에 불과했다.

"가자."

장년인이 말에 올라타며 말하자 마치 말을 알아들은 듯 말은 발을 천천히 움직이기 시작했다. 그 위에 누워 있는 청년을 장년인은 가만히 품에 앉았다. 조용한 말발굽 소리와 조용한 숲의 공기만 그 주위를 맴돌았다.

장년인이 남긴 것은 진한 피비린내뿐, 그 무엇도 남아 있지 않았다.

■ 제3장 ■

무엇을 해야만 하는 것일까

강물은 흐르기 마련이다. 중원의 수많은 강 중에 작은 강에 불과한 호하(湖河)였지만 깊은 곳은 깊었고, 물살이 빨라질 때는 빨라졌다. 그런 호하의 강줄기에 낚싯대가 놓여 있었다. 그 앞에 앉은 중년인은 무슨 생각을 하는지 눈을 감고 있었다. 검은 머리카락과 검은 수염이 단아한 인상을 주었다.

"잉어를 잡는 꿈을 꾸곤 나왔더니… 쯧쯧."

중년인은 눈을 뜨며 고개를 저었다. 눈을 뜨자 단아한 인상이 빼어남으로 변하였다. 순간 무엇을 발견했는지 중년인의 눈이 빛났다. 빛나는 한순간 중년인의 몸이 사라지더니 잠시 후 거짓말처럼 다시 그곳에 앉아 있는 것이었다. 금방 일어난 일이 마치 환상 같은 느낌이었다. 하지만 분명히 중년인은 움직였다.

중년인은 품에 안겨 있는 소녀를 바라보았다. 이제 십오륙 세로 보이는 소녀였다. 하얀 얼굴의 한편에서는 피가 흘러나왔다.

"잉어가 사람이었나?"

중년인은 잠시 동안 어이없다는 듯 웃더니 곧 자리에서 일어섰다. 하지만 그의 그림자는 바람이 스치자 환상처럼 그곳에서 사라졌다. 홀로 남은 대나무 낚싯대가 외롭게 놓여 있었다.

철우경(鐵雨景)은 누워 있는 소녀가 예쁘다는 생각을 했다. 그것은 남자라면 누구나 느끼는 본능 같은 감정이었다. 그것은 누가 보더라도 느끼는 감정일 것이다.

"남자 많이 울리겠다."

철우경은 미소 지으며 누워 있는 소녀의 앞에 작은 호로병을 꺼내 마개를 열었다. 그러자 형용할 수 없는 향기가 사방에 퍼지며 단출한 실내의 공기를 청량하게 바꿔주었다. 철우경은 가만히 호로병의 입구를 소녀의 작은 입에 닿게 하며 천천히 흰색의 액체를 흘려 넣어주었다.

"이 정도의 양을 여자가 먹으면 백 년 동안 늙지 않을 것이다."

철우경은 눈웃음을 지으며 중얼거렸다. 그렇게 한참 동안 먹이고 나서 철우경은 한쪽에 놓인 탁자에 앉았다. 그러자 뭔가 빼먹은 것 같은 생각이 들었다.

"오늘 점심을 낚시해서 먹는다는 게……."

철우경은 경황이 없어 그만 그대로 왔다는 것을 깨달았다. 곧 고개를 돌려 누워 있는 소녀를 바라보았다.

"별일없겠지."

철우경은 중얼거리며 재빠르게 밖으로 나갔다. 얼마 가지 않아 낚싯대가 있는 장소에 도착했다. 하지만 그곳엔 누가 지나간 것인지 낚싯대가 없었다. 순간 철우경의 눈동자가 사방을 둘러보았다. 저 멀리 강물을 따라 낚싯대가 떠내려가는 게 눈에 들어왔다. 철우경의 입가에 미소가 걸렸다. 누가 일부러 던지지 않는 이상 낚싯대가 저렇게 갈 수는 없었다. 분명히 무언가가 물고 있기에 가능한 일일 것이다.

"섯거라!"

철우경의 신형이 허공을 떠오르며 낚싯대가 있는 곳까지 빠르게 날아갔다. 곧 낚싯대가 철우경의 손에 잡히며 철우경의 발이 강물에 닿았다. 하지만 그 순간 거짓말 같은 일이 일어났다.

팡!

철우경은 마치 수면을 땅처럼 차며 또다시 떠오른 것이다. 그의 손에는 어느새 팔뚝만한 잉어 한 마리가 걸려 있었다. 가볍게 땅에 내려선 철우경은 잉어를 바라보며 미소 지었다.

해가 지는 저녁때가 돼서야 소녀의 입에서 신음 소리가 흘러나왔다. 한쪽에서 탕을 준비하던 철우경은 놀라 빠르게 달려와 소녀의 전신을 두드리기 시작했다. 다른 사람이 보면 두드린다고 생각하겠지만 그것은 전신의 혈도를 치는 것이었다. 그렇게 몇 번 전신의 혈도를 통해 내가의 진기를 넣어주던 철우경은 곧 손을 멈추었다. 힘든 일을 한 사람처럼 철우경의 이마에서 땀방울이 흘러내렸다.

"음."

신음성이 다시 흘러나오며 소녀의 눈이 떠졌다. 맑고 영롱한 눈동자였고, 고운 속눈썹이었다. 빼어남을 보이는 눈망울이었다.

"눈을 떴구나."

소녀가 눈을 뜨자 철우경은 그 모습에 미소를 지으며 말했다. 소녀는 잠시 동안 멍하니 천장을 바라보다 철우경을 바라보았다.

"이름이 무엇이나?"

"예?"

처음으로 소녀가 입을 열었다. 그러자 철우경은 부드럽게 다시 말했다.

"이름이 무엇이냐? 나는 철우경이라 한다."

소녀는 잠시 동안 철우경을 멍하니 바라보다 곧 인상을 찌푸리며 이마에 손을 짚었다. 급작스런 행동에 철우경이 놀라 물었다.

"왜 그러느냐?"

"아무것도……."

소녀는 고개를 저으며 아미를 찌푸렸다. 곧 소녀가 고개를 들었다.

"아무것도 생각이 안 나요."

"……!"

철우경은 매우 놀란 표정으로 소녀를 바라보았다. 소녀는 멍하니 이마를 짚으며 고개를 숙였다.

스륵.

고개를 숙이자 반쪽짜리 승룡패가 무겁게 흘러내렸다. 순간 소녀의 손이 무의식적으로 승룡패를 움켜쥐었다.

"제가 누구인지… 아무것도……."

"내 목숨이다."

순간 하나의 목소리가 소녀의 머리를 울리자 소녀의 표정이 굳어졌다. 소녀는 승룡패를 쓰다듬었다. 그런 소녀의 손이 조금씩 떨리기 시작하더니 어깨가 그 떨림을 이기지 못하고 움직였다.

주륵.

두 눈을 타고 흘러내리는 눈물방울이 볼을 타고 떨어져 내렸다.

"이상해요."

목이 메인 듯 소녀의 목소리는 떨리고 있었다. 그런 소녀의 눈에서 하염없이 눈물방울이 흘러내리고 있었다. 손을 들어 닦아내려 했지만 눈물은 멈출 생각을 하지 않고 끝없이 흘러내렸다. 결국 소녀의 손이 입을 가리며 눈을 감았다. 소리없는 흐느낌이 작은 방 안에 여린 공기를 만들어주었다.

"아무것도······."

물기 어린 목소리가 고개 숙인 소녀의 입에서 흘러나왔다. 철우경은 자신도 슬퍼지는 마음을 알고선 잔잔한 표정으로 소녀를 바라보았다. 아무런 생각도 들지 않았고 그저 슬프다는 느낌만이 마음을 가득 채울 뿐이었다.

"아무것도 기억이 안 나는데······."

소녀는 손으로 눈가를 훔치며 충혈된 눈으로 승룡패를 바라보았다. 그런 소녀의 손이 승룡패에 묻은 눈물 자국을 지우고 있었다.

"왜 이렇게······."

소녀가 눈물이 흘러내리는 눈을 들어 철우경을 바라보며 애써 미소 지었다.

"왜 이렇게··· 눈물이 멈추지 않는 거죠?"

"······."

철우경은 흔들리는 눈동자와 떨리는 가슴을 잡기 위해 노력했다. 너무도 애처로워 바라보는 것만으로도 그 출렁이는 눈동자에 빠져들 것만 같았다.

이내 소녀가 고개를 숙이며 승룡패를 쓰다듬었다. 아직도 눈가에 흘러내리는 눈물은 마르지 않은 듯 물기가 얼굴을 감싸고 있었다.

"강해지고… 싶어요."

"……!"

철우경의 표정이 굳어졌으나 소녀는 그것을 모르는지 그저 승룡패를 어루만지고 있었다. 마치 소중한 무언가가 마음속에서 사라져 버린 것 같은… 떨어질 수 없는 무언가가 없어진 듯한 아픔.

"지키고 싶어요. 그것이 무엇인지… 어떤 것인지 저도 잘 모르겠지만… 누군가를 지킬 수 있을 만큼……."

소녀가 다시 한 번 철우경을 바라보았다.

"강해질 수 있을까요?"

그 속에 비친 간절한 바람과 염원을 철우경은 볼 수 없었지만 느낄 수는 있었다.

"이것이 운명이라면… 내가 그렇게 해주마."

철우경의 목소리에는 연민이 담겨 있었다. 자신감과 믿음이 담겨 있는 목소리였다. 그 목소리가 소녀의 마음을 차분하게 만들어주었다.

철우경은 눈을 빛내며 다시 한 번 말했다.

"세상의 그 누구보다도 강한 사람이 될 수 있도록 내가… 내가 그렇게 만들어주마."

철우경은 소녀의 어깨를 잡으며 부드럽게 미소 지었다. 소녀의 눈물진 눈동자가 철우경의 목소리에 조금씩 안정을 찾아갔으며 이내 눈가의 물기를 훔치며 미소 지었다.

"고마워요."

철우경은 고개를 저으며 다시 말했다.

"이제야 이 할애비가 사람답게 살 수 있을 것 같구나."

철우경의 말이 무엇을 뜻하는지 그 속에 담긴 외로움의 세월을 소녀는 알 수 없었지만 한 가지만은 알 수 있었다.

"할아버… 지."

옥처럼 투명한 피부와 고운 손, 한없이 맑은 눈동자의 소녀는 보는 이로 하여금 잠시 걸음을 멈추게 할 매력이 있었다. 하지만 그것을 스스로는 모르고 있었다. 그리고 그것을 알아볼 사람도 이곳에는 없었다. 단지 있다면 철우경, 한 사람뿐.

철우경과 소녀는 서로를 마주 보고 앉아 있었다. 전과는 달리 부드러운 분위기였고, 훈훈한 공기가 주변을 맴돌았다.

"팔십 평생 동안 나는 홀로 살아왔다."

철우경의 입이 열리며 나온 말소리에 소녀는 눈을 크게 떴다. 겉보기에는 사십대 후반으로 보이기 때문이다. 그러자 철우경이 부드럽게 미소 지었다. 지금까지 그가 살아오면서 남에게 이렇게 부드럽게 미소 지으며 말한 적은 결단코 없었다.

"우리가 앞으로 함께 살려면 이 할애비에 대해서 알아야 하지 않겠느냐? 그래서 나에 대해 알려주는 것이다. 너도 무작정 나를 할애비로 부르기에는 어색하지 않느냐?"

"그건……."

소녀가 얼굴을 붉히며 고개를 숙이자 철우경은 웃음을 흘렸다.

"아, 그래. 시린(翅璘). 시린, 시린이 어떠냐?"

"예?"

소녀가 고개를 들자 철우경이 수염을 쓸어내리며 말했다.

"하늘을 나는 아름다운 여인이란 뜻이다. 어떠냐? 좋지 않느냐?"

"시린……."

"네 이름이다."

"아!"

소녀는 잠시 동안 얼굴을 붉히더니 곧 천천히 고개를 끄덕였다. 그러자 철우경이 매우 기분 좋은 표정으로 다시 말했다.

"내 지금까지 살아오면서 오늘처럼 좋은 날도 처음이구나. 정말로 기쁘구나. 앞으로 네 이름은 철시린이다."

"예."

철시린이라 불리게 된 소녀는 고개를 숙였다. 자신의 이름에 대한 부끄러움인지 아니면 무언가를 얻었다는 기쁨의 설레임인지 모를 그녀였다.

"내가 무슨 이야기를 하려다 이렇게 다른 길로 흘러나왔지?"

"알려주신다고… 들었어요, 할아버님의 과거."

철우경은 고개를 끄덕이다 무언가 다른 것을 느낀 듯 눈을 크게 떴다.

"다시 불러보거라."

"예?"

"그거 있지 않느냐, 그거."

무엇을 말하는지 모르던 철시린은 곧 어떤 말인지 깨닫고 미소 지었다.

"할아버님."

"좋구나. 정말, 정말 좋구나! 내가 이런 기쁨을 왜 지금에서야 알았는지 후회가 된다."

철우경은 중얼거리며 고개를 끄덕이다 곧 빈 천장을 바라보며 눈을 감았다. 지난 과거가 이렇게 후회가 되면서도 한편으론 즐거움으로 가득 찼다. 이런 상반된 기분이 철우경의 마음을 어지럽히고 있었다.

*　　　*　　　*

크게 보이는 정원의 한쪽에 서 있는 소년은 십여 세로 보이는 소년이었다. 소년은 아무 생각 없는 눈으로 앞을 바라보았다. 앞에서 내려진 거대한 그림자가 소년의 몸을 감싸안았다.

"이제부터 너에게 짐승이 되는 법을 가르쳐 주마."

딱딱하면서도 왠지 거부할 수 없는 무게가 실린 목소리였다. 소년은 약간 놀란 눈으로 자신의 앞에 서 있는 청년을 바라보았다. 청년의 모습은 소년에게 충분히 위압감을 주고 있었다. 무겁게 걸친 갑옷과 손에 들린 거대한 창은 소년이 처음으로 바라보는 무서움이었다.

"이제부터 내가 시키지 않는 이상 절대 입을 열지 말아야 한다."

청년은 무겁게 말하며 소년의 손을 잡았다. 손을 타고 전해지는 뜨거움은 차갑게 식어가는 심장처럼 소년의 발을 굳어버리게 만들었다.

"나는 네가 마음에 들어, 그것도 아주 많이. 너와 나는 어쩌면 같은 사람일지도 모르겠구나."

청년의 웃음 띤 목소리가 귓가를 울리고 있었다.

송백은 천천히 눈을 떴다. 의식의 몽롱함이 눈가를 흐릿하게 만들었지만 곧 시야가 밝아져 왔다.

"일어났는가?"

송백은 옆에서 들리는 말소리에 고개를 돌렸다. 왠지 모르게 움직일 수 없는 몸이 되어버린 것 같았다. 의지처럼 목은 돌아가지 않았고 눈동자만이 움직였다. 그곳에는 백발이 성성한 신선 같은 노인이 앉아 있었다.

"좋아, 아주 좋아. 허허허."

노인은 뜻 모를 웃음을 흘리며 일어섰다. 곧 고개를 돌려 말했다.

"제가 뭐라고 했습니까? 오늘 중으로 일어난다고 하지 않았습니까? 허허허."

노인은 웃음을 크게 흘리며 밑으로 내려갔다. 그것은 송백의 시야에서 사라진 것을 말하고 있었다. 송백은 밑에 무엇이 있는지 어떤 사람들이 있는지 알고 싶었지만 다시 눈동자를 위로 올려야 했다. 부질없는 행동이라 여겼기 때문이다. 알 때가 되면 자연스럽게 알게 된다고 생각했다.

'살아… 있다.'

송백은 무심히 눈을 감았다.

송백이 눈을 감자 작은 탁자에 앉아 있던 장년인이 고개를 돌렸다. 그곳에 백발이 성성한 노인이 차를 입가에 털어 넣으며 미소를 그리고 있었다.

"수고했네."

"별말씀을 다하십니다."

노인은 말을 하며 고개를 돌려 침상에 시선을 던졌다.

"그래도 선배님이 이렇게 젊은 청년을 데리고 올 줄은 몰랐습니다."

노인은 다시 장년인을 바라보았으나 장년인의 시선은 창밖을 향하고 있었다. 무심한 표정이었다. 어떤 생각을 하는지 알 수도 없었고, 노인은 알려고 하지도 않았다. 문득 장년인의 입이 가볍게 열렸다. 듣기 좋은 저음의 목소리였다.

"자네가 올해 몇 살이지?"

"그게… 하나, 두이, 서이……."

노인은 열 손가락을 세워서 잠시 셈을 하더니 곧 너털웃음을 터뜨렸다.

"허허허허. 이거, 증손자까지 보아서 그런지 이제는 기억력도 가물가물거립니다. 가만있자, 올해가 그러니까 무슨 띠였더라?"

노인은 잠시 동안 생각하는 표정을 지었다.

"나도 잊어버린 지 오래네."

장년인이 말하자 노인은 곧 고개를 끄덕였다. 잠시 동안 침묵이 이어졌다. 곧 노인이 다시 말했다.

"전 십 년 동안 못 뵈어 돌아가신 줄 알았는데… 허허허, 그런데 아직도 이렇게 정정하시다니. 무공이란 참으로 오묘하고 신묘하다는 생각이 문득 들게 됩니다."

"자네의 의술도 신묘하네."

장년인이 말하자 노인은 부드럽게 웃었다. 그런 둘의 귓가에 송백의 목소리가 흘러들어 왔다.

"물어볼 것이 있습니다."

누운 상태에서 말하는 송백이기에 노인은 일어서서 다가가야 했다.

"무엇을 말이냐?"

"여기가 어딥니까?"

송백은 지극히 평범한 것을 물었다. 노인은 뭔가 특별한 것이라도 들을 것 같은 표정이었으나 이내 미소 지으며 말했다.

"그러고 보니 아무것도 말을 하지 않은 것 같구나. 여기는 성수장(聖手莊)이다. 사람들은 성수곡이라고도 부른다. 조용한 곳이지. 쉬기에는 좋은 딱 좋은 곳일 게야. 나는 조무용이다."

송백은 처음 듣는 곳이기 때문에 성수장이 어떤 곳인지 모르고 있었다.

"너를 치료해 주고 보살핀 것도 나니까 나의 은혜를 잊어서는 안 될 것이다."

송백은 조무용의 말에 놀란 표정을 지으며 빠르게 말했다.

"감사합니다."

"싱거운 녀석 하고는."

조무용은 짧은 말에 고개를 저었다. 어쩌면 자신의 뒤에 서 있는 사람과 같을지도 모른다는 생각을 했다.

"나에게 감사할 필요는 없다. 그저 앞으로 살아가는 데 있어서 성수장의 사람이 너를 구해주었다고 생각해 주면 고맙겠구나."

조무용은 말을 하며 고개를 돌려 뒤에 앉아 있는 장년인을 바라보았다. 장년인의 시선은 여전히 다른 곳을 향하고 있었다. 무엇을 생각하지는 알 길이 없었다. 단지 조무용에게 중요한 건 송백을 장년인이 데리고 왔다는 것뿐이었다. 그것만으로도 성수장의 이름에 도움이 될 것이라고 여겼다.

"나는 너를 치료한 것밖에는 없지만 저분은 너를 이곳까지 데리고 와주셨다. 그러니 너를 구해준 분은 내가 아니라 저분일 것이다. 너는 저분에게 은혜를 갚아야 한다. 그것은 사내라면 응당해야 하는 일이 아니겠느냐?"

"그렇습니다."

송백은 시선을 밑으로 내렸다. 보기 위해서다. 하지만 흐릿한 형상만이 눈에 들어올 뿐이었다. 그런 모습을 보자 조무용이 미소 지었다.

"움직이고 싶나?"

"예."

송백의 대답에 조무용은 곧 가볍게 손을 움직여 송백의 전신을 가볍게 두드렸다. 순간 송백의 전신이 떨리며 안면이 일그러졌다.

"커헉!"

송백의 입에서 순식간에 놀란 바람이 흘러나왔다. 두 눈이 튀어나올 만큼 부릅떠졌으며 전신의 떨림이 계속되고 있었다.

"크으윽!"

이마에서 땀방울이 흘러내렸다. 마치 전신이 오그라드는 듯한 고통이 머리를 계속해서 때렸기 때문이다.

"크으."

송백은 땀을 흘리며 상체를 일으켰다. 느리게 움직이고 있었지만 분명히 상체를 일으키기 위해 노력하고 있었다. 두 눈은 감겨 있었고, 떨리고 있었으며, 이는 강하게 물려 있었다.

"호."

그 모습을 본 조무용은 놀란 표정으로 송백을 바라보았다. 그 고통이 어느 정도인지 자신도 알기 때문이다. 조무용은 송백의 입에서 비명이 터지면 고통을 바로 멈추게 할 생각이었다. 하지만 송백은 참고 있었다.

"대단하군."

조무용은 상체를 일으킨 송백을 바라보며 조용히 말했다. 굉장히 놀란 표정을 지었다.

"허억, 허억, 크으, 으."

또다시 전신을 조여오는 근육의 고통에 송백의 안면이 일그러졌다. 하지만 송백은 눈을 들어 앞을 바라보아야 했다. 자신을 구해준 사람이 있기 때문이다.

장년인도 어느새 송백을 향해 시선을 멈추고 있었다. 전혀 움직일 것 같지 않은 그의 눈매가 살짝 움직였다.

송백은 상체를 일으키자 곧 장년인을 향해 어렵게 입을 열며 허리를 숙였다.

"구해주셔서… 감사합니다."

송백의 말을 들은 장년인은 말없이 가만히 앉아 송백을 지켜보았다. 장년인은 오른손을 살짝 들어 검지손가락을 폈다.

"헉!"

송백의 눈동자가 부릅떠지며 순식간에 침상에 쓰러졌다. 좀 전의 일이 언제 일어났는지 모르게 송백은 눈을 감고 잠이 들었다. 아니, 정신을 잃었다고 보는 것이 옳았다.

"구명환(救命丸)은 효과는 좋지만 극심한 통증 때문에… 누구라도 그 고통을 맛보면 모두 비명을 지르고 정신을 잃어버리지요."

"어떤 누구라도?"

장년인의 무심한 목소리에 조무용은 고개를 끄덕였다.

"아무리 고강한 고수라도 정신을 잃게 됩니다. 구명환을 쓸 만큼 중상이었기 때문에 기력도 많이 약해진 상태에서 정신을 차릴 때 일어나는 고통은 말로 표현하기가 힘들지요. 고통 없는 대가는 그 어디에도 없는 것과 마찬가지입니다. 대신 그 고통을 이겨내면 전보다는 활력이 몸에서 넘치지요."

장년인은 고개를 끄덕이며 자리에서 일어섰다.

"언제 일어날 것 같은가?"

"한 달은 걸릴 것 같았는데, 오늘 구명환의 약효를 전신으로 받았으니 오 일 후면 일어날 것입니다."

"알았네."

장년인이 밖으로 나가자 조무용은 곧 송백에게 이불을 덮어주었다.

"웃으시다니… 어지간히 마음에 들었던 모양이군."

조무용은 장년인이 밖으로 나갈 때 입가에 걸린 미소를 보았던 것이다.

얼만큼 잠을 잔 것일까? 눈을 뜨자 보인 것은 은색으로 빛나는 갑옷의 반짝이는 등이었다. 앉아 있는 그의 거대한 뒷모습은 참으로 무거워 보였다.

"일어났나?"

"모영… 장군님."

고개를 살짝 돌린 모영의 얼굴에는 미소가 걸려 있었다. 송백은 멍하니 그 얼굴을 바라보았다.

"남에게 끌려가지 말거라. 남에게 등을 보이지도 말아라. 남에게 선의를 보이지도 말아라. 세상에는 오직 두 가지의 사람만이 존재한다. 필요한 사람과 필요없는 사람이다. 우리가 죽인 사람들은 사람이 아닌 짐승이지만 그들은 필요없는 존재였다. 그렇게 생각하며 살아야 한다.

그렇게 살아야 필요한 사람만이 주변에 존재하게 된다. 필요가 없다고 생각되면 가차없이 베어라. 필요한 사람이라 해도 더 큰 이득을 위해 베어야 할 때가 있다. 그럴 때 역시 망설일 필요는 없다. 인간이란… 그저 자신을 위해서만 살아간다."

송백은 오늘따라 모영의 뒷모습이 초라하다고 느껴졌다. 뜬금없는 이야기와 길게 늘어진 말들이 그를 그렇게 보이게 만들었다. 송백은 조용히 말했다.

"잘 알겠습니다."

모영의 입가에 의미없는 미소가 걸렸다.

"너는 행복해질 수 없을 것이다."

송백은 숨을 크게 내쉬며 눈을 떴다. 그곳엔 전에 보았던 천장이 있었다. 송백은 다시 한 번 숨을 깊게 토하며 주변을 둘러보았다. 그런 송백의 시선은 문 앞에서 멈춰졌다. 방문 앞으로 작은 탁자가 있었고, 그 앞에는 장년인이 앉아 있었다.

전에는 잘 몰랐으나 지금 다시 보게 된 장년인의 모습은 왠지 모르게 무거운 중압감을 주고 있었다. 그것은 단지 느낌이었다.

"앉아라."

송백은 장년인이 말하는 바를 처음에는 알지 못했다. 하지만 빈 의자가 탁자 앞에 있다는 것을 보곤 몸을 일으켰다. 의외로 가벼운 몸이었다. 송백은 몸에 별 이상이 없자 전에 보았던 조무용을 기억하곤 곧 장년인의 곁으로 다가갔다. 감으로 이 사람이 자신을 구해주고 치료를 부탁한 사람이라는 것을 알았다.

"송백입니다."

송백은 장년인에게 허리를 숙여 보이며 양손을 모아 예를 표했다. 그것은 본능이었고 그렇게 해야 한다는 생각이 들었기 때문이다. 장년인은 그저 고개만 끄덕였다. 곧 송백이 자리에 앉았다.

"송백이라… 좋은 이름이구나. 천하를 덮으라는 뜻으로 지어진 이름 같구나. 나는 초일이라 한다."

초일은 담담히 중얼거리며 마주 앉은 송백을 바라보았다. 송백은 단한 번도 자신의 이름을 가지고 의미를 부여한 적이 없기에 초일의 말에 그저 수긍했다. 이름에 대한 생각을 해봐야겠다고 마음속으로 여겼다.

잠시의 침묵이 흐르자 송백은 고개를 들었다. 곧 초일이 입을 열었다.

"이제는 말할 때도 되지 않았나? 어떻게 된 일인지 말이다."

초일의 목소리에 송백은 자신이 무엇을 말해야 하는지 깨달았다. 곧 자신의 결례를 알아차린 송백은 조용한 음성으로 입을 열었다.

"며칠 전까지 군부에 있었습니다. 하지만 지금은 보신 것처럼 반역이란 죄를 뒤집어쓴 죄인에 불과합니다."

초일은 선선히 고개를 끄덕였다. 송백이 다시 말했다.

"성을 빠져나오던 중 동창의 추격을 받게 되었고, 이렇게……."

"동창."

송백의 굳은 목소리에 초일은 '동창'이란 말을 상기했다. 자신이 죽인 인물들이 도적 떼가 아닌 동창의 인물들이었기 때문이다. 동창에 대해서는 많이 들어본 적은 없지만 오래전에 들었던 기억이 떠올랐다.

"그랬었구나."

초일의 목소리에는 고저가 없었다. 예의 같은 음색의 목소리였다. 송백은 그것을 상기했다. 그리고 자신을 따라왔던 동창의 인물들과 지금 눈앞에 있는 초일을 생각했다. 그들이 없고 눈앞에 초일이 있다는 이야기는 곧 눈앞의 남자가 동창을 죽였거나 뿌리쳤다고 봐야 했다. 하지만 동창의 성격상 절대 뿌리칠 수 없었을 것이다. 그렇다면 남은 하나는 모두 죽였다는 결론이었다.

"무공."

송백은 자신도 모르게 무심히 중얼거렸다. 그 목소리에 초일이 미소지었다.

"무공을 배우고 싶으냐?"

송백은 고개를 들며 눈을 빛냈다. 그런 송백의 눈동자에 담긴 불길 같은 살기와 집념이 초일의 머리에 들어왔다. 그리고 닮았다는 생각이 들었다, 자신의 과거 모습과 너무도 많이.

"강해질 수만 있다면."

송백의 경직된 목소리가 조용히 실내에 퍼져 나갔다. 그런 송백의 눈동자엔 한 사람의 그림자가 마치 뇌리에 박힌 듯 온몸을 덮치고 있었다.

'리.'

그런 송백의 모습을 발견한 초일의 마음이 동한 것일까? 초일은 자리에서 일어섰다. 곧 송백의 옆을 스치며 밖으로 걸음을 옮겼다.

"나오거라."

송백은 그 목소리에 자리에서 일어섰다.

작은 마당에 서 있는 초일과 그 앞으로 송백이 있었다. 해가 지려는 것일까? 서산 너머로 붉은 태양과 하늘이 조금씩 온 세상을 먹어가듯 그렇게 물들어가기 시작했다.

"내가 알고 있는 것은 무공이 아니라 그저 단순한 투술(鬪術)이다. 무공이라 불리기엔 너무도 조잡한 것이지."

초일은 가만히 중얼거리며 손에 나뭇가지 하나를 쥐었다.

"사람을 상대하는 것."

초일은 무심히 중얼거리며 나뭇가지를 들었다. 그 목소리에는 수많은 날들의 단편적인 기억이 함께 묻어나고 있었다.

"아무거나 쥐거라."

"예."

송백은 초일의 말에 그 의도를 알고 주변을 둘러보며 긴 막대기 하나를 구해 양손에 쥐었다. 그가 아는 것은 창술이기 때문이다. 곧 초일이 말했다.

"아무리 좋은 옷을 입는다 한들 어차피 무공은 사람을 상하게 하는 법. 나는 나의 모든 것을 무덤 속으로 가지고 가려 했다. 피를 보기 싫었으나 내 손은… 피를 부르더구나. 지금까지 오랜 시간 동안 살아오면서 아직도 이루지 못한 일이지."

초일은 중얼거리며 쓰게 웃었다. 그 쓸쓸함과 허무함을 송백은 알 수 없었다. 그저 공감하려고 노력할 뿐이었다.

슥.

초일이 나뭇가지로 바닥에 선을 그었다. 그 위로 초일의 양 발이 올라섰다.

"나의 발을 단 한 발자국만 이 선에서 물러나게 한다면 무공을, 아니, 나의 모든 것을 가르쳐 주마. 무공으로써 강한 것이 아니라 사람으로서 강한 것을 말이다."

송백의 눈동자가 확연하게 빛났다. 그것은 각오였다. 배우고 싶다는 욕망이 마음속을 물들였다. 이 사람에게서 모든 것을 뺏어보고 싶다는 생각이 든 것이다. 눈앞에 있는 사람이 강호에서 어떤 사람인지, 그의 무공이 얼마나 대단한 것인지 그런 생각은 애초에 머리에 들어오지 않았다.

정작 중요한 것은 지금의 자신보다 강하다는 것, 그것 하나였다. 그것만 있다면 충분하다고 송백은 생각했다. 길가에 어지러진 잡초라도 잡고 싶은 심정.

송백의 지금 복잡한 마음은 그것을 갈구했다. 무엇이라도 어떤 것에라도 미쳐 버리고 싶었다. 그렇지 않으면 도저히 이 세상에 눈을 뜨고 살 수 없을 것 같았다.

"그럼."

송백은 포권하며 양 발을 넓게 벌리고 섰다. 그런 송백의 손에 들린 긴 막대기의 끝이 초일의 명치를 향하고 있었다. 하지만 섣불리 움직일 순 없었다. 어쩌면 너무도 당연한 현상이었다. 알 순 없는 위압감이 심장을 누르고 있었기에.

"오너라."

초일의 단순한 한마디에 송백의 눈동자가 칼끝처럼 빛났다. 아무것도 보이는 것은 없었지만 해야만 했다. 그렇다면 망설일 이유가 없었다.

"하압!"

맑은 기합성이 울리며 송백의 막대기가 빠르게 앞으로 날아가 초일의 목과 명치, 단전을 노리고 찔러 들어갔다. 단순하지만 확실히 피하기 어려운, 또한 막기 어려운 일격이었다.

따다닥!

초일의 오른손이 가볍게 앞으로 움직이며 세 번의 찌르기를 옆으로 밀쳐 내듯 막아내었다. 순간 송백의 허리가 숙여지며 순식간에 땅을 차올라 허공 중으로 떠올랐다.

"합!"

기합성을 발산한 송백이 양손을 위로 치켜 올리며 머리 위로 든 봉을 초일의 백회를 노리고 내려쳤다.

붕!

강한 바람 소리와 함께 송백의 온 힘이 들어간 일격이었다. 막는다 해도 나뭇가지는 부러질 것이라고 여겼다. 하지만 그것은 무공을 익힌, 아니, 무림인을 경험해 본 적이 없는 송백의 생각일 뿐이었다. 늘 거짓말 같은 일이 일어나는 곳이 무림이다.

탁!

가볍게 들어 올린 초일의 나뭇가지는 휘어지거나 그렇다고 부러지지도 않았다. 그저 가볍게 송백이 내려친 봉을 막고 있을 뿐이었다. 초일의 무심한 표정과 대조적인 송백의 놀란 얼굴은 땅에 내려서는 순간 작게나마 주춤거리게 만들었다. 순간 초일의 오른손이 가볍게 송백의 하체로 움직였다.

픽!

뿌득!

순간적으로 왼 정강이에 닿은 나뭇가지와 송백의 다리 사이에서 기이한 소리가 흘러나왔다. 뼈가 어긋나는 고통스런 다리의 소리였다. 송백의 얼굴이 경직되었으며 초일의 눈동자가 굳어졌다.

"큭!"

송백의 인상이 일그러지며 순간적으로 오른발에 힘을 주며 재빠르게 몸을 돌렸다.

휙!

몸이 회전하며 날아든 송백의 봉이 초일의 오른 옆구리를 향해 빠르게 베어갔다. 순간 초일의 눈동자가 희미하게 빛나며 나뭇가지를 든 오른손을 틀어 봉을 막아갔다. '딱!' 거리는 짧은 소음이 울리는 순간 송백의 오른발이 땅을 차올리며 몸으로 밀고 들어갔다. 그것은 생각지도 못한 일이었다.

"으아앗!"

송백의 외침과 함께 몸으로 달려든 그 모습에 초일의 신형이 순간 흔들렸다. 하지만 가볍게 오른손을 앞으로 밀치며 송백의 양손에 잡힌 봉을 옆으로 틀었다. 순간 송백의 신형이 원심의 힘을 이기지 못하고 밀치던 자신의 힘과 함께 원을 그리며 뒤로 굴렀다. 몸이 뒤집어지던 그 순간에 송백은 초일의 눈동자에 걸린 무심함에 이를 악물어야 했다.

쿠당!

"흡!"

송백은 인상을 찌푸리며 왼 다리를 잡았다. 떨어지는 충격으로 인해 더욱 고통이 가중된 것이다. 그런 송백이 몸을 돌리며 일어서기 위해 오른 다리에 힘을 주었다. 이렇게 포기할 수는 없었기 때문이다.

"크읍, 아직입니다."

거친 숨을 마시던 송백은 굳어진 얼굴로 일어서려 했다.

초일은 뒤에서 쓰러져 있는 송백을 바라볼 생각도 안 했다. 그렇다고 걱정하는 것도 아니었다. 단지 생각하고 있었다.

초일이 원하는 것, 그것을 충족시켜 줄 수 있는가? 그것에 대한 생각이었다. 천하에 인재는 널리고 널렸으며 사람은 쌓이고 쌓였다. 그런 사람들 속에서도 송백은 특출난 인재였다. 물론 초일도 그것을 알고 있었다. 하지만 그런 인재가 어디 한둘일까? 천하를 돌면 꽤 많이 만날 것이다.

그런데도 초일은 그런 인재를 만났음에도 자신의 무공을 가르쳐 줄 생각을 안 했었다. 하지만 송백은? 초일은 그들이 가지고 있지 못하는 남은 한 가지를 원하고 있었다. 그것을 충족시켜 줄 수 있는가? 그것에 대한 생각이었다.

무술은 몸으로 익히면 된다. 초식은 머리로 기억하면 그만이다. 그리고 기공은 마음으로 이해하면 그뿐이다. 그 정도의 인재는 어디를 가든 널려 있었다. 하지만 남은 한 가지는? 그들이 없는 한 가지.

초일은 송백에게서 그것을 읽었다. 그렇기 때문에 도와준 것이었고, 제자를 생각하게 된 것이다. 그리고 오늘 다시 한 번 그것을 느껴야 했다. 그것이 초일의 마음을 만족스럽게 해주었다. 마치 자신을 보는 듯한.

그렇게 잠시의 시간이 흐르는 동안 초일의 눈동자가 감기며 입가에 옅은 미소가 걸렸다.

슥.

초일은 가만히 뒤로 한 걸음 물러섰다. 순간 일어서려던 송백의 눈동자가 부릅떠지며 초일의 뒷모습을 응시했다. 자신은 아무것도 한 것이 없었다. 하지만 초일은 뒤로 물러서 있었다. 송백은 믿을 수 없다는 표정을 지었다. 마음으로 다가오는 행동이기 때문이다.

"아직······."

송백은 저도 모르게 중얼거리다 몸을 돌리는 초일의 얼굴을 정면으로 바라보았다. 양손으로 봉을 쥐고 몸을 지탱하던 송백의 눈동자가 미미하게 떨렸다.

"가르쳐 주마, 나의 모든 것을."

■제4장■

각자 살아온 삶은 다르다

"구배를 하거라."

송백은 멍하니 초일을 바라보았다. 수많은 생각들이 머리를 스치고 지나갔다. 하지만 그 모든 생각들이 의미없게 느껴지는 기분이었다. 그것은 초일을 마주하고 앉는 순간부터 가슴속에서 끓어오르는 뜨거움 때문이었다.

송백은 자리에서 일어섰다. 왼발의 고통이 전신을 억누르며 머리 속을 하얗게 만들었지만 얼굴 표정은 변함이 없었다. 극한의 인내였다. 그런 송백의 머리 속에 모영을 처음 만났을 때가 떠올랐다.

"네놈은 짐승이다."

송백은 잠시 동안 초일을 바라보다 절을 올리기 시작했다. 아픈 다리가 고통을 호소했지만 그런 생각을 할 수가 없었다. 가슴에 남은 말이 고통을 없애고 마음을 무겁게 만들었다. 그렇게 힘든 몸으로 한 번 숙이고 있었다.

"사람이 될 수 있습니까?"

송백은 말을 하며 일어섰다. 초일은 묵묵히 그 모습을 지켜보았다. 또다시 송백은 엎드렸다. 더없이 느린, 어려운 절이었다.

"버림받은 삶을 살았습니다."

초일은 여전히 말이 없었다. 송백의 신형이 또다시 엎드리기 시작했다.

"또한 저 역시 지키지 못했습니다."

송백은 여전히 절을 올리고 있었다. 한 번 할 때마다 점점 무거워지는 공기를 느낄 수 있었다.

송백은 마지막으로 한 번의 절을 남겨놓고 잠시 동안 서서 초일을 바라보았다. 그리고 자신의 머리 속에 남아 있는 마지막 영상을 떠올렸다. 강대하게 다가오는 동창의 사람들과 눈 깜짝할 사이에 자신을 죽이려 들었던 그들의 모습이 강렬하게 스치고 지나갔다. 그런 가운데 결국 지키지 못했던 하나의 얼굴이 떠올랐다.

송백의 눈동자가 붉게 충혈되며 물기가 번지기 시작했다. 지키고 싶었다. 자신의 생명과도 바꿔서라도 지키고 싶던 얼굴이었다. 하지만 결국 모든 것은 반대가 되었다. 그런 현실이 송백의 육체를 더욱 고통스럽게 만들었으며, 지금의 눈앞에 모든 것을 걸고 싶었다. 다시는… 두 번 다시는 그 누구에게도 생명을 구걸하는 그런 사람이 되지 않도록.

"누구보다 강해지고 싶습니다."

그것은 하나의 시험이었고, 송백의 의지였다. 또한 초일에게 말하고 있는 것이었다. 그 뜻을 모르는 초일도 아니었다.

초일 역시 송백과도 같았다. 그런 마음을 알기에 확신과 믿음을 줘야 했다. 이십 년 동안 홀로 고독하게 살아왔다. 이십 년 전 마지막으로 사랑하던 부인이 눈을 감던 날, 모든 것이 부질없다는 것을 알게 되었다. 수십 번의 반복된 후회 속에서 결국 필요한 것이 무공이 아니라는 것을 알았다.

무공에 대한 회의감. 그것을 지금 이 순간 눈앞에 있는 송백이 녹여주고 있었다. 다시 젊은 날의 혈기가 전신을 감싸는 것 같았다.

초일은 희미하게 미소 지었다.

"내가 누구라고 생각하느냐?"

쿵!

"헉!"

송백의 무릎이 바닥을 울리며 부딪쳤다. 하지만 신기한 것이 왼 다리의 고통이 없다는 것이었다. 그렇지만 송백은 힘을 주어 몸을 일으키려 했다. 그것은 그의 성격적인 반감이었다. 저절로 상체가 숙여지며 온몸이 떨리기 시작했다. 송백의 이마에 힘줄이 튀어나오며 초일을 바라보았다. 하지만 저절로 허리가 구부러지고 머리가 밑으로 숙여졌다. 마지막 일 배가 그렇게 행해졌다.

"너는 강해질 것이다."

송백은 순식간에 사라지는 압력을 느끼며 멍한 눈으로 초일을 올려다보았다. 그 눈동자에 걸린 것은 거대한 투기였다. 모든 것이 다시 한번 무너져 버린 지금 자신의 초라함과 아무것도 없는 스스로의 아픔이 투기로 변하며 전신으로 솟구친 것이다. 이겨내야 한다는 생각이 송백의 머리 속에 울리고 있었다.

초일은 그런 송백을 바라보았다. 입가에 걸린 것은 가벼운 미소 하나.

조용한 실내의 어둠이 두 개의 등불로 밝혀져 있었다. 그 속에서 송백의 모습이 보였다. 침상에 앉아 왼 다리를 늘어뜨린 모습 밑으로 초일이 그런 송백의 다리를 살피고 있었다.

"곧 성수장에서 사람이 올 것이다. 그때까지 아프더라도 참거라."

"예."

송백은 대답하며 자신의 왼 다리를 살피는 초일의 모습에서 지금까지 느끼지 못했던 인간다운 정감을 느꼈다. 물론 아주 미약했지만 그것만으로도 좋다고 여겼다.

송백의 다리에 부목을 대고 천으로 감아준 초일은 일어서며 옆에 놓인 의자에 앉았다. 그러자 송백은 자신의 다리를 만져 보았다. 그 모습을 바라본 초일이 말했다.

"아프냐?"

초일의 물음에 송백은 가볍게 미소 지었다. 지금까지 많은 상처를 입어왔었다. 하지만 무엇보다 아픈 것이 마음의 상처라는 것을 알았기에 이런 외상은 아픔이 아니었다. 그렇게 생각했다.

"아프다는 느낌보다 그저… 좋습니다."

"훗."

초일은 미소 지었다. 아픔을 아픔으로 여기지 않는 송백의 모습 때문이다. 곧 초일은 창밖을 바라보며 어두운 밤을 응시했다.

"너를 보았을 때 문득 옛 생각이 나더구나."

초일은 씁쓸히 미소 지었다. 살고 싶다고 말하던 송백의 모습이 머리에 떠올랐기 때문이다. 마치 자신도 저때 저렇지 않았을까 하는 생각이 들었다. 수많은 죽음을 눈앞에 두던 삶이었다. 마치 모든 것이 환상이라고 여겨졌다.

"굳이 전수하고 싶은 생각도 없었다. 그저 나이가 들어 눈을 감을 때까지 인연이 없다면 무덤 속으로 가지고 갈 생각이었다. 그런 나에게 너는 미련을 남겨주는구나."

초일은 송백을 바라보았다. 짙은 검미와 서늘함을 안겨주는 눈동자는 초일에게 젊음을 안겨주고 있었다.

"강해지고 싶으냐?"

송백은 묵묵히 침묵하고 있었다. 초일은 천천히 다시 말했다.

"강해지면 무엇을 하고 싶으냐?"

송백은 출렁이는 눈동자로 초일을 바라보았다.

"사셔야 해요."

문득 동방리의 얼굴이 스치고 지나갔다. 볼에 흐르던 뜨거움과 아직도 생생하게 들리는 목소리는 마치 거짓말을 하고 있는 것처럼 살아 있는 것 같았다. 송백은 살아야 한다고 생각했다. 무엇을 위해 사는지, 왜 살아야 하는지는 그 다음이었다. 동방리의 기억이 사라질 때까지 송백은 살고 싶다는 생각을 했다.

"다만 살고 싶을 뿐입니다."

초일은 고개를 끄덕였다. 다른 말을 할 생각이 없는 것 같았다.

"난 살기 위해 사람을 죽였지."

초일은 찻잔을 입으로 가지고 가며 조용히 말했다.

"곧 알게 되겠지, 산다는 것만큼 힘든 일도 없다는 것을."

찻잔을 내려놓은 초일은 미소 지으며 송백을 바라보았다.

"곧 배우게 될 것이야. 죽고 싶어도 죽을 수 없게 되는 방법을 말이다."

밤공기의 차가움이 조금씩 산으로 내려올 때 작은 소롯길을 오르는 소녀가 있었다.

올해로 열아홉인 조서서는 꽃다운 나이였고 예쁜 여자였다. 할아버지의 부르심에 어두워지는 하늘을 무시하며 산을 올라 후원으로 걸음을 옮겼다. 성수장의 후원은 따로 있었지만 조서서의 할아버지인 조무용의 거처는 성수장에서 약간 떨어진 곳에 위치해 있었다. 조서서는 빠른 걸음으로 숲 속으로 나 있는 외길을 따라 걸음을 옮기고 있었다.

저 멀리 산등성이에 세워진 집이 보이자 조서서는 숨을 내쉬며 이마를 소매로 훔쳤다. 위로 올라가는 길이기 때문이다. 그래서 이곳에 오게 되면 계곡의 시원함에 온몸을 던져 만끽하곤 했다. 그런 그녀이기에 이곳에 오는 즐거움은 시원한 냇물과 할아버지의 따뜻함이었다.

"할아버지!"

마당에 들어서자마자 크게 부르며 집 안으로 들어갔다. 그러자 강한 탕약의 냄새와 함께 조무용이 나타났다.

"어이구, 우리 이쁜 손녀구나."

조무용은 반가운지 크게 웃으며 조서서를 반겼다.

"그런데 이런 시간에 무슨 일로 부르신 거예요?"

"다름이 아니라, 같이 올라가자고 불렀다."

조무용은 말을 하며 탁자에 올려진 작은 함을 품에 넣었다. 그런 후

한쪽에 놓인 작은 행낭을 등에 메었다. 그것이 무엇인지 조서서는 알지 못했으나 조무용이 마당을 나서자 물어볼 겨를도 없이 그 뒤를 따라나섰다.

"어디를 가는 건가요?"

"저기 위에."

조무용은 손으로 어둠이 내리는 산봉우리를 가리키며 미소 지었다.

조용한 실내에 앉은 초일은 스승과의 만남과 자신이 배울 때를 떠올렸다. 그러면서 지금 자신 앞에 앉은 송백에게 무엇을 해줘야 하는지를 떠올리려 했다.

초일은 자신이 스승에게 배울 때 무엇이 가장 부족했는지 생각해야 했다. 그리고 그것이 무엇인지 알게 되었다. 그것은… 대화.

무공은 시간이 지나면 몸이 스스로 익히게 된다. 하지만 대화는 경험을 전해준다. 초일은 무공보다 그것이 더 중요하다고 생각했다.

"어릴 때 헤어진 형이 한 명 있었는데 아직도 모르겠습니다."

송백의 목소리가 조용히 울렸다.

"저를 버리고 도망간 것인지 아니면 그때 일이 생겨 저를 남겨둔 것이었는지……."

송백의 목소리에 담긴 마음이 무겁게 실내로 가라앉았다. 초일은 그저 묵묵히 이야기를 듣고 있었다. 송백은 다시 말했다.

"솔직히… 두려웠습니다. 나를 버리고 도망갔다는 생각이 머리에서 떠나지 않았기에. 그래서 잊어버리려 했습니다."

"피는 잊을 수 없는 법이다."

담담한 초일의 목소리에 송백은 어두운 눈동자를 한 채 침묵했다.

잠시의 시간이 지나자 짧은 숨소리가 길게 흘러나오며 송백은 고개를 들었다.

"결국 홀로 남게 된 저는 동방가의 양자로 들어가게 되었습니다."

"동방가라……."

초일은 중얼거리며 며칠 전 들은 소문을 상기했다. 그리고 양자라는 말에 왜 송백이 그렇게 되었는지 알 수 있었다. 또한 송백을 도우면 관에서 어떻게 나오는지도 알고 있었다. 물론 알고만 있을 뿐이다.

"누가 오는구나."

초일은 고개를 돌리며 문가를 바라보았다. 송백 역시 초일의 시선을 따라 문을 바라보았다. 자신이 누워 있는 이곳은 작은 집으로, 뒤에 있는 초일의 거처에 비해서 초라한 곳이었다. 물론 초일의 거처라고 해도 이것과 크게 차이가 안 나나 좀 더 깨끗하고 정갈한 곳이었다.

"어이쿠, 무거워라."

문을 열고 들어선 조무용은 등에 멘 짐을 내려놓곤 가볍게 초일을 향해 인사했다.

"왔는가?"

"늦은 시간에 부르시다니 무슨 급한 일이라도 있습니까?"

"저 아이가 다리를 다쳐서 그러네."

"아."

조무용은 송백을 바라보며 곧 뒤에 서 있는 조서서를 옆으로 불렀다.

"인사드리거라."

조무용의 말에 조서서는 처음 보는 사람들이라 약간 서먹한 표정으로 얼굴을 붉혔다.

"조서서입니다."

"제 손녀입니다."

초일이 고개를 끄덕이자 조무용이 빠르게 말했다.

"너는 어서 가서 환자를 살피거라."

"예."

조서서의 대답이 울리자 초일은 자리에서 일어섰다.

"내 방으로 가지."

"그러지요. 참, 부탁하신 차는 여기 있습니다."

초일이 먼저 나서자 조무용이 내려놓은 짐을 바라보며 말하였다. 그러다 뻘쭘하게 서 있는 조서서와 어색한 표정의 송백을 바라보며 미소 지었다.

"인사는 알아서 하고 앞으로 자주 볼지도 모르니 사이좋게 지내게. 서서야, 너도 잘 봐드려라. 자주 다칠지 모른다."

"예."

송백이 인사하자 조서서의 얼굴이 붉어졌다. 곧 조무용의 신형도 사라지자 작은방 안엔 둘만 남게 되었다.

어색한 침묵이 흘렀으나 그것은 금방 사라졌다. 조서서가 다가온 것이다.

"다친 다리가 왼쪽 다리군요."

"그렇소."

송백의 목소리가 낮게 울리자 조서서는 어색한 표정을 지었다.

"조서서라 해요."

"송백이오."

송백은 자신의 실수를 알고는 곧 빠르게 이름을 말했다. 그러자 조서서가 붉어진 얼굴로 가까이 다가와 의자를 옮긴 후 앉았다.

"어디 봐요. 아프더라도 참고요."

조서서는 말을 하며 상처를 살피기 시작했다.

초일의 단출한 방 안에 앉은 조무용은 탁자 위에 품에서 꺼낸 함을 올려놓았다.

"자명환(自明丸)이 들어 있는데… 이건 제가 평생 동안 단 세 알을 만들었지요. 하나는 이미 써서 이제 단 두 알뿐입니다. 소림의 대환단에 비교해도 절대 떨어지지 않는 아주 극상품의 물건입니다. 효능은 정말 죽이지요. 허허허."

조무용은 자부심 어린 표정으로 웃음을 보였다. 초일은 그 말에 고개를 끄덕였다. 자명환의 효능이 어느 정도인지 조무용을 통해 많이 들어보았기에 잘 알고 있었다. 그리고 지금 자신에게 필요한 물건이 되었다. 물론 자신이 먹기 위해 필요한 것이 아니었다. 다 송백을 위해서 필요한 물건이었다.

"고맙네."

"아닙니다. 선배님이 과거에 저를 구해주시지 않았다면 제가 이곳에 성수장을 만들지도, 그리고 이렇게 오래 살지도 못했을 것입니다."

조무용의 진심 어린 목소리에 초일은 별다른 변화 없이 함을 손에 쥐곤 열어보았다. 그러자 심신을 맑게 해주는 소나무 향기가 사방으로 퍼져 나갔다. 그 속에 기름종이에 싸인 엄지손가락 크기의 자명환 두 알이 보였다. 눈으로 확인하자 곧 함을 닫았다.

"수발을 들어줄 아이가 한 명 필요하네."

초일은 함을 품에 넣으며 담담히 말했다.

"제 손녀가 있지 않습니까?"

"그럴 수는 없네. 소소한 일까지 다해야 하는데 어떻게 자네의 손녀를 쓸 수가 있겠나."

초일이 손을 저으며 말하자 조무용은 약간 실망한 표정을 지었다. 마음 같아서는 서서와 송백을 이어주고 싶었다.

"그럼 제 손녀와 제자 분이 눈이 맞으면 이어주서야 합니다."

웃으며 말하는 조무용의 목소리에 초일은 고개를 끄덕였다.

"서로 좋다는데 마다할 이유가 없지."

"알겠습니다. 그럼 수발들 아이를 구하는 대로 보내겠습니다."

"수고해 주게."

조무용은 기분 좋은 표정으로 말을 하며 곧 몸을 일으켰다. 그러자 초일이 말했다.

"자네에게는 늘 미안하군."

"아닙니다. 무엇이 미안합니까? 오히려 이곳에 계셔주시니 제가 다 고맙지요. 허허."

조무용의 기분 좋은 말에 초일이 다시 말했다.

"내일은 바둑이나 두세. 내가 내려가겠네."

"아닙니다. 제가 올라와야지요."

바둑이란 말에 눈을 빛내며 조무용이 대답했다. 그러자 초일이 고개를 저었다.

"가끔은 나도 내려가야 하지 않겠나."

초일의 말에 조무용이 수염을 만지며 미소 지었다.

"그러시다면 준비하고 기다리겠습니다."

초일이 고개를 끄덕이자 조무용은 곧 방을 나섰다. 초일은 그런 조무용이 어둠 속으로 사라지자 품에 넣은 자명환을 꺼내 바라보았다.

"제자라… 참으로 어렵구나."

자기도 모르게 흘러나온 말이었다.

다음날이 밝아오자 송백의 방 안으로 초일이 들어왔다. 송백은 일어서려 했으나 초일의 손짓에 곧 앉은 자세로 있었다.

"이것을 받거라."

초일의 손에서 작고 두툼한 책 한 권이 송백의 손으로 전해졌다. 초일이 자리에 앉아 송백은 책을 살펴보았다.

"패천권(覇天拳)."

송백은 표지에 적힌 글귀를 읽었다. 그러자 초일이 자리에 앉으며 말했다.

"언제 걸을 수 있다고 하더냐?"

"한 달은 있어야 한다고 들었습니다."

송백의 대답에 초일은 무언가 생각하는 듯하더니 입을 열었다.

"다리가 좋아지는 날부터 매일같이 나와 비무를 하게 될 것이다. 패천권은 육체의 기본에 충실한 무공이다. 한 달이라는 시간 동안 읽고 익혀라. 나의 무공은 오직 싸워야만 얻을 수가 있다."

"명심하겠습니다."

송백의 굳은 대답에 초일은 천천히 말했다.

"나와의 비무는 목숨을 건 비무가 되어야 한다. 그런 각오로 덤비거라. 그렇지 않다면 오늘처럼 일어서지도 못한 채 시간을 보내야 할 것이야. 그 시간이 한 달이 될지, 두 달이 될지, 아니면 십 년이 될지 아무도 장담하지 못한다. 나를 죽이지 못하면 네가 죽는다. 그것을 잊지 말아라."

송백의 표정이 경직되었다. 초일의 말속에 담긴 진의 때문이다. 또다시 이렇게 다친 생활을 할 수는 없었다. 그것은 죽기보다도 싫은 일이었다. 그리고 송백은 자신이 무언가에 빠져 들어가는 것을 느꼈다. 바로 눈앞에 앉아 있는 사람을 넘어서는 것.

"노력하겠습니다."

송백의 경직된 목소리에 초일은 조용한 목소리로 말했다.

"나는 말을 잘할 줄 아는 사람이 아니다."

"예."

조용한 목소리였으나 송백은 힘이 실려 있다는 것을 알았다.

"너에게 말할 것은 한 가지 구절이다. 이것을 잘 기억하며 늘 생각해라. 잠을 잘 때도, 일어나 걸을 때도, 숨을 쉴 때조차 기억하며 생각해야 한다."

초일의 목소리에 담긴 바가 크자 송백의 표정이 굳어졌다. 곧 초일이 입을 열자 조용한 목소리가 송백의 귓가에 박혀들었다.

천지가 창조되며 세상에는 두 가지가 존재했다.
하나가 만물이요, 하나가 나 자신이다.
둘은 하나지만 둘이기도 하다.
만물이 내가 되면 내가 만물이 된다.
만물과 나는 곧 하나니 이원(二元)은 곧 일원(一元)이다.

一出一入 하나가 가면 하나가 온다.

一出無空 하나가 가니 아무것도 남는 것이 없구나.

無往無來 가는 일도 없고 오는 일도 없으니

迹化虛無 자취만이 허무하게 남는구나.

송백은 저도 모르게 눈을 감았다. 처음은 심득이었고, 두 번째는 구결이었다. 송백은 그렇게 생각했다. 그리고 초일의 목소리에 집중하자 저도 모르게 생각 속으로 몸이 잠겼다. 그런 생각 속에서 작은 목소리가 들려왔다.

알려고 하는 것이 아니라 이해하는 것이다.

작은 목소리에 송백은 천천히 눈을 떴다. 곧 작은 방 안에 자신만이 홀로 앉아 있다는 것을 알았다. 자신도 모르는 사이에 반 시진이라는 시간이 흐른 것이다. 평생 가도 오늘의 시간이 반 시진 빨랐다는 것을 송백은 모를 것이다.

다음날이 밝아오자 송백은 일찍부터 눈을 떴다. 해야 할 일이 있기 때문이다. 송백은 재빠르게 책을 꺼내 읽기 시작하며 생각을 집중하기 시작했다.

패천권의 책 속에는 단 한 장의 그림도 없었으며 모든 것이 글로 표현되어 있었다. 권의 형태를 비롯한 설명과 응용까지도 모두 글로 되어 있었다. 결국 송백의 머리에서 생각하는 형태가 패천권이 되는 것이다. 그것이 중점이 되는 공부였다. 자기만의 무공으로 소화시키는 것. 그것이 초일이 가르치는 바였다.

패천권을 보는 송백은 가장 기본적인 글귀를 읽고 있었다.

모든 무공은 기본에 충실해야 한다. 무엇보다 권법은 수(手), 안(眼), 신(身)의 일체와 동시에 정(精), 기(氣), 신(神)의 일체가 이루어져야 한다. 또한 권법을 펼침에 있어 중요한 것이 마음은 늘 맑아야 하며 손은 빠르고 자세는 낮게 발은 고르고 안정되게 행해야 한다. 또한 상대를 보는 눈은 늘 맑아야 한다.

패천권은 이러한 기본적인 바탕 속에 강(剛)이라는 또 하나의 기법이 존재하는데, 그것은 힘의 집중을 의미한다. 초식을 행함에 있어 빨라야 하며 강함의 타법과 낮은 자세 속에 무거움이 들어가야 한다. 상대를 바라보는 눈은 상대를 제압하려는 기세가 있어야 함은 물론이요, 마음은 늘 제압하겠다는 자신감에 충만해야 한다.

송백은 다른 말들보다 '상대를 제압하겠다는 마음' 이라는 말이 마음에 와 닿았다. 또한 아무리 초식이 중요하다 해도 결국 기본에 충실해야 한다는 생각도 들었다. 그렇게 책장을 넘길 때 발소리가 들려왔다.

"송 소협."

말소리가 들리며 조서서가 들어왔다. 하지만 송백은 그녀의 뒤에 서 있는 십오륙 세의 소녀에게 시선이 닿아 있었다. 낯선 얼굴이었기 때문이다. 갈색의 피부에 약간 큰 눈과 마른 체형의 소녀였다. 입고 있는 옷도 보통의 평범한 옷이었기에 조서서와 같이 서 있으니 하녀라는 느낌이 들었다.

"인사하거라."

조서서는 송백의 시선이 닿자 곧 뒤에 서 있는 소녀를 앞으로 나오
게 하며 말했다.

"아명이라 합니다."

아명은 쑥쓰러운 듯 고개를 숙이고 있었다. 그러자 조서서가 미소
지으며 말했다.

"앞으로 모셔야 할 분이니 잘 모시고, 생활도 잘하고. 알았지?"

"예, 아가씨."

아명의 목소리에 송백은 약간 놀란 표정을 지었다.

"여기서 지낼 아이라니?"

"수발들 아이가 필요하다고 하셔서요."

조서서는 부드럽게 말하며 곧 송백에게 다가왔다.

"상처를 보여주세요. 상태를 봐야겠어요."

조서서는 빠르게 말하며 다가와 송백의 상처를 살피기 시작했다.

아명은 천성이 순하고 부지런했다. 낯을 가리는 편이었지만 자신이
적응하고 살아가야 할 사람들에 대해서 조금이라도 알려고 노력했지만
워낙에 다가가기 어려운 사람들이라 쉽지는 않았다. 두 달이라는 시간
동안 그리 많은 대화를 나눈 적이 없었다.

오늘도 성수장에서 일찍 일어나 새벽의 길을 걸어서 올라가고 있었
다. 손과 등에는 장을 보고 온 사람처럼 음식들로 가득했다. 일주일치
살아갈 분량이었다. 무엇보다 등에 멘 쌀이 무거웠지만 아명은 불평
없이 산을 올라가고 있었다.

계곡이 나오고 물소리가 울리자 아명의 발걸음이 잠시 멈추었다. 이

곳을 지나면 자신이 모시는 사람들이 나온다. 좋은 사람들이라고 아명은 생각했다.

"어?"

아명은 눈앞에 보이는 사람의 그림자에 시선을 돌렸다. 낯익은 얼굴이었다.

"도련님?"

아명은 계곡의 저 위편에 큰 바위에 앉아 있는 송백을 발견한 것이다. 이른 아침부터 송백은 그렇게 나와 있었다. 아명은 그 모습에 잠시 동안 멈춰 서서 송백을 바라보았다. 갑자기 얼굴이 붉어졌다. 헝클어진 머리를 대충 빗어 넘긴 그였지만 그에게서 느껴지는 기품이나 말 한마디의 목소리는 아명의 가슴을 뛰게 만들기에 충분했다. 하지만 아명은 자신이 살아온 삶을 알기에 과분하다는 생각도 들었다. 그렇게 송백이 눈을 뜰 때까지 바라봐야 했다.

해가 뜨려 하자 송백은 눈을 떴고 고개를 돌렸다. 그곳에 자신을 바라보고 서 있는 아명을 발견하자 송백은 바위에서 내려와 천천히 아명에게 다가갔다.

"무거워 보인다."

송백은 손을 내밀며 말했다. 아명은 그저 붉어진 얼굴로 고개만 숙이고 있었다. 그러자 송백은 가볍게 미소 지었다.

"어깨에 있는 거라도 건네."

"예? 아, 예."

아명은 그가 말한 뜻을 알고 놀란 표정으로 말하다 당황하며 어깨에 멘 쌀을 내려놓았다. 송백은 재빠르게 들어 올리곤 걸어갔다. 그러자 아명은 재빠르게 송백의 옆으로 다가가 보폭을 맞추었다.

"힘들지는 않나?"

"예."

아명은 작은 소리로 그의 목소리에 대답했다. 붉어진 얼굴은 어쩔 수가 없는지 고개는 숙이고 있었다. 그러다 생각이 난 것인지 아니면 전부터 묻고 싶었는지 아명은 고개를 들어 송백을 바라보았다.

"저기……."

"……?"

송백의 시선이 닿자 아명은 약간 당황하며 시선을 피하듯 작은 목소리로 입을 열었다.

"이곳에… 오시기 전에는 무엇을 하셨나요?"

"아무것도."

그의 단순한 대답에 아명은 약간 실망한 표정을 지었다. 그러고 보면 대화를 나눈 적이 많지 않다고 여겼다.

"너는?"

"예?"

송백의 시선에 아명은 곧 고개를 숙였다. 그러다 무엇이 생각난 것인지 미소 지었다. 하지만 송백이 보기에는 그리 밝은 미소가 아니었다. 그저 과거의 아픔을 애써 잊어보려는 미소 같았다.

"이곳에 들어온 것은 작년이에요. 그전에는… 그냥 여기저기……."

아명은 말을 하며 양손을 잡곤 이리저리 움직이고 있었다.

"부모님은 여름 장마 때 물에 휩쓸려서… 그게 오 년 전인가 그럴 거예요. 동생이 두 명 있었는데 둘도 같이……."

아명의 목소리가 잠겨오자 송백은 말없이 그저 걸었다. 세상에는 많은 사람들이 산다고 느껴졌다. 곧 집이 보이기 시작했고, 아명은 빠른 걸음으로 앞으로 먼저 나섰다. 그런 아명이 뒤를 돌아보며 밝게 웃었다.

"아침은 간단하게 하실 건가요?"

그 얼굴의 미소가 송백의 마음에 따뜻함을 전해주었다. 송백은 처음으로 마음에서 일어나는 웃음을 보였다.

"그래."

팍!

권과 장이 마주하자 송백은 재빠르게 뒤로 물러서며 양손을 굳게 움켜쥐었다. 눈앞에 있는 상대는 그저 가만히 서 있을 뿐이었다.

"무엇 하느냐?"

초일의 목소리가 울리는 순간 송백의 발이 땅을 박차며 앞으로 나아갔다. 순간 두 주먹과 무릎이 한꺼번에 앞으로 질러갔다.

빠빡!

격한 격타음이 일어났으나 초일의 한 손이 세 번의 그림자를 만든 것뿐이었다. 순간 초일의 주먹이 송백의 안면 앞에 나타났다.

빡!

"흡!"

송백의 일그러진 얼굴이 튕겨지며 뒤로 물러섰다.

'연환이다, 연환.'

송백은 패천권을 읽으며 생각한 것이 연환권이었다. 지금까지의 경험으로 절대 자신의 눈앞에 서 있는 초일을 물러서게 만들 수가 없다는 것을 알고 있었다. 그중에 한 가지 가능성이 연환권이었다. 패천권의 초식들을 좀 더 강하고 빠르게 연속적으로 펼친다면 한 가닥 가능성이 있다고 보았다.

"초식으로 상대를 제압한다. 내가 만족할 수준이 되지 못한다면 네게 다음이란 존재하지 않는다. 평생 동안 이렇게 물러서기만 할 것이냐?"

초일의 싸늘한 목소리에 송백은 눈을 빛내며 앞으로 달려들었다. 좀 전과는 다른 기세였고, 위압감을 전해주었다. 하지만 상대는 초일이었다.

쉬아악!

일권의 왼 주먹이 앞으로 뻗어나가는 순간, 초일의 손이 위로 올라왔다. 그것을 읽은 송백의 신형이 순식간에 초일의 눈앞에서 사라졌다. 재빠르게 앉은 것이다.

슈악!

앉은 송백의 신형이 회전하며 다리가 움직였다. 초일의 표정은 예상한 듯 그저 무덤덤했다. 살짝 다리를 들어 올렸다. 순간 송백의 신형이 뒤로 넘어가듯 움직이며 회전하던 다리가 초일의 안면으로 날아들었다. 전혀 예상치 못한 공격이었다.

초일의 표정 역시 굳어졌다. 자신의 예상이 뛰어넘은 공격이었다. 일반적인 형태를 볼 때, 분명히 낮은 자세의 공격은 다리를 공격하는 것이 보통이다. 물론 예외적으로 상체를 친다고 하지만 그것은 무기가 있을 때가 대다수였다. 몸을 뒤로 눕다시피 회전하며 위로 차올린 공격에 초일의 눈동자가 싸늘하게 변하였다.

'두 달.'

슈악!

팍!

송백의 발바닥을 손바닥으로 내려친 초일은 그 충격 때문에 송백이 뒤로 재빠르게 물러서자 장을 들어 올리며 눈을 빛냈다.

"물러서는 것이 아니다!"

순간 송백의 눈앞으로 거대한 장영이 들어왔다. 지금까지 한 달 동안 비무를 하면서 이런 모습은 본 적이 없었기에 놀라움은 컸다. 순간 송백의 눈동자가 타오르며 앞으로 튀어나갔다.

"으아압!"

몸을 돌리며 팔꿈치를 들어 올리는 순간 송백의 눈앞에 초일의 손바닥이 자신의 명치에 닿은 것이 보였다. 눈에 보이지도 않는 빠름.

"……!"

쾅!

"크아아악!"

송백의 입에서 피가 뿌려지며 오 장여나 날아가 바닥에 나뒹굴었다. 그 모습에 멀리서 지켜보던 아명이 놀라 달려왔다. 그러자 어느새 대자로 누워 있는 송백의 앞에 다가왔는지 초일의 시선이 아명에게 닿았다. 그런 초일의 눈동자에 비친 거대한 위압감에 아명의 신형이 굳어졌다. 곧 초일의 눈동자가 부드럽게 풀리며 짧게 숨을 내쉬었다.

"너는 내려가서 사람을 불러오거라."

"예? 예."

아명은 당황하던 표정을 감추며 빠르게 몸을 돌리곤 계곡을 내려가기 시작했다.

정신을 잃어버린 송백의 옆에 앉은 초일은 품에서 작은 함을 꺼내 열었다. 그러자 짙은 향기가 사방으로 퍼져 나갔다. 자명환 두 알이 들어 있는 함이었다. 초일은 그중에 하나를 송백의 입에 넣어주었다. 곧 혈도를 누르자 식도 안까지 들어갔고, 초일은 재빠르게 가부좌를 틀고 앉았다. 순간 아지랑이 같은 기운들이 초일의 몸에서 뻗어 나오며 송백을 감싸 안았다.

웅! 웅!

공기의 진동음이 요란하게 들리는 순간 송백의 신형이 마치 거짓말처럼 초일의 눈앞으로 떠올랐다. 그 모습을 다른 사람이 보았다면 기절할 일이었겠지만, 초일은 눈을 감으며 양손으로 빠르게 송백의 전신 혈도를 가격하기 시작했다. 혈도를 풀어주고 자명환의 약효와 초일의 내공마저도 혈도를 통해 강제적으로 넣어주는 전이타혈법(轉移打穴法)을 펼치는 중이었다. 그 극심한 내공의 소모 때문에 그런 것인지 초일의 검은 머리카락 사이로 회색 빛이 감돌기 시작했다.

뚜둑! 뚝!

뼈가 어긋나는 소리가 몇 번 들리며 송백의 전신에서 옅은 회색의 연기들이 피어나기 시작했다. 그렇게 한참의 시간이 흘러갔다.

초일은 눈을 뜨고 눈앞에 누워 있는 송백을 바라보았다. 순간 주변의 공기가 요동치며 강력한 바람과 함께 초일의 전신으로 빨려 들어가기 시작했다. 그러자 거짓말처럼 회색으로 변한 머리카락과 주름진 얼굴이 검은 머리카락으로 변하더니 주름도 조금씩 사라지기 시작했다. 그렇게 잠깐의 시간이 흐르자 초일의 모습은 본래의 모습으로 돌아왔다.

"대단한 녀석이다."

초일은 중얼거리며 송백을 안아 들었다. 실전의 감각과 경험이 높다

는 것과 상대와 마주할 때 갖추어야 할 모든 것을 갖추었다고 느껴졌
다. 기세 싸움까지도. 초일은 검이 필요하다고 생각했다.

　작은 사건이었고, 송백의 변화가 시작된 날이었다. 그렇게 두 달 만
에 송백은 변화를 하기 시작했다.

■제5장■

눈을 뜨면 세상이 보인다

아명의 방문에 조서서는 짐을 챙기고 빠른 걸음으로 산을 오르기 시작했다. 조무용을 통해 산에 사는 사람들이 자신에게 얼마나 중요한 사람들인지 알게 된 것이다. 지금의 성수장을 있게 해준 사람들이었다. 조서서의 걸음이 빨라질 수밖에 없었다.

벌컥!

문을 열고 들어온 조서서는 초일이 앉아 있자 놀란 표정으로 허리를 숙여 보였다. 자신의 조부조차도 어려워하는 사람이었다. 보기에는 젊어 보이는데 도대체 어떤 사람인지 정말 의문이 드는 사람이었다. 하지만 분명히 느낀 것이 있었다. 사람이 아닌 것 같다는 생각.

"송 소협이 다쳤다고 들어서……."

조서서는 어려운 표정으로 말하며 송백의 앞으로 다가갔다. 초일이 묵묵히 고개를 끄덕였기 때문이다. 곧 맥을 잡던 조서서가 고개를 돌려 초일을 바라보았다.

"건강하네요. 지금은 잠을 자는 것뿐이고, 단지……."

"……?"

초일의 시선에 조서서는 맥을 잡던 손을 이불 안으로 밀어 넣으며 말했다.

"미묘하게 활동적으로 변한 것 같다는 생각이 드네요."

초일은 고개를 끄덕였다. 뒤에 서 있던 아명은 걱정스런 표정으로 깊은 숨을 내쉬었다. 조서서는 아명의 말에 피를 토하며 쓰러진 것을 알고 있었다. 그렇지만 송백은 정상적이었고 오히려 전보다 건강해 보였다. 하지만 초일이 무슨 수를 쓴 것인지 무수히 많은 생각들이 머리를 어지럽혔다. 정말 알 수 없다는 생각이 들었다. 하지만 분명한 한 가지는 알고 있었다. 자신이 헛걸음한 것.

"검을 두 개 구해줄 수 있느냐?"

"검 말인가요?"

"그렇다."

"창고에 몇 자루 있을 거예요."

조서서는 창고에서 언젠가 본 적이 있다는 것을 상기했다. 그러자 초일이 일어서며 아명을 바라보았다.

"내려가서 가지고 오너라."

"예."

아명은 신속히 대답하고 다시 밖으로 나왔다. 그러자 조서서가 그녀의 곁으로 다가갔다.

"저도 그럼."

"수고했네."

조서서는 초일의 말에 허리를 숙이며 아명과 함께 길을 내려가기 시작했다. 초일은 고개를 돌려 누워 있는 송백을 바라보다 곧 몸을 돌렸다.

　"아무리 생각해도 의문이 들어."
　"예?"
　조서서의 목소리에 아명은 고개를 돌렸다. 그녀의 시선을 느끼자 조서서는 손을 저었다.
　"아니야, 아무것도. 그것보다 네가 힘들겠구나. 오늘 벌써 몇 번이나 이렇게 왔다가 가는 것이니?"
　"두 번, 세 번째… 인가? 그럴 거예요."
　"휴우."
　조서서는 숨을 내쉬며 생각하기도 싫다는 듯 고개를 저었다. 한 번 갈 때마다 반 시진은 걸리기 때문이다. 그러자 아명이 미소 지었다.
　"다리가 튼튼해서 저는 상관없어요."
　조서서는 미소 지으며 무언가 생각난 듯 고개를 돌려 산중턱을 바라보았다.
　"저 두 사람, 정말 괴이한 사람들 같지 않니?"
　"예?"
　"아무튼 뭔가 좀 달라. 기괴한 것 같아."
　"그런 말 하지 마세요."
　아명은 고개를 숙이며 약간 토라진 듯 말했다. 조서서는 그저 미소 지었다.
　"무림인들은 모두 멋있다고 생각했는데 아닌 사람들도 있어서 그런 거야. 신경 쓰지 마.”

조서서는 무언가 생각하는 듯 다른 곳을 바라보며 중얼거렸다.

동방리가 보였다. 자신의 옆에 붙어 있는 동방리는 언제나 웃고 있었다. 하지만 조금씩 그 모습이 멀어지는 것을 느꼈다. 자신의 나약함에 동방리는 눈물 흘렸고, 자신의 부족한 결단력에 그녀는 뒤로 물러섰다.

“리.”

아명은 송백의 곁에 앉아 그가 자는 모습을 바라보고 있었다. 그러다 들리는 작은 음성에 놀란 표정을 지었다. 하지만 그 표정은 이내 사라지고 궁금한 얼굴이 되었다.

“도대체 누굴까?”

*   *   *

딸랑! 딸랑!

늙은 말은 느릿한 걸음으로 눈앞에 보이는 길을 가고 있었다. 높은 산세가 저 멀리까지 보였으며 길의 옆으로는 깎아내린 절벽이 끝없이 이어지고 있었다. 그런 산등성이에 나 있는 길은 마차 두 대가 지나가면 딱 맞을 것 같은 길이었다. 늙은 말은 사방이 열린 수레를 끌고 있었다.

“천하는 넓고 넓으니 나의 길은 끝이 없구나.”

마부석에 앉은 중년인이 주변의 경관을 바라보며 홍얼거리자 수레의 앉은 아름다운 용모의 백의여인이 그 모습에 미소 지으며 관심있는 표정을 지었다. 너무도 아름다운 여인과 중년인이었다.

"끝을 알 수 없는 길을 가려니 다리가 아프고 몸도 마음도 지쳐 가는구나. 잠시 쉬면 되는 것을 나는 왜 모른단 말인가."

철우경의 목소리가 잠겨들자 동방리가 천천히 입을 열었다.

"낙엽은 지는데 바람은 잔잔하고[落葉風不起], 산은 고요한데 꽃만이 절로 붉네[山空花自紅]."

동방리의 고운 목소리에 철우경은 미소 지으며 주변의 경관을 둘러보았다. 그런 철우경의 귓가로 동방리의 목소리가 다시 들려왔다.

"세상을 버림이 늙기도 전이시니[捐世不待老] 우리의 사랑… 끝을 맺지 못했네[惠妾無其終]."

"오호라."

고개를 끄덕인 철우경은 매우 좋은 듯 고개를 돌리며 동방리를 바라보았다.

"아주 좋구나, 좋아. 누구의 시더냐?"

"그게, 저도 잘 기억이 나지 않아요. 그냥 갑자기 생각나서. 그런데 무척이나 좋아했던 시 같아요. 이렇게 마음에 남아 있는 걸 보니."

동방리의 우수에 찬 눈동자에 철우경은 고개를 끄덕이며 시선을 돌렸다.

"조금만 가면 신교가 보일 것이다. 기대하거라, 정말 신선의 나라라고 느껴질 것이니."

"정말 기대하고 있어요."

동방리는 말을 하며 앞에 보이는 굴을 바라보았다. 사람이 만든 듯 굴의 반대편에 밝은 출구가 보였고, 들어가는 곳의 머리 위에 큰 글귀가 눈에 들어왔다.

신조동(神助洞).

그렇게 써 있는 동굴에 들어가자 철우경이 입을 열었다.

"신교로 가는 길은 단 세 개뿐이고, 세 개의 길 끝에는 성이 존재한
다. 그리고 그 중심에 신교의 내성이 존재하지."

"예."

동방리는 곧 출구가 보이자 눈을 크게 떠야 했다. 마차가 잠시 멈춰
서자 동방리의 커진 눈이 저절로 미소를 그렸고 열리는 입속으로 거대
한 세상이 들어왔다.

수많은 구름들이 머리 위에 있는 것처럼 낮게 깔려 있었으며 저 멀
리 병풍처럼 늘어선 산 밑으로 계곡의 물이 보였으며 성벽이 보였다.
그리고 수많은 집들이 성안에 늘어서 있었으며 까맣게 점으로 보이는
수많은 사람들의 모습이 눈에 들어왔다. 마치 구름 속에 존재하는 것
같은 착각이 들었다.

"저기가 신교의 외성 중에 하나인 신조성(神助城)이다. 천산의 깊은
오지에 이런 곳이 존재한다고 누가 믿겠느냐? 어서 가자."

마차가 다시 움직이고 한참 동안 산을 내려갈 때까지 동방리는 다가
오는 성의 모습을 바라보며 이리저리 구경하고 있었다. 주변에 늘어선
병풍 같은 기암괴석들과 구름을 뚫고 들어간 수많은 봉우리들이 눈을
즐겁게 해주고 있었다.

사람들의 말소리가 들리는 성문을 지나 안으로 들어가자 좌우로 많
은 상가들과 사람들의 행렬이 눈에 들어왔다.

중원에서 여기까지 오는 동안 많은 성을 지나왔지만 이곳은 뭔가 다를 것이라고 생각했다. 하지만 다른 곳과 마찬가지로 이곳 역시 활기가 넘쳤고, 사람들은 바쁘게 거리를 왕래했다.

"이곳은 신교가 분명한데 막는 자도 없고 오히려 중원처럼 활기가 넘치니 신기하기도 해요. 정말 신교가 분명한가요?"

동방리의 조용한 목소리에 지나가는 사람들은 남자나 여자 할 것 없이 잠시 동안 시선을 두었다. 아름다운 외모 때문이었다. 그런 것을 모르는 동방리는 그저 주변을 둘러볼 뿐이었다.

"신교는 오는 사람을 막지 않아. 그 가르침 때문에 이곳에 오는 동안 막는 자가 없었지. 아무리 중원이 싫어한다고 하지만 이곳까지 사람을 보내는 문파도 없고, 있다 해도 들어온 이상 나가기가 수월치 않아 힘들지. 나가는 자에 대해서만큼은 엄격한 곳이니까."

철우경은 말을 하며 어릴 때 이곳에 와서 수련하던 기억을 떠올렸다. 그때는 이곳도 그냥 다른 마을처럼 하나의 마을이라 여겼었다. 하지만 이곳을 나갈 때 그것이 아니라는 것을 알게 되었다. 그때의 기억들이 하나둘씩 머리에 떠오르자 고향에 온 것처럼 설레는 마음을 가지게 되었다.

"어서 가자. 이곳은 그냥 외성일 뿐이다."

"예."

시장의 중심을 빠져나가는 수레는 한참 동안 앞으로 가다 집들이 이어진 길을 지나갔다. 그곳을 지나 한참 동안 위로 올라가는 약간의 경사진 길을 가자 집들도 사람들도 사라지고 안개 같은 기운이 맴돌기 시작했다.

"조금 으스스하네요."

"허허허, 이 할애비가 있는데 무엇이 걱정이냐?"

철우경은 웃음을 보이며 저 멀리 좌우로 서 있는 높은 담장의 건물들을 바라보았다. 그리고 안개에 가려 흐릿하게 보이는 길의 중앙에 서 있는 문을 응시했다.

신조문(神助門).

거대한 문은 큰길을 가로막듯 서 있었으며 그 중앙에는 다섯 명의 흑의를 입은 무인이 어깨에 도를 메고 서 있었다.

수레가 멈추자 그들 중 가장 중앙에 서 있던 삼십대 초반의 인물이 짧은 수염을 어루만지며 다가왔다. 보통의 체격과 평범한 인상의 인물이었다.

"저는 토정당(土定堂) 오조의 조장 마의속이라 합니다. 통행을 허락받았소?"

"허락을 받은 기억은 없네."

철우경의 말에 마의속의 표정이 굳어졌다. 이곳부터는 아무나 들어갈 수 없기 때문이다. 내부의 인사가 아니면 이곳 신조성의 관리를 맡고 있는 신조각(神助閣) 각주의 허락이 있어야 했다.

"죄송하지만 통행증이 있어야 이곳을 들어갈 수가 있소. 내려가서 허락을 받고 다시 오시오."

마의속은 위압적인 목소리로 힘을 주며 말했다. 가끔 아무것도 모르고 오는 사람들이 있기 때문이다. 물론 문제가 되는 인물들은 신조성에 들어오면서 신조각의 조사를 받게 된다. 그저 평범한 사람들을 제외하고 말이다.

오행당은 신조성에 머물면서 생활한다. 그리고 반년마다 한 번씩 오행당은 돌아가면서 이곳에 올라와 번을 섰는데 지금은 토정당이 서고 있었다. 좌우의 건물들은 그런 그들의 거처였다.

"미안하지만 그럴 시간이 없네. 이것이면 되겠나?"

철우경은 말을 하며 손을 품에 넣어 무언가를 꺼내 마의속의 앞에 들어 보였다.

"이것은!"

마의속은 너무도 놀라 두 눈을 부릅떴다. 사각의 손바닥만한 패였으나 주변으로 구름 무늬와 금색의 글씨로 신교(新敎)라는 글귀가 명확하게 쓰여진 패.

"황금패!"

놀라 소리친 마의속이 부복했다. 그러자 뒤에 서 있던 무인들도 일제히 얼떨결에 따라 부복했다. 신교의 황금패는 단 두 개였다. 교주와 부교주. 하지만 마의속의 기억에 교주가 외출한 적은 없었다. 그렇다면 남은 하나는 부교주의 것이었다. 그리고 부교주는 지금도 부재중이었다.

순간 마의속의 전신이 미미하게 떨리기 시작했다. 신교의 전설이자 중원에서 부르는 마도제일인(魔道第一人)이자 신교제일무인(新敎第一武人)이 눈앞에 나타난 것이다.

마(魔)마저 제압한다는 마중마(魔中魔), 중원의 무림인들마저도 경외하는 인물, 대마대제(大魔大帝) 철우경!

그가 신교에 드디어 돌아온 것이다.

"부교주님을 뵙습니다!"

"할아버님이 부교주라니."

좀 전에 신조문을 통과해 위로 올라가는 수레의 위에 앉은 동방리가
놀란 표정으로 말하자 철우경은 웃음을 흘렸다.

"왜? 신기하냐?"

고개를 돌리며 묻는 철우경의 시선에 동방리는 고개를 저었다.

"오십 년 전의 일이지, 내가 신교의 부교주가 된 것은. 그리고 많은
일들이 있었다. 참으로 많은 일들이. 허허허."

철우경의 웃음소리 너머로 안개가 걷히며 동방리의 눈앞에 선경이
나타나기 시작했다. 수많은 산봉우리 사이로 올라가 있는 집들과 구름
이 헤엄치는 바닷속에 서 있는 많은 전각들, 그리고 하늘에 닿을 듯 높
게 솟은 봉우리의 중간에 마치 꿈속에 나올 듯한 아름다운 전각 한 채
가 위로 솟아 있었다. 인간이 과연 얼마나 많은 일을 할 수 있는지 보
여주는 듯. 그렇게 신교의 본단이 동방리의 눈 속으로 들어왔다.

본단에서 꽤 떨어진 만천봉(萬千峯)의 중턱에 자리하고 있는 철우경
의 거처는 삼십 년 전에 비워졌지만 아직까지도 깨끗하게 정리되어 있
었다. 그곳까지 안내하던 많은 무인들이 관심과 호기심 어린 시선으로
철우경과 동방리를 바라보았다. 하지만 누구 하나 감히 말을 하지 못
했다.

만천봉의 중턱에 자리한 철우경의 거처는 낮은 담장 너머로 작은 정
원과 뒤로는 몇 채의 높은 전각과 집들이 있었다. 그리고 그 뒤로 높은
절벽이 왼편으로 붙어 있으며 오른편으로는 본단이 내려다보이는 운치
있는 곳이었다. 단둘이 살기에는 큰 곳이지만 말이다.

신교는 오랜만에 잔치 속으로 빠져들었다. 삼십 년 만에 신교의 부교주가 돌아왔기 때문이다. 신교의 전설을 만들어낸 인물이 돌아온 것이다. 잔치를 안 할 수가 없었다. 그리고 사람들의 입으로 동방리의 미모가 퍼져 나갔다. 부교주의 손녀인 그녀 역시 화젯거리가 안 될 수 없었다. 그렇게 신교의 밤은 깊어갔다.

철우경은 번잡한 것을 싫어한다. 그러한 것을 알기에 자신의 거처에 오자 정문에서 사람들을 모두 돌려보냈다.

"어떠냐?"

주변을 둘러보는 동방리에서 철우경은 이곳에 온 소감을 듣고 싶었다. 동방리는 미소 지으며 창가에 서서 밖을 바라보았다.

"굉장히 좋은 곳 같아요."

"나도 오랜만에 고향 온 기분이다. 네가 좋다니 나 또한 좋구나."

"허허허허! 이거, 이거, 삼십 년 만에 왔다길래 맨발로 달려왔더니 손녀를 데리고 왔다고?"

철우경은 이미 문 앞에 누가 있다는 것을 알았는지 별로 변화없는 표정으로 고개를 돌렸다. 동방리는 놀란 표정으로 문 앞에 서 있는 사십대 후반의 중년인을 바라보았다. 인상 좋은 미소와 멋들어진 수염이 돋보이는 인물이었다. 얼굴에는 보기 좋은 미소도 그리고 있었다. 그가 현재 천하에서 가장 큰 세력인 신교의 교주이자, 중원에서 가장 두려워하는 인물인 천산신패(天山神覇) 유천한(有天寒)이었다.

"부러운가? 하하하하!"

철우경은 크게 웃으며 유천한의 앞으로 다가갔다. 그러자 안으로 들어온 유천한과 철우경은 서로를 향해 양손을 벌리며 다가갔다. 그리고 안았다.

"잘 왔네, 정말 잘 왔어."

"이럴 줄 알았다면 좀 더 일찍 올 것을."

세상에 단 하나뿐인 친구인 그들은 그렇게 서로의 반가움을 표시하고 있었다. 그런 그들의 모습을 동방리는 미소 지으며 바라보았다. 언제나 고독할 것 같았던 할아버지가 저렇게 기뻐하기 때문이었다.

단아한 방 안에 앉은 동방리는 창가에 시선을 던졌다. 저 멀리 수많은 봉우리들과 밑으로 불이 밝혀져 있는 전각들이 마치 별들처럼 그렇게 밤을 수놓고 있었다. 철우경은 오랜 친구인 교주와 옆의 별채에서 술을 마시고 있었다. 둘만의 시간이 필요하다고 생각했기에 먼저 나온 것이다.

문득 그녀의 손이 목에 걸린 승룡패에 닿았다. 가만히 고개를 숙여 어루만지자 차가움이 전해져야 할 느낌이 따뜻함으로 전해졌다. 분명히 피부는 차갑게 느껴졌지만 마음만은 따뜻했다.

'알 수 없는 기분.'

　　　　　*　　　　　*　　　　　*

검.

송백은 차가운 손잡이의 느낌을 전신으로 느끼며 고개를 들었다. 작은 마당이었으나 눈앞에는 거대한 산이 서 있었다. 그것을 넘어야 한다. 그런 생각이 머리에 메아리쳤다.

"검은 어떤 옷으로 입한다 하여도 살인을 위한 도구일 뿐, 그 이상도 그 이하도 아니다. 네가 지금부터 익혀야 할 것은 전검(戰劍)이라 불린다. 그전에 패천권을 익히게 한 이유도 이 전검 때문이다."

"전검."

송백은 전투적인 이름에 눈을 빛냈다. 초일의 목소리가 계속 이어졌다.

"이 검은 초식이 없다. 그래서 이름도 없는 검법이다. 단지 싸움 속에서 나왔기에 전검이고, 싸움을 통해서만 볼 수 있기에 전검류(戰劍流)라 불린다. 나는 어릴 때부터 싸움을 해왔고 이것을 몸으로 익혀왔다. 하지만……."

초일은 눈을 빛내며 검을 들어 올렸다.

"너는 그런 과정이 필요없을 것 같구나. 이미 몸으로 전검류를 익혔으니 말이다. 이제 네가 알아야 할 것은 검의 근본(根本)이다. 검은 사람을 죽이기 위한 것이지 살리기 위한 것이 아니다. 세상을 볼 때도 늘 근본을 보는 시선이 중요하다. 가식적인 마음으로 세상을 본다면 검 또한 가식이요, 세상 또한 가식이다. 오거라. 네가 바라본 전쟁과 싸움의 전검을 내게 보여주거라."

"합!"

순간 송백의 발이 빛살처럼 움직이며 초일의 상체를 노리고 찔러갔다. 마당의 공기가 웅웅거리며 소리를 냈고 주변의 공기가 회오리쳤다.

깡!

검을 옆으로 눕히듯 밀어내는 초일의 검력에 송백은 재빠르게 검을 뒤로 돌리듯 빼며 몸을 돌렸다. 순간 '쉭' 거리는 소리와 함께 검날이 반대편에서 튀어나와 초일의 몸을 베어갔다. 순식간에 보여준 임기응변이었다.

초일은 고개를 끄덕이며 재빠르게 검날을 막았다. 그런 순간 초일의 검이 송백의 검날을 타고 미끄러지듯 가슴을 찔러갔다. 놀란 송백이 뒤로 물러서자 초일은 다시 검을 늘어뜨렸다.

"강함만을 추구하는 너에게는 세상을 공(空)으로 보는 눈이 필요하다. 뿌리가 굵은 나무는 비바람에 부러지고 사람의 손에 의해 베어지기 마련이다. 검 또한 마찬가지다. 앞으로 나가려고 하는 네 검은 부러지게 되어 있다. 집념도, 오기도, 원한도 가끔은 잊어버려야 한다. 마음이 이미 허(虛)한데 무엇이 너의 검을 부러뜨릴 것이요, 무엇이 벨 것이겠는가. 그러한 허조차도 없다면 그것이 진정한 공이다."

말이 끝나는 순간 초일의 걸음이 한 걸음 나서며 검을 찔러갔다. 송백은 기다렸다는 듯이 재빠르게 검날을 들어 올리며 막아갔다.

깡!

금속음이 강하게 울리며 송백의 손목을 아프게 만들었다. 하지만 송백은 빠르게 검을 내려 초일의 가슴을 찔러갔다. 순간 초일의 검인 가볍게 원을 그리며 송백의 검날을 옆으로 밀쳐 냈다. 그 힘에 송백의 신형이 자신도 모르게 옆으로 밀려났다.

"초식을 깨려면 초식이 있어야 한다. 하지만 초식이 없다면 무엇이 초식을 깰 것이다. 어린아이의 주먹질에는 초식이 없다. 하지만 아이는 힘이 없기에 어른에게 지는 것이다. 네 검은 아직도 어린아이의 주먹에서 벗어나지 못하는구나. 상승의 검에 눈을 뜨게 되면 초식은 사라지고 사람만 보이니 근본을 보게 될 것이다. 그것이 알게 되면 만물을 볼 것이요, 이원에 눈을 뜰 것이다."

순간 송백의 눈동자가 빛나며 마음속에 들어 있던 구결들이 머리 속을 헤집었다.

만물과 나는 곧 하나니 이원(二元)은 곧 일원(一元)이다.

머리에서 메아리치는 소리에 반응한 송백의 숨소리가 고요하게 가라앉으며 눈동자가 무겁게 변하였다. 주변의 공기가 광포하게 요동치던 것이 마치 조용한 새벽의 공기처럼 정적을 만들어내었다.

그 모습을 바라본 초일의 입가에 미소가 걸렸다.

"오거라."

핑!

송백의 검이 빠르게 요동치며 좀 전과는 다르게 두 개의 그림자를 만들어내었다. 좌우를 한꺼번에 베어가는 것이다. 급작스러운 움직임에 초일은 큰 원을 그렸다.

쾅!

지금까지와는 다른 폭음이 울리며 초일과 송백 사이의 공기가 파장을 만들어내듯 사방으로 밀려나갔다.

"네게 부족한 것은 생명을 검에 넣은 마음이다. 생명이 없다는 것은 곧 검이 죽어 있다는 것을 말한다. 검은 본디 생명이 없지만 쥔 사람의 손에서 생명을 얻게 된다. 진정한 고수는 손에 들린 무기조차 살아서 숨을 쉰다. 너는 앞으로 검에 생명을 불어넣어야 할 것이다."

초일이 검을 검집에 넣으며 말하자 송백은 곧 허리를 숙였다.

"감사합니다."

초일은 훈훈한 얼굴로 다시 한 걸음 나선 송백의 모습을 바라보았다.

"검에 생명을 넣게 된다면 너는 너만의 길을 가야 할 것이다. 이제부터는 초식을 넘어 검공을 배우게 될 것이다. 그때가 언제일지는 네가 하기에 달려 있다."

"열심히 하겠습니다."

송백은 빠르게 대답했다. 그리고 또다시 멀게만 느껴지는 산을 응시해야 했다.

후두두둑!

쏴아아아!

순식간에 쏟아지는 빗줄기는 굵게 변하며 산과 숲을 적시고 있었다. 땅바닥은 순식간에 파이며 흙탕물을 만들어내었다.

터벅!

흙탕물 속에 하나의 발이 잠기며 흑의를 입은 인영이 나타났다. 그의 얼굴은 굳어 있었으며, 머리카락은 빗줄기에 젖어 헝클어져 있었다. 옷도 오래전에 흠뻑 젖은 듯 축축하게 몸에 붙어 있었다. 송백이었다.

송백은 익숙한 걸음으로 산길을 올라갔다. 낮 시간이지만 흐린 날씨와 빗줄기로 인해 어둡고 컴컴한 시야였다. 하지만 맑을 때보다 왠지 모르게 친숙하게 느껴졌다. 그것은 전신을 자극하는 빗줄기의 시원함 때문이었다.

눈앞을 가리던 나뭇가지를 옆으로 밀치며 앞으로 나오자 소롯길이 끝나고 작은 공터가 나왔다. 불과 사 장 정도의 작은 공간이었다.

그곳의 중앙에 초일이 앉아 있었다. 송백은 초일을 발견하곤 그 앞으로 다가갔다. 초일은 평평한 바위 위에 앉아 비를 맞고 있었다.

초일의 무릎 위에는 전부터 보아왔던 검이 올려져 있었으며 양손은 그 검날을 어루만지고 있었다. 그 모습을 송백은 자주 보았다. 하지만 무엇인지 묻지는 않았다. 그저 사연이 있는 검이라고 생각되었을 뿐이다.

초일의 시선이 머물고 있는 곳은 오른편에 작게 만들어진 봉분이었다. 송백은 비가 오면 언제나 스승인 초일이 이곳에 온다는 것을 알았다.

"백아입니다."

송백은 조용히 앞으로 다가갔다. 일 장 정도의 거리가 되자 송백은 가만히 서 있었다.

초일의 시선이 송백에게 향했다. 송백은 언제나 느끼는 것이지만 초일의 시선은 오직 이곳에서만 쓸쓸해 보인다고 여겼다. 초일은 송백을 바라보곤 곧 다시 고개를 돌렸다.

후두두둑!

빗방울이 주변을 뿌옇게 만들고 있었다. 벌써 일 년이라는 시간이 지나가고 있었고, 송백의 얼굴과 덩치도 약간은 더 커지고 성숙해진 듯 보였다.

"과거 천하제일인이라 불렸던 사람과 비무를 한 적이 있었다. 언제인지 지금은 기억도 나지 않지만 아주 먼 옛날처럼 기억되는구나."

송백의 표정은 경건하게 변하고 있었다. 무공을 배우는 것보다 더욱 중요한 것이 이러한 말이라고 여겼기 때문이다. 송백은 묵묵히 초일의 말을 듣고 있었다.

"천하의 사람들이 모두 모였을 만큼 대단한 날이었던 것 같구나. 그렇게 시작된 비무는 오래가지는 않았다. 단지 한 시진이라는 짧은 시간 동안 비무를 하였지."

초일은 잠시 무언가를 회상하는 듯 부드럽게 미소 지었다.

"결국 나는 이기게 되었다. 그렇지만 그 이후로 내가 해야 할 것이 무엇인지 잃어버리고 말았다. 그렇게 오래도록 살아왔다. 천하제일이라 불리기도 했지만 그것이 소용없다는 것을… 하늘을 덮는 위명도 천하를 놀라게 할 무공도 모든 것이 부질없다는 것을 몇십 년 전에서야 알아버렸다. 죽음은 그런 것이다."

초일은 가만히 손을 움직여 무덤을 덮고 있는 풀잎을 어루만졌다.

"평생 옆에 있어주기로 했지. 내가 죽는다면 내 자리는 이곳이 될 것이다."

송백은 무심하게 흘려들었다. 하지만 그 의미는 크다는 것을 알았다. 봉분 옆으로 앉아 있는 초일의 자리가 자신의 무덤이라고 말하는 모습은 송백에게 많은 생각을 하게 만들었다. 그것은 초일의 유지와도 같은 명이었다.

"오래 사셔야 합니다."

송백은 자신도 모르게 말했다. 초일은 단지 씁쓸하게 웃을 뿐이었다.

"오래 사는 거야 이미 오랜 세월 살았으니 별로 중요하다고 여기지 않는다. 내가 걱정하는 것은 혹시라도 네가 크는 모습을 못 보는 게 아닌가 하는 것이다. 많이 늦어버렸으니 말이다."

뚝! 뚝!

빗방울이 점점 약해져 가고 있었다. 그런 가운데 하늘의 한쪽에선 구름이 사라져 가고 햇살이 비추기 시작했다.

■제6장 ■

집념은 힘을 주지만…….

일 년이란 시간이 지나가고 여름이 다시 온 것은 금방이었다.

초일은 방 안에서 여전히 검을 어루만지고 있었다. 요즘 들어 자주 검을 만지고 있었다. 무엇 때문에 그러는지 초일의 눈동자는 감겨 있었고 가끔 손끝이 떨리기도 했다. 그런 초일이 눈을 떴다. 곧 방 안으로 송백이 들어왔다.

"백아입니다."

송백이 들어오자 초일은 검을 어루만지던 손을 멈추고 시선을 돌렸다.

"요즘 진전은 어떻게 되느냐?"

"이원공(二元功)을 일원(一元)으로 만드는 것을 알지만 아직 제가 미숙하여… 그저 죄송할 따름입니다."

초일은 미소 지으며 고개를 저었다.

"아니다. 그게 어찌 죄송한 일이 되겠느냐? 그저 열심히 검을 생각하고 이해하려 한다면 자연스럽게 그 답이 나올 것이다."

"알겠습니다."

초일은 곧 검을 검집에 넣으며 천천히 말했다.

"오늘 부른 것은 이것을 보여주기 위함이다."

팍!

"……!"

송백의 눈동자가 굳어지며 소리난 곳으로 고개를 돌렸다. 그런 그의 눈에 일 장 정도 떨어진 벽면으로 향하였다. 초일의 손이 움직인다고 느꼈다. 본 것이 아니라 그저 느꼈을 뿐이다.

"검으로 만든 것이다. 순간적으로 기를 응축시켜 발출한 것으로 극쾌가 주된 중점이다. 이 초식은 단혼일섬(斷魂一閃)이라 불린다."

초일이 말을 끝내는 순간 송백의 눈동자가 굳어지며 놀란 표정으로 벽면을 향해 걸어갔다. 어느 순간에 검을 뽑았다가 다시 넣었는지 보이지도 않았다. 그저 놀라움만 가득했다. 그런 마음으로 다가간 그곳의 벽면에 아주 얇게 일 촌 정도의 크기로 선이 그어져 있었다.

송백은 그곳에 시선을 던지다 바람이 들어온다는 것을 느낀 순간 선에 눈을 붙였다. 그런 송백의 눈 속으로 밖의 전경이 들어왔다. 일정한 크기의 깨끗한 면. 단 한순간에 보여준 신위였다.

"이것을 익혀보거라. 너라면 할 수 있을 것이다."

초일의 목소리에 송백의 표정이 타오르기 시작했다.

아명은 이른 아침부터 시장으로 향하였다. 성수장이 있기에 성수촌으로 불리는 마을은 그리 크지는 않았지만 많은 사람들이 이리저리 다니고 있었으며 분주하게 준비하는 상인들도 많이 있었다.

성수장으로 인해 조금씩 커진 마을은 여기저기서 흘러들어 온 사람들로 조금씩 번화한 마을이 되어갔다. 그리고 아명 역시 몇 년 전에 이곳으로 흘러들어 와 성수장에 들어가게 된 것이다.

아명은 옷을 만들어야겠다는 생각으로 그동안 모은 돈을 들고 포목점에 들어가려 했다. 하지만 들려오는 목소리가 아명의 발을 잡았다.

"이게 누구야? 아명이가 아니더냐?"

아명은 자신의 이름을 누가 부르자 고개를 돌리다 이십대 중반의 평범한 청년이 몇 명의 청년들과 서 있자 놀란 눈을 부릅떴다. 그러자 청년이 다가와 아명의 손을 잡았다.

"집에 가야지."

아무리 서로 대화가 많지 않았다지만 일 년이란 시간 동안 서로 얼굴을 맞대고 있다 보면 정이 들기 마련이다. 그것이 어느 정도 거리가 있는 것이라 하여도 말이다.

송백은 오후가 되어 점심 먹을 시간이 지나도록 아명이 오지 않자 걱정스런 마음이 들었다. 평소 아명은 무슨 일을 하던 미리 말을 하기 때문이다. 초일은 너무도 어려워 주로 송백에게 말을 많이 했었다. 더욱이 마을에 간다고 아침에 말한 상태였다. 점심 전에는 오겠다고 하던 아명이 돌아오지 않는 것이다.

그런 가운데 초일이 모습을 나타냈다.

"아명은 없느냐?"

초일의 말에 송백은 굳은 표정으로 재빠르게 대답했다.

"제가 나가보겠습니다."

"그래라, 끼니를 거를 수도 없으니."

초일은 고개를 저으며 인상을 찌푸렸다. 사실 아명이 초일과 송백의 밥줄을 쥐고 있었다. 그만큼 그녀는 소중한 존재였다.

성수장은 여전히 사람들로 바쁘게 돌아가고 있었다. 그런 성수장을 나와 마을로 내려간 송백은 가장 먼저 상가들을 이리저리 돌아다니며 묻기 시작했다.

아무리 평범한 옷과 대충 헝클어진 머리를 목 부분에서 모아 묶었다지만 과거 만인을 부리던 그 기세와 초일을 만나 무공을 배우면서 생긴 위압감의 눈동자는 일반인들에게 부담되는 모습이었다.

"못 봤습니다."

잡화점의 상인이 약간 주저하며 어려운 표정으로 말하자 송백은 고개를 끄덕였다. 그리고 옆에 있는 포목점으로 발을 돌렸다.

포목점의 주인은 의자에 앉아 손님을 기다리다 송백이 들어오자 자리에서 일어섰다. 그러다 송백의 거친 눈동자와 알 수 없는 위압감에 굳은 표정을 지었다. 자신도 왜 자신이 그러는지 모르는 듯 보였다.

"물어볼 것이 있는데?"

"예? 어떤……."

물건을 사러 온 것도 아닌데 주인은 고개를 숙였다.

"아침에 약간 작고 왜소한 소녀가 오지 않았나?"

"예? 소녀라시면……."

포목점 주인은 잠시 생각하는 듯하더니 곧 아침에 문을 열자마자 나타난 소녀를 생각했다.

"혹시 약간 까무잡잡한 피부의 어린 여자 아이를 말하는 것입니까?"

송백의 표정이 눈에 띄게 굳어졌다.

"어딨지? 아니, 어디로 갔는지 알고 있나?"

다그치는 목소리에 주인은 재빠르게 대답했다.

"어떤 청년들이 데리고 가던데. 뭐라더라⋯ 가족이라고 한 것도 같고."

"어디로?"

송백의 목소리에 주인은 고개를 돌리며 손으로 길의 반대편, 마을로 들어오는 입구 쪽을 가리켰다.

"저쪽으로 가다가 골목으로 들어간 것 같던데⋯ 그 이후로는 저도 잘 모릅니다."

"고맙군."

송백은 빠르게 말하며 포목점을 벗어났다. 그러다 무언가 생각난 듯 다시 들어왔다.

"여기 이 마을로 들어오는 길은?"

"이 길뿐입니다."

주인은 자신의 땅 밑을 발로 치며 대답했다. 송백의 표정 속에 안도감이 들었다. 이 길뿐이라면 분명히 본 사람이 있을 것이고, 없다면 이 마을 안에서 벗어나지 않았기 때문이다.

쿵!

좁은 방 안의 한쪽 구석에 처박힌 아명은 비명조차 지르지 못하고 있었다. 손과 발이 묶였으며 입마저도 천에 묶여 있었다. 그런 아명의 시선이 자신을 내려다보고 있는 종삼에게 향하였다.

종삼은 입꼬리를 올리며 아명의 머리를 발로 밟아 누르기 시작했다.

"내 손에서 도망쳐 간 곳이 여기라니. 참으로 난 운이 좋아. 안 그래?"

종삼은 웃으며 발을 내리곤 앉았다. 그리고 안타까운 눈으로 손을 들어 아명의 얼굴에 묻은 흙을 털어주기 시작했다.

"천하가 넓고 넓어 어디가 어디인지 구분도 안 된다고 하던 소리를 들었는데 이제 보니 이렇게 좁을 줄이야. 세상은 참으로 재미있어. 아명아, 너 때문에 내가 그때 얼마나 손해를 보았는지 아니? 금화 두 냥이야, 두 냥. 네년의 목숨 값 말이다!"

짝!

순간 종삼이 아명의 볼을 때렸다. 아명의 입에 감긴 천에서 핏방울이 묻어났다. 입술이 터진 것이다. 하지만 아명의 눈동자는 두렵다거나 겁에 질린 모습이 없었다. 그저 담담할 뿐이었다.

종삼은 그런 아명을 바라보다 일어서며 문을 지키는 두 명의 청년에게 빠르게 말했다.

"해가 지면 바로 출발할 테니 준비하고, 더 지체하면 바로 관에서 따라올 테니 흔적도 남기지 않게 주변 정리 잘하고."

"예, 형님."

두 명의 청년이 대답하자 종삼은 문을 열고 나갔다. 그러자 아명은 실내를 살펴보기 시작했다. 문가에 선 덩치 큰 두 명의 청년과 자신의 반대편에 자신처럼 묶여 있는 한 명의 소녀가 눈에 들어왔다.

'개자식들.'

아명은 하지도 않던 욕을 뱉어내려 했다. 하지만 생각 뿐이었다. 곧 어릴 때 종삼과의 만남을 상기했다. 사람을 겉만 보고 믿었던 게 지금도 생각하면 분했다. 좋은 미소로 다가와 배고픔에 떨고 있던 자신에게 밥을 사주고 좋은 옷을 사주었다. 그리곤 홍루에 팔아버렸다. 그때 세상이 무섭다는 것을 알았고, 며칠 동안 밤을 새며 도망 다녔다. 그들이 인신매매범이란 사실을 알았기 때문이다.

종삼의 정체는 그것이었다. 그런 그가 이런 작은 마을에 왜 나타났는지 모르지만 아명은 다시 잡힌 것이다.

종삼은 밖으로 나와 주변을 둘러보았다. 마을과 좀 떨어진 이곳은 주변에 나무들도 많아서 잘 가려주었고, 옆집까지의 거리가 멀어 관심을 가질 만한 곳도 못 되었다. 종삼은 곧 집 뒤로 돌아갔다. 그곳에는 사방이 막힌 마차와 말이 몇 필 나무들 사이에 앉아 있었다.

"형님."

종삼의 뒤로 좀 왜소한 체구의 청년이 다가왔다.

"왜?"

"쓸 만한 년들도 없는데 출발 준비를 합시다. 여기 오래 있어봤자 좋을 일도 없을 터고 큰 도시로 가려다 잠깐 들른 곳에 하루를 보내는 것은 좀 손해이지 않습니까?"

"너는 잘 모르는구나. 이런 작은 마을이 오히려 우리에게는 편해. 숲도 울창하지, 사람들도 큰 성에 비해 적으니 눈에 띄는 일도 적어. 빠르게 일을 하고 빠르게 빠지면 흔적도 찾기 힘들다. 알아들었으면 한 명 더 구해서 오라고."

"예."

청년이 대답하며 사라지자 종삼은 눈웃음을 지으며 들어올 돈을 생각했다.

송백은 최대한 빠른 속도로 마을 주변을 돌았다. 의심이 드는 곳을 찾기 위함이다. 그리고 그런 곳은 송백의 눈에 너무도 쉽고 간단하게 들어왔다. 송백은 나무들 사이에 가려진 허름한 집과 그곳과 어울리지 않게 보이는 몇 필의 말, 그리고 마당과 주변에 서성이는 여섯 명 정도의 장정들을 확인했다. 너무도 어울리지 않는 모습이었다.

마당에 서 있던 종삼은 청년이 한 여인을 더 납치해 오자 곧 출발 준비를 서둘렀다. 오래 있어봤자 좋을 것은 없기 때문이다. 얼마 지나지 않으면 해도 질 것이고, 마을을 빠져나가면 이미 어둠이 잠길 것이다.

종삼은 마당에 앉아 뒤뜰에서 마차와 함께 말들이 수하들의 손에서 이끌려 오자 일어섰다. 막 방 안에 있는 여자들을 끌어내라고 말하려 했던 종삼은 입을 다물고 다가오는 인물을 바라보았다.

"뉘시오?"

종삼은 앞으로 나서며 인상 좋은 미소를 지었다. 그 미소에 넘어가는 사람들이 태반이었다. 종삼은 사람은 늘 첫인상이 좋아야 한다고 여겼다. 하지만 눈앞에 다가온 청년은 종삼의 생각처럼 그런 것에 생각을 꺾을 인물이 아니었다.

"사람을 찾고 있다."

송백은 자연스럽게 하대했다. 그것이 기분 나빴을까? 아니면 사람을 찾고 있다는 말에 무언가 찔린 것일까? 종삼의 표정이 굳어졌다.

"사람? 이곳에 무슨 사람이 있다는 말이오? 얘들아!"

종삼이 소리치자 다섯 명의 장한이 종삼의 뒤에 섰다.

"여기 보는 것처럼 우리들뿐인데 뭐 어떤 사람을 말하는 거지?"

종삼은 어깨에 약간의 힘을 주었다. 다수가 한 사람을 상대하기에 자연스럽게 들어가는 힘이었다. 그렇다면 상대는 보통 숙이기 마련이다. 하지만 송백은 같은 표정이었고, 같은 어조였다.

"방 안엔?"

종삼의 얼굴이 약간 경직되었다. 하지만 빠르게 인상 좋은 미소를 지었다.

"이것 보시오, 형장. 자네가 세상을 몰라서 그러는 것 같은데, 아니, 함부로 남에 집에 와서 남이 자는 방을 보겠다는 것이오? 이 사람 이거, 관에 가서 볼기 몇 대 맞아야 정신을 차리겠구만. 아니면 우리에게 좀 맞던가."

종삼은 미소를 거두고 인상을 찌푸렸다. 그의 말에 뒤에 서 있던 장한들이 앞으로 몸을 내밀었다. 그중에 두 명은 손에 작은 도끼까지 들었다. 그들의 그런 살기 어린 행동에 송백은 묵묵히 앞으로 한 걸음 나섰다.

"좀 봐도 되겠지?"

확실하다는 생각이 들었다. 이들의 행동과 종삼의 말투에서 확신이 선 것이다. 그렇다면 이제 눈으로 보는 일만 남았다. 그때 방문이 열리며 두 명의 장한이 나타났다. 그리고 문이 열리는 찰나의 순간에 송백의 눈에 아명의 모습이 들어왔다. 아명 역시 순간적으로 송백과 눈이 마주쳤다.

"무슨 일입니까, 형님."

덩치 큰 장한 둘이 나오며 말하자 종삼은 약간 경직된 표정을 지었다. 송백의 표정이 굳어졌기 때문이다. 혹시라도 안의 상황을 본 것이 아닐까 하는 의심도 들었다.

"아무 일도 아니다. 어떤 놈이 우리 집을 수색하겠다고 난리치길래 지금 손 좀 봐주려고 했다."

우두둑!

"그런 일이면 저희를 불러야지요. 황소도 한 손에 때려잡는 우리인데."

두 명의 장한들이 종삼의 곁으로 다가오다 송백을 발견하곤 어깨를 움직이며 앞으로 나섰다. 그러자 송백의 발이 다시 한 걸음 나섰다.

"납치범들이군."

송백의 가벼운 목소리에 종삼의 표정이 굳어졌다. 보았기 때문이다. 그렇다면 내릴 결론은 하나였다. 증거를 없애는 것.

"죽여!"

종삼의 외침에 가장 앞에 있던 장한이 도끼를 들고 달려들었다. 순간 송백의 발이 앞으로 나서며 장한의 가슴팍으로 파고들었다. 그 찰나, 바람 소리와 함께 송백의 오른손이 장한의 목줄기를 강타했다.

뚜둑!

목뼈가 부러지며 장한의 고개가 기괴하게 꺾이더니 혀가 길게 빠져나왔다. 그러는 사이에 옆에 있던 다른 장한이 송백의 어깨를 잡기 위해 달려들었다. 순간 송백의 신형이 빠르게 회전하며 수도로 목을 강타했다.

목이 꺾인 두 사내의 신형이 몇 번 떨더니 곧 바닥에 힘없이 쓰러졌다.

쿵!

순식간의 일이었다, 두 구의 시신이 바닥에 누운 것은. 종삼을 비롯한 장한들의 표정이 굳어졌다.

"무기! 무기를 들어! 걸레로 만들어 버리자!"

종삼은 자신의 수하들이 죽자 매우 놀라 소리쳤다. 그러자 잠시 동안 놀란 표정을 그리던 장한들이 마차에서 투박한 박도를 꺼내 들었다.

송백은 바닥에 떨어진 작은 손도끼를 천천히 허리 숙여 쥐었다.

쉬악!

도끼를 쥐는 순간 왜소한 청년이 도를 내리찍으며 다가왔다. 송백은 내려쳐 오는 도를 바라보며 몸을 한 바퀴 돌리며 도끼를 목에 박아 넣었다.

퍽!

비명도 없었다. 그저 피만 튀었다. 목 깊숙이 들어간 도끼가 피를 머금자 미친 듯이 소리치며 남은 장한들이 달려들었다. 송백은 덩치 큰 장한의 손에 들린 도가 허리를 베어오자 앞으로 한 걸음 나섰다. 단지 그것뿐이었다. 그것만으로도 어깨 넓이 정도의 거리로 좁혀졌다. 그런 송백의 옆구리에 장한의 팔뚝이 잡혔다. 순간 송백의 오른손이 장한의 관자놀이를 찍어갔다.

"크아악!"

잔인한 소리와 외침이 울리며 피가 뿌려지자 그제야 달려들던 장한들이 주춤거리기 시작했다. 송백의 손에 들린 도끼는 이미 피에 젖었으며 송백의 손 역시 피로 물들었다. 도끼를 타고 흘러내린 핏물 때문이다. 그 붉은 손과 송백의 차가운 눈동자가 종삼에게 박혀들었다. 순간 송백의 오른손이 빠르게 옆으로 도끼를 던졌다.

휭!

뻑!

막 뒤로 물러서던 덩치 큰 장한의 이마에 정확하게 도끼가 박혔다. 그 잔인한 모습에 종삼과 남은 두 명의 장한이 몸을 떨기 시작했다. 하지만 그런 그들과는 상관없이 송백의 손에 바닥에 떨어진 박도가 들렸다. 종삼의 얼굴이 크게 당황스럽게 변하였다.

"형… 장, 아니, 대협! 우리가 사람을 잘못 알아보았소. 얼마면 되겠소? 얼마…….."

쉬악!

종삼이 막 품에서 전표를 꺼내려다 하나의 바람 소리가 들리자 고개를 들었다. 순간 송백의 그림자가 거짓말처럼 자신의 옆에 서 있던 두 명의 장한 앞에 나타나는 것이 눈에 들어왔다.

퍼퍽!

비명도 없이 두 명의 장한이 피를 뿌리며 바닥에 쓰러졌다. 송백은 그저 차갑게 그들을 내려다보다 도를 바닥에 떨구었다. 종삼의 이마에서 식은땀이 흘러내리기 시작했으며 심장이 터질 듯 크게 요동치기 시작했다. 그리고 송백과 시선이 마주쳤다.

"얼마면 내가 살 수 있겠소? 여기… 이건 일만 냥짜리 전표요. 내가 가진 전부요."

손을 떨며 전표를 쥐어 들어 올렸다. 송백의 시선은 그저 가볍게 전표로 향했다가 종삼에게 향하였다. 그 표정에 변화가 없자 종삼은 죽음을 생각했다. 그러자 이내 발악하듯 소리쳤다.

"그래! 내가 잘못했다! 내가 나쁜 놈이다! 하지만 내가 죽는다고 나 같은 놈이 어디 사라질 것 같냐! 돈 되는 일이라면 다 하는 게 사람이야! 죽여, 이 호로 자식아!"

쉭!

바람 소리가 일어나는 순간 송백의 오른손의 검지가 종삼의 왼눈으로 박혀 들어갔다.

퍽!

"크아아악!"

거대한 비명성이 사방으로 울려 퍼졌으며 고통을 이기지 못한 종삼의 신형이 발버둥 치기 시작했다.

"으, 아아아, 악!"

송백의 오른손이 종삼의 머리를 잡았다.

"그래, 맞아. 네가 죽는다고 달라질 일은 없어."

퍽!

종삼의 머리에서 피가 튀어오르며 송백의 얼굴을 적시었다. 짙은 피비린내가 주변을 맴돌았지만 송백의 눈동자는 차가웠다. 송백은 살기를 참기 위해 많이 노력했지만 마음먹은 만큼 그것이 잘되지 못하였다.

송백은 세상에서 가장 죽이고 싶은 부류가 두 종류가 있었는데, 종삼과 그의 무리들이 그중에 하나였다. 그것은 과거 전장에서 생활할 때 생긴 일이었고, 동방리로 인해 생긴 일이었다.

몽고군의 마을을 점령하면 병사들은 파오 안으로 들어가 몽고의 여자들을 농락했다. 그 모습을 옆에서 지켜보다 몇 명의 병사를 죽인 송백이었다. 과연 이민족이라 해서 용서해야 될 일인가? 송백은 스스로에게 그렇게 물었다. 자신의 수하에게 당하는 몽고의 여인이 순간적으로 동방리와 겹쳐졌었기 때문이다.

문을 열고 들어서자 아명을 제외하고 두 명의 소녀가 더 있었다. 둘다 십대 후반으로 보이는 소녀였다. 송백은 아명에게 다가가 입에 물린 천을 풀어주었다.

"다친 곳은?"

아명은 고개를 저었다. 눈가에는 물기가 어렸지만 입을 그것을 말하지 않고 있었고, 참고 있는 듯 보였다.

송백은 곧 아명의 손과 발을 풀어주고 다른 소녀들도 풀어주었다. 그녀들은 연신 허리를 숙이며 밖으로 나가 자신들이 가야 할 곳으로 사라졌다. 송백도 아명을 데리고 밖으로 나오다 시신들을 발견하곤 이 맛살을 찌푸리며 주변에 떨어져 있는 박도를 들고 한쪽으로 갔다.

팍!

박도가 땅에 박히며 흙을 퍼내기 시작했다. 그런 송백의 옆으로 아명이 다가왔다.

"죄송해요. 저 때문에……."

약간 떨리는 목소리에 송백은 고개를 저었다. 어느 정도 크기의 구덩이를 파자 송백은 곧 시신들을 구덩이에 넣으며 흙으로 위를 덮었다. 그렇게 시간이 흐르자 해가 지려 했다.

"돌아가자."

그때까지 옆에서 송백의 움직임을 지켜보던 아명은 고개를 끄덕였다. 하지만 다리가 풀렸는지 선뜻 움직이지 못하고 있었다. 아명의 시선이 무덤으로 향하고 있었다. 악몽 같은 기억과 함께… 그렇게 고개를 돌리자 벌써 집을 벗어나는 송백이 보였다.

"어……."

아명은 놀라 달려갔다. 그러다 발이 돌부리에 걸렸다.

"악!"

쿠당!

송백은 재빠르게 뒤로 돌아 아명의 앞으로 다가왔다. 그런 송백의 시선이 아파하고 있는 아명의 눈과 마주했다.

"일어설 수 있겠어?"

아명은 고개를 끄덕이며 일어서려 하다 다시 주저앉았다. 발목이 아팠기 때문이다. 넘어질 때 접지른 것 같았다.

"업혀."

송백은 몸을 돌리며 등을 보였다. 아명은 얼굴을 붉게 물들이며 선뜻 어깨에 손을 올리지 못하고 있었다. 그러자 송백은 다시 몸을 돌리며 아명의 손을 잡고 등에 업었다. 송백은 아명이 굉장히 가볍다고 느꼈다. 자신이 그만큼 힘이 넘치는 것일지도 몰랐다.

노을 지는 하늘의 붉은 그림자가 사방을 물들었으며 아명을 등에 업은 송백의 모습이 그 노을을 등지며 길을 걷고 있었다. 좌우로 논도 보였고 저 멀리 집들도 가끔 눈에 들어왔다.

"무서웠지?"

송백의 물음에 아명은 그저 고개만 저었다. 그 느낌이 송백의 등을 타고 전해져 왔다. 송백은 그저 자신에게 아무렇지도 않다고 말하기 위해서 그런다고 생각했다. 하지만 다음 말이 송백의 가슴을 무겁게 만들었다.

"많이… 겪어봐서……."

"……."

송백은 자신도 모르게 걸음을 멈추었다. 아명의 눈동자에 의문이 들었으나 붉어진 얼굴을 감추기 위해 등에 얼굴을 파묻었다. 잠시의 시간이 흐르자 송백은 다시 천천히 길을 걷기 시작했다.

"안… 오실 줄 알았어요."

아명의 조용한 목소리가 송백에게 들려왔다. 송백은 가볍게 미소 지었다.

"우리는 가족이다. 너는 내 동생이고."

송백의 목소리가 잔잔하게 울렸다. 순간 아명의 눈동자가 커지더니 곧 송백의 등에 얼굴을 묻었다. 그런 아명의 어깨가 조금씩 흔들렸으며 눈을 감자 맑은 물기가 흘러내렸다. 그것이 무엇 때문에 그런 것인지 몰랐지만 아명은 그것을 닦을 생각도 하지 않은 채 송백의 등에 이마를 닿게 했다. 송백의 체온이 몸으로 전해져 오자 아명의 입이 살짝 벌어지며 미미하게 움직였다.

"송… 가가."

오로봉의 정상 부근에 앉아 일출을 바라보던 송백은 눈을 감고 있었다.

'리… 혈채는 피로 갚는다. 백 명이 덤비면 백 명을 죽이고, 천 명이 덤비면 천 명을 죽인다. 만 명이 덤비면 만 명을 죽일 것이다. 그렇게 살 것이다.'

송백은 마음속으로 다짐하며 눈을 떴다. 그러자 붉은 태양이 산을 타고 올라오기 시작했다. 그 모습 속에 마치 자신이 녹아내리는 듯한 착각이 일어났다. 태양 속에 자신만이 홀로 서 있는 듯한 착각과 그 속에서 녹아버리듯 사라지는 자신의 모습.

"윽!"

송백의 입에서 핏물이 흘러나왔다. 순간 머리 속을 뚫고 지나가는 생각이 무겁게 가슴을 때렸다.

'주화입마!'

송백은 재빠르게 이원신공의 구결을 생각하며 마음을 잡기 위해 노력했다.

하나가 가면 하나가 온다.

가는 곳에 또 다른 하나가 오면
그 역시 가게 된다.
결국 남는 것은 그들의 자취뿐이니
나 역시 자취만을 이곳에 남겨두는구나.

단전에 밀려들어 오던 기운들이 뜨겁게 용솟음치더니 전신혈맥을
타고 유유히 흘러내려 가기 시작했다.

남겨진 나는 형체가 없으니 천지를 닮았고
사사로운 감정도 없으니 해와 달을 바라볼 수 있다.
이름이 없으니 만물을 기른다.

조용하게 흐르던 기운들이 전신을 타고 올라오더니 양맥을 미미하
게 흔들었다. 그렇지만 그 흔들림은 곧 조용하게 응어리지며 미끄러지
듯 지나쳐 백회(百會)로 올라왔다. 백회로 올라온 기운들이 머리를 뚫
고 나가듯 그렇게 허무하게 사라지자 송백의 전신으로 강한 기운들이
전신의 피부와 모든 혈을 통해서 들어오기 시작했다.

강력한 바람과 함께 회오리치는 기운들이 모여든 것이다. 그렇게 모
여든 기운들이 다시 한 번 백회로 몰려 올라가기 시작했다. 그리고 마
치 머리 속을 관통하듯 그렇게 머리를 뚫고 하늘로 올라갔다. 광풍도
그 기운을 따라 사라졌으며 주변의 회오리치던 기운들도 조금씩 잠잠
해지기 시작했다.

"휴."

송백은 눈을 뜨며 깊게 숨을 토했다. 머리에서 사라진 기운들이 허

탈하게 느껴졌지만 단전에서 흐르는 진원진기의 따스함에 만족했다. 남은 것은 그것뿐이었다.

"좋아 보이는구나."

송백은 고개를 들어 옆에 서 있는 초일을 바라보았다. 송백의 눈에 놀라움이 어렸다. 그리고 초일의 얼굴에 몇 가닥의 주름살이 보이자 송백의 표정이 더없이 어둡게 변하였다.

"그렇습니다."

"다행이다."

초일은 말을 하며 곧 신형을 돌렸다. 송백은 눈치채고 있었지만 초일이 모르게 손을 써주지 않았다면 오늘 같은 일은 없었을 것이다. 초일은 그런 것을 말할 성격이 아니었고, 송백 역시 알아도 말할 성격이 아니었다. 그저 마음으로 받을 뿐이다. 송백은 조용히 초일의 뒤를 따랐다.

초일도 알았고 송백도 아는 사실은 오늘 또 하나의 관문을 넘었다는 것뿐이었다. 그리고 홀로 서야 할 시간이 가까워지고 있다는 사실이었다.

집으로 들어오자 초일이 입을 열었다.

"무림에 발을 들여놓으면 행복의 반은 잃어버리는 것 같다는 생각이 들곤 했다."

송백은 왠지 모르게 수긍이 갔다. 하지만 자신의 생각은 그렇지가 않았다. 하지만 말을 할 수는 없었다.

"하지만 그것도 모두 미련 때문이란 생각이 든다."

초일이 말하자 송백은 고개를 끄덕였다.

"너는 이곳을 나가게 되면… 나의 곁을 떠나게 되면 무엇을 할 생각이냐?"

송백은 전에도 한 번 물었던 것 같은 생각이 들었다.

"강해지고 싶을 뿐입니다. 그 이상은 아직……."

송백은 솔직한 심정을 말했다. 초일은 곧 천천히 말했다.

"무공을 다른 사람에게 가르치는 일이 힘들고 어려운 일인 줄 지금에서야 알았다."

송백은 곧 품속에서 책을 꺼내 탁자 위에 던져 놓았다. 송백의 시선이 책자에 향했다.

"평생 동안 조금씩 써왔던 것이고, 이제야 네 앞에 내놓을 수 있을 것 같다는 생각이 들었다."

송백의 눈동자가 미미하게 떨렸다.

월파검록(月破劍錄).

왠지 모르게 책자가 송백의 눈동자를 강하게 자극시킨 것이다.

"처음에는 오초식의 검법이었다. 하지만 지금은 내가 두 개의 초식을 더하여 칠초식이 되었다. 내가 만들었고, 내가 다듬은 검이다. 이제 이것을 너에게 줄 것이니 네 스스로 다듬고 네 검으로 만들어보거라."

초일의 경직된 목소리에 송백의 눈동자가 미미하게 떨리기 시작했다.

"모든 것은 순간이다. 삶도 순간이요, 무공도 순간이고, 아는 것도 순간이다. 그 순간을 놓치지 말거라."

"명심하겠습니다."

초일은 고개를 끄덕이며 만족한 미소를 지었다.

송백은 눈앞에 펼쳐진 책자에 집중하기 시작했다. 그런 송백의 귓가에 초일의 목소리가 들려왔다.

"이제부터 스스로 모든 답을 구하거라."

*   *   *

잘 가꾸어진 정원의 한편에 서 있던 철시린은 검을 들어 눈앞에 서 있는 철우경을 바라보았다.

"검은 살인을 위한 도구, 그 이상도 이하도 아니다. 나의 검은 전검(戰劍) 초식도 명칭도 없다. 그저 싸울 뿐이다. 싸움 속에서 태어난 무초식의 검이 전검이다. 무초식의 검이기에 약점도 없으며 허점 또한 존재하지 않는다. 초식도 없는 검이기에 전검류(戰劍流)라 불린다."

팡!

철우경의 검이 빠르게 철시린의 상체를 찔러갔다. 철시린은 기다렸다는 듯이 몸을 숙이며 철우경의 안으로 파고들어 갔다. 순간 철우경의 검이 철시린의 검날을 옆으로 밀쳐 내었다. 그 순간 철시린의 어깨와 목이 철우경의 눈에 들어왔다. 그리고 그 사이로 검날이 들어갔다.

"흡!"

철시린은 눈앞에 멈춘 검날을 응시하며 상기된 표정을 지었다. 이마에서 흘러내린 땀방울이 목을 타고 가슴 계곡 사이로 들어갔다.

"원래는 목숨을 건 승부를 통해서만 그 진의를 구할 수 있는 검이다. 하지만 너는 나와의 비무를 통해 그 마음가짐만 구하면 된다. 너에게 전할 무공은 초식을 넘고, 유와 무를 비롯한 만물을 파괴하는 검공이다."

철우경의 목소리에는 힘이 있었고 자부심이 있었다.

"나의 검은 멸절(滅絶). 모든 것을 멸할 것이고 사라지게 할 것이다. 그러기 위해서는 누구보다 냉정한 마음과 어느 순간에서도 자기 자신을 잃지 말아야 하는 평정심이 강해야 한다. 또한 가장 필요한 것은 바로 살의니 검을 드는 순간 상대를 죽여야 한다는 생각을 늘 가져라. 그것을 위해서 전검류를 배우는 것이다."

철우경은 차갑게 말하며 다시 검을 들어 올렸다.

"다친다고 하여도 나의 검은 멈추지 않을 테니 그리 알거라. 전검은 늘 죽음을 생각하는 검. 생사(生死)의 갈림길에서 살아야만 얻을 수가 있다. 그리고 네 마음에 살(殺)이 존재한다면 멸절검을 배우게 될 것이다."

슈악!

말이 끝나는 동시에 철우경의 검날이 살기를 피우며 철시린에게 날아들었다. 처음으로 철우경과 비무하던 날이었다.

■제7장■

피할 수 없는 것

삼 년 후.

어깨에 걸친 세 개의 검과 허리에 찬 세 개의 도, 반백의 머리카락과 강인하게 반짝이는 눈매는 그를 전대의 천하제일인이라 불리게 만들었다. 삼절삼음도(三絶三音刀) 무광(武狂) 한현. 그는 자신의 제자를 보기 위해 걸음을 옮기고 있었다.

하나의 문을 지나자 거대한 연무장이 나타났다. 그곳에는 두 명의 청년이 서로를 바라보며 서 있었다. 한 명은 백의를 입고 있었는데 여성스러운 외모와 깨끗한 얼굴이었다. 멀리서 보면 여자라고 착각할 정도였다. 반대편에 서 있는 청포의 청년은 거대한 대감도를 손에 들고 있었다. 강인한 인상의 청년이었다. 한현은 그들의 모습을 조용히 바라보았다.

"간다!"

청포의 청년이 대감도를 어깨 높이로 들어 올리며 신형을 낮추었다. 그 모습을 보던 백의청년이 고개를 끄덕이며 손에 든 검을 명치에까지 올리고 힘을 주었다.

"합!"

슈아악!

바람 소리가 울리며 청의청년의 도가 공간을 가르고 하늘에서 떨어지듯 백의청년을 베어갔다. 위에서 밑으로 베어 내려오는 거대한 대감도의 위력은 그 주위로 불어닥치는 바람 소리로 알 수 있었다. 단순하지만 그 빠르기와 강맹함이 피하기 어렵다는 것을 말해 주고 있었다. 백의청년은 놀란 표정으로 그 모습을 바라보았다.

"무식한 놈!"

한껏 소리친 백의청년은 검날을 위로 들어 올렸다.

깡!

도신의 날과 검끝이 부딪치며 전신을 떨고 있었다. 청의청년의 표정은 놀라움에 커졌고, 백의청년은 싸늘하게 굳어 있었다. 위로 올려 막는 힘이 내리누르는 힘보다 약하기 때문이다. 조금씩 밀리기 시작했다. 어찌 보면 무식한 싸움이었다.

"무엇을 하는 것이냐?"

정신을 집중하던 두 청년은 말소리에 놀라 뒤로 물러나며 고개를 돌렸다.

"스승님."

"숙부님을 뵙습니다."

한현은 한심하단 표정을 지으며 그들을 바라보았다.

"내 살아생전에 너희들처럼 생각없이 싸우는 놈들은 처음 본다."

한현의 말에 둘의 얼굴이 약간 상기되었다.

"쯧쯧, 말하지 않았더냐? 검은 막기 위해 드는 것이 아니라고. 도 역시 강맹한 힘을 중요시 여기지만 호 형의 도는 그렇게 느린 것이 아니다."

한현은 말을 하며 그들의 앞으로 다가갔다. 두 청년은 부끄러운지 고개를 숙이고 있었다. 설마 하니 자신들의 비무에 한현이 나타나리라곤 생각지 못했던 것이다.

"사실, 기 누님이 심부름을 시켰는데 누가 할지를 정하는 것이라……."

백의청년이 말끝을 흐리자 청의청년이 다가와 소매를 잡았다. 그러자 아차 하는 백의청년은 고개를 더욱 숙였다.

"아직도 여자 아이에게 잡혀 있는 것이냐? 그 녀석이 뛰어난 아이라고는 하지만 나의 진전을 이어받은 녀석들이 그리 약해서야."

"여자에게 잡혀 살아요?"

한현은 뒤에서 들리는 말소리에 고개를 돌렸다. 그곳에는 어느새 다가왔는지 연서린이 서 있었다.

"험험."

한현은 절로 헛기침을 하며 신형을 돌렸다. 연서린의 매서운 눈초리 때문이다.

"숙모님."

청년들은 연서린을 발견하자 반가운 표정을 지으며 다가갔다. 한현은 그 모습에 혀를 차며 걸음을 옮겼다.

"어서 모이거라. 오늘은 내가 무림맹에 갔다 왔기 때문에 너희들에게 할 말도 있다. 송영은 어디에 갔느냐?"

"조사할 일이 있다고 나갔어요. 벌써 석 달은 되어가는 것 같아요."

연서린이 말하자 한현은 잠시 무언가 생각하는 듯하더니 곧 연서린에게 말했다.

"음, 담 동생의 심려가 클 텐데. 일단 무림맹에서 나온 말이 있으니 어서 모이거라."

"코찔찔이, 한심아, 내가 시킨 일은 다 했어?"

기수령이 나타나자 방 안에 앉아 있던 청의청년 설산과 백의청년 장지명의 표정이 굳어졌다.

"내 나이가 몇인데 코찔찔이가 뭡니까? 정말 너무합니다. 이, 이제는 콧물도 안 흘립니다."

설산은 자신의 입으로 말해도 약간은 이상한 말을 하면서 뭔가 자기 자신이 한심하단 생각을 했다.

"한심이는 또 뭔데 그럽니까? 강호의 사람들이 그런 소리를 들으면 귀를 막고 웃을 것입니다. 나원, 이거 창피해서."

장지명도 어색하게 고개를 돌렸다. 둘이 말하자 기수령은 밝게 웃으며 둘의 뒤로 다가가 머리를 양손으로 잡고 쓰다듬었다. 그녀의 표정은 귀여워 죽겠다는 표정이었다.

"얼마나 컸다고 이제는 대들려고 하네."

"아니, 그런 것은 아니고요."

"설마 하니 저희가… 하하하하."

장지명과 설산이 웃자 기수령은 그들의 사이로 비집고 들어갔다. 나이가 차서 그런지 기수령의 용모는 가히 경국지색(傾國之色)이었다. 장지명과 설산은 뛰어난 인재라는 것을 말해 주듯 기품이 있어 보였다.

기수령이 그들 사이에 끼어들자 청년들의 얼굴이 붉게 물들었다. 기수령과는 불과 세 살 차이였다. 어릴 때부터 함께 살아와서 그런지 그들은 친남매처럼 어울렸다.

"아무튼 내가 시킨 일은 다 했겠지?"

"아니, 그게……."

설산은 약간 당황하며 말을 잇지 못하자 기수령의 눈매가 날카롭게 변하였다.

"하하하하, 토끼에게 밥 주는 일은 이미 했지요."

장지명은 자신의 할 일을 다했는지 밝은 표정이었다. 하지만 설산의 표정은 어두웠다. 그것을 보자 기수령의 입이 빠르게 열렸다.

"너는 어떻게 아직도 그렇게 게으르니? 도대체 일을 제대로 하는 게 하나도 없어. 나이가 몇이야? 맨날 콧물을 이불에 흘리지 않나. 그 빨래들을 누가 다 하는지 알아? 밥도 해야 하고 너희만 돌볼 수 없다고 그렇게 말해 주었잖니? 스승님과 숙부님들도 챙겨줘야 하는데 이 집에 하인이 몇 명이나 있다고 생각해? 거기다 나는 수련도 해야 하고, 몸도 빈약하고 허약한 여자란 말야. 나무 좀 해놓는 게 그렇게 힘이 드니? 좀 시키면 일을 끝내고 뭐라도 하고 그래. 말들에게 여물도 안 줬지?"

"으."

장지명은 손으로 귀를 막으며 인상을 찌푸리고 있었다. 설산은 두 눈을 감고 있었다. 이것 때문에 일을 해야 했다. 잔소리. 기수령의 잔소리는 정말 장난이 아니었던 것이다. 설산은 고개를 몇 번 저으며 인상을 찌푸리고 있었다. 그런 모습에 기수령의 손이 설산의 귓불을 잡아끌었다.

"아악! 아, 아파요."

설산이 발악을 하며 기수령의 손목을 잡아 풀려고 노력했다. 하지만 쉽게 기수령이 손을 놓을 리는 없었다.

"말에 여물도 주고 뒤편에 널어놓은 빨래도 걷어라. 알았지?"

"예, 할게요. 그만, 제발 그만."

설산이 애원하듯 말하자 그제야 손을 놓은 기수령은 한숨을 내쉬며 둘의 등을 두드렸다.

"송 가가가 없는 지금 너희들이 의지할 사람은 없다는 것을 알아둬라."

'휘유……'

장지명은 한숨을 내쉬었다. 송영이 있었다면 기수령이 이렇게 잔소리를 심하게 하지 않았기 때문이다. 그것이 아쉬웠다. 송영이 있을 때의 기수령은 정말 얌전했고 여성스러웠다.

"박쥐."

"뭐!"

장지명이 자신도 모르게 작게 중얼거렸는데 기수령이 크게 소리치며 고개가 돌려졌다. 쌍심지가 위로 올라간 것이 천 년 먹은 여우의 눈처럼 가늘었다.

"누, 누님. 제, 제가 잠시 머리가 돌아서……"

장지명은 순간적으로 너무 놀라 몸을 떨었다. 절로 식은땀이 전신을 타고 흘렀다. 그런 장지명에게 구원의 소리가 들려왔다.

"무슨 일 있니?"

연서린이 문을 열고 들어온 것이다. 그러자 그 뒤로 호삼곡과 한현, 그리고 또 한 명의 중년인이 들어왔다.

그는 학창의를 입고 있었다. 그는 기수령과 설산, 장지명의 글선생으로 잡학을 가르쳐 주는 인물이었다. 그렇다고 무공이 약한 것은 아니었다. 사람들은 그를 부를 때 신기자(神技子) 제갈사랑이라 불렀다.

모두 자리에 앉자 제갈사랑이 입을 열었다.

"한 형님이 맹주와의 만남에서 너희들에 대해 이야기하셨다고 한다. 너희도 알다시피 앞으로 다가올 화산지회를 위해 무림은 무림대회를 열어서 대표를 뽑아야 한다. 그것을 위해 너희는 곧 무림맹으로 갈 것이다."

제갈사랑의 말이 끝나자 모두들 놀란 표정을 지었다. 제갈사랑은 예상했다는 듯한 얼굴로 미소를 그렸다.

"신교와의 화산지회는 벌써 다섯 번째를 맞이하고 있다. 근 백여 년이 흐르는 동안 신교는 한 번도 무림을 이기지 못하였지. 이유를 알고 있느냐?"

"그건 스승님과 숙부님들 때문이 아닙니까?"

기수령이 말하자 제갈사랑이 고개를 끄덕였다.

"처음 화산지회를 열었을 때 우리는 승리했고, 그 이후 이십 년이 지난 후에 열린 대회에도 무림이 이겼다. 그 이후에도 한 형과 호 형, 담 형이 나섰기 때문에 우리는 이길 수 있었다. 그렇게 세 번의 대결을 이기게 되자 십오 년 전 신교는 하나의 제안을 해왔다. 이번의 대결에도 우리들이 나올 것을 예상해 서른 살 전의 젊은이들로 이번 대회를 열자는 것이었다. 너희도 알다시피 화산지회는 과거 천하제일인을 가리는 대회였고 무림의 축제였다. 또한 신교가 중원에 진출할 명분을 막는 열쇠이기도 했다."

잠시 말을 멈춘 제갈사랑은 과거의 일을 생각하는 듯 천천히 입을 열었다.

"너희를 키우고 무공을 가르친 이유는 이번 무림대회에서 우승하여 중원의 대표로 나가 신교의 무인과 자웅을 겨루기 위함이다."

"알고는 있지만 자신이 있는 것은 아닙니다. 십파와 일방, 거기다 육대세가 외에 여러 문파의 모든 젊은이들이 모여들 것입니다. 그곳에서 살아남아 중원무림의 대표가 된다는 것은 정말이지 힘들고 치열할 것입니다."

장지명이 굳은 표정으로 말하자 제갈사랑과 한현 등은 고개를 끄덕였다. 모두 최선을 다해 제자들을 가르치기 때문이었다.

"허허, 천하제일 무림대회에서 네 번을 출전하여 단 한 번을 제외하곤 모두 이기신 한 형님의 제자가 그런 약한 소리를 해서야 쓰겠느냐?"

제갈사랑이 말하자 장지명은 얼굴을 붉혔다. 그도 그럴 것이 한현은 네 번의 비무에서 모두 신교의 최강자와 자웅을 겨루었다. 세 번은 교주였으며 한 번은 무승부가 난 부교주와의 비무였다. 지금도 사람들은 신교제일고수를 대마대제(大魔大帝)라 부른다. 또한 이십 년 전의 비무에서 제갈사랑 역시 시합에 올라와 승리를 일궈냈었다. 그때 그가 보여준 권법은 가히 천하제일이라 불릴 만했다.

제갈사랑은 옅은 웃음을 흘리며 다시 말했다.

"너희가 무림맹에 들어가면 견제가 심할 것이다. 십파일방과 육대세가의 견제는 클 것이 뻔하다. 그래서 내가 무림맹에 들어가기로 했다. 한 형님의 부탁도 있고 맹주의 부탁도 있어서 그런 것이니 너희는 너무 걱정할 필요가 없단다. 또한 연 동생도 함께 갈 것이니 더욱 즐겁지 않겠느냐?"

제갈사랑의 말에 모두의 표정이 밝아졌다. 연서린은 그들에게 어머니와도 같은 존재였기 때문이다. 또한 제갈사랑의 수제자가 연서린이었다.

"다른 숙부님들은 어떻게 합니까?"

기수령이 궁금한 표정으로 물었다. 그러자 한현이 입을 열었다.

"잠시 쉴 것이다. 우리도 이제는 늙어서 걷기도 힘들구나. 이곳에 있을 터이니 염려하지 말거라."

한현이 말하자 모두의 표정이 굳어졌다. 특히나 걷기도 힘들다는 말에 모두 인상을 찌푸렸다. 족히 보아도 백 년은 더 살 것 같았기 때문이다.

"담 동생은 일문(一門)에서 언제 온다고 하더냐?"

한현은 기수령에게 생각난 듯 물었다.

"한 달 뒤에는 오실 것 같습니다."

한현이 고개를 끄덕이자 제갈사랑이 다시 말했다.

"보름 뒤에 출발할 것이니 그리 알거라. 담 형님에게는 내가 따로 사람을 보낼 것이다. 무림맹에 가기 전에 출발 준비를 철저히 하거라."

"송 형님이 아직 안 왔습니다."

"지금 행방을 찾고 있으니 염려하지 말거라."

설산이 말하자 제갈사랑이 대답해 주었다. 하지만 송영의 이야기에 기수령의 표정이 약간 어둡게 변하였다. 요즘 들어 자주 강호에 나가기 때문이다. 무엇 때문인지 도통 말을 안 해 알 수는 없지만 염려되는 것은 마찬가지였다.

"송영의 행방이 묘한 것이 심히 걱정되네요."

연서린이 말하자 제갈사랑도 약간 굳은 표정이었다.

"별일이야 있겠어? 그놈의 무공이면 어디 가서 창피당할 일은 없을 것이야."

호삼곡이 말하자 제갈사랑이 고개를 저었다.

"아무리 그래도 강호는 음흉한 곳이라 걱정이 되는 것은 사실입니다. 거기다 송영이 마정회(魔正會)를 조사하는 것 같습니다."

"마정회? 사실인가?"

호삼곡이 약간 놀란 표정으로 물었다. 그러자 제갈사랑이 고개를 끄덕였다. 기수령과 설산, 장지명의 표정이 굳어졌다. 마정회는 산서와 섬서의 북부 지방에 나타나는 도적단이기 때문이다. 도적단이라도 평범한 도적단이 아니었다. 현재 강호에서 강한 세력 중 하나였기 때문이다. 무엇보다 일정한 거처도 없었고 두 번의 척살을 위해 보내진 무림맹의 무인들이 모두 시신으로 발견되었다. 그만큼 무공도 높다는 것이었다.

"하지만 아무리 마정회라 해도 담 형님의 제자를 쉽게 건들지는 못할 것이고, 또한 송영 역시 그렇게 어리석은 녀석이 아니니 염려 안 해도 될 것 같습니다."

"언제 마정회가 그런 것을 따지었나? 도적들은 그냥 도적일 뿐이야, 이득을 위해 사람을 죽이는."

한현이 말하자 공기가 무겁게 가라앉았다.

"일단 돌아오면 묻기로 하고. 자네는 애들을 데리고 갈 준비나 하게."

"그렇게 하지요."

제갈사랑이 대답하자 한현은 자리에서 일어섰다.

"나는 좀 쉬려고 하니 깨우지 말게나."

"나도 낮잠 좀 자야겠다."

호삼곡도 한현의 뒤를 따라 나갔다. 그러자 남은 연서린이 조용하게 입을 열었다.

"아무래도 걱정이 되어서 직접 나가봐야겠어요."

"안 된다."

제갈사랑이 잘라 말했다.

"나도 걱정이 되는 것은 사실이나 송영을 믿고 있으니 염려하지 말거라. 설사 일이 생겼다고 해도 걱정할 필요는 없다. 송영에게 무슨 일이 생기면 마정회는 그날로 강호에서 사라질 테니."

제갈사랑의 말에 연서린은 그도 그럴 것이라고 여겼다. 아무리 마정회가 강한 집단이라 해도 절대 강호사현(江湖四玄)의 위명에는 못 미치기 때문이다.

"송영의 소식이 보름 동안 없다면 나도 생각이 있다. 무림맹에 가야 하는 것은 송영도 포함되니 얼른 찾아볼 생각이다. 사람들도 많이 풀었으니 곧 소식이 오겠지."

제갈사랑의 말에 모두들 안심한 얼굴로 서로를 바라보았다. 무엇보다 무림맹에 간다는 소식이 그들에게 기쁨으로 전해져 왔다. 가슴이 뛰고 긴장되는 기분을 느껴야 했다.

* * *

픽!

머리가 잘리며 피보라가 일어났다. 그런 가운데 마치 백색의 옥 같은 도가 쓰러지는 시신과 핏방울을 흘리며 사람들의 앞으로 모습을 보였다.

"백옥도."

이십여 명의 무인들이 모두 도를 들고 있었으나 감히 덤비지 못하고 있었다. 그중에 앞에 서 있던 사십대의 중년인이 침을 삼키며 소리쳤다.

"우리가 마정회라는 것을 알고도 덤비는 것이냐!"

이십대 중반의 청년은 그 말에 눈을 빛내며 고개를 돌렸다. 그런 청년의 눈동자에 사나운 광기가 넘실거렸다.

"마정회이기 때문에 죽이는 것이다."

쉬악!

순간 청년의 그림자가 순식간에 중년인의 앞으로 날아들며 도가 흰색의 직선을 그렸다. 그 직선 속에 중년인의 목이 걸려 있었다. 눈을 부릅뜬 중년인이 무언가를 말하려고 입을 움직였다. 하지만 목소리가 나오려는 순간 목을 스치듯 백옥도와 청년의 그림자가 스쳐 갔다.

핏!

중년인의 목에서 피가 뿜어져 나온 것은 청년의 그림자가 중년인의 뒤에 섰을 때였다. 청년의 시선은 모여 있는 사람들에게 향하고 있었다.

쿵!

중년인이 바닥에 쓰러지자 모여 있던 무인들이 일제히 뒤로 물러섰다. 그런 그들은 눈앞의 청년이 두렵게만 느껴졌다.

"두고 보자!"

누군가가 소리치며 뒤로 도망치기 시작하자 그것이 마치 명령이라도 되는 듯 모두가 빠르게 청년의 시야에서 사라졌다.

청년은 그런 그들을 잡을 생각도 없는지 그저 바라보고만 있었다. 쓸데없는 싸움을 싫어했기 때문이다. 자신의 목적은 이들의 목숨이 아니었다. 청년은 곧 쓰러져 있는 십여 구의 시신을 바라보다 인상을 찌 푸리며 백옥도의 도신을 시체의 옷에 닦아내며 도집에 넣었다. 푸른 소나무가 인상적인 도집이었다.

"마정회(魔情會)."

청년의 살기 어린 목소리가 침묵에 잠긴 주변을 맴돌았다. 벌써 일 년 전부터 마정회의 작은 조직들을 제거하고 있었다.

막 일어서려던 송영은 목이 잘린 시신의 품에서 흘러나온 물건에 시 선이 닿았다. 적색의 비단에 감싸인 물건을 손에 쥔 송영은 곧 풀어헤 치며 속에서 나온 책자를 펼쳐 들었다. 순간 송영의 눈동자가 번뜩였 다.

깨끗한 얼굴이었다. 이십대 중반으로 보이는 청년은 백의를 입고 있 었으며 왼손에는 백색의 유엽도를 들고 있었다. 날씨는 여름이라 뜨거 웠지만 그의 표정은 그리 뜨거움을 모르는 듯 보였다. 여유로운 눈동 자를 보이며 태원성(太原城)의 시장을 거닐고 있었다. 산서성의 성도인 태원은 많은 사람들로 붐볐지만 그를 바라보는 사람들은 옆으로 조금 씩 피해야 했다. 손에 든 도(刀) 때문이었다. 대놓고 무기를 들고 다니 는 사람은 보기 드문 경우이기에 피하는 것이었다.

"송 소협."

송영은 자신에게 다가오는 젊은 청년을 바라보며 걸음을 멈추었다. 좋은 옷을 입고 있는 평범한 인상의 청년이었다. 송영이 자신을 보자 청년은 다가오며 말했다.

"저희 주루에서 기다리고 계십니다."

청년은 대답도 듣지 않고 빠르게 걸음을 옮겼다. 송영 역시 별말없이 뒤를 따랐다.

청년의 뒤를 따라 한참 동안 걷자 꽤 큰 간판과 커다란 주루가 눈앞에 나타났다. 송영의 시선이 현판에 붙었다.

'청허루(晴虛樓).'

송영은 곧 청년을 따라 안으로 들어갔다. 청년은 중앙의 커다란 식당을 지나 후원으로 걸음을 옮겼다. 몇 체의 전각들 사이로 내실이 보였다. 그 뒤로 큰 문을 지나자 예쁘게 꾸민 정원과 한쪽에 서 있는 고풍스런 전각이 눈에 들어왔다. 그 뒤로 큰 거각도 보였다. 그곳은 더 안쪽으로 들어가야 하는 곳 같았다.

청년은 세 채의 전각들 사이로 걸음을 옮기더니 연못의 중앙에 놓여진 구름다리 위를 지나 망루에 멈춰 섰다.

"이곳에서 기다리시기 바랍니다."

"그러지요."

송영은 고개를 끄덕이며 의자에 앉았다. 곧 시비들이 다가오더니 차를 따라주었다. 송영은 주변을 둘러보며 숨을 깊게 들이쉬었다. 그러자 긴장되었던 마음도 어느 정도 차분하게 가라앉았다. 송영은 미소를 지으며 차를 음미하곤 시선을 연못으로 돌렸다. 맑은 물빛이 햇살에 반사되어 빛나고 있었다. 송영은 어느새 마음이 차분해지는 걸 느낄 수가 있었다.

약간의 시간이 흐르자 송영은 발걸음 소리를 들을 수 있었다. 송영은 자신에게 다가오는 한 명의 여인을 바라보며 자리에서 일어섰다.

"송 소협이신가요?"

"그렇소."

송영이 말하자 여인은 곱게 웃으며 자리에 앉았다. 그러자 송영도 의자에 앉으며 눈앞에 앉아 있는 여인을 바라보았다.

"참, 제 소개가 늦었군요. 이곳의 주인으로 있는 포정이라고 해요."

"하오문에서 부른 줄 알았는데……."

송영이 말하자 포정은 미소 지었다.

"하오문은 세상 어디에도 있어요. 그러니 걱정하지 마세요."

송영은 그제야 표정을 풀며 미소 지었다. 그러자 포정이 말했다.

"과연 백옥도(白玉刀)라는 별호는 인물을 향해 말하는 것이라더니……."

포정의 말에 송영은 약간 얼굴을 붉혔다.

"그것보다 제가 전에 의뢰했던 일은 어떻게 되었습니까?"

포정은 표정을 풀며 빠르게 말했다.

"제가 직접 나온 것은 일이 중대하기 때문이에요. 마정회를 조사하는 사람은 생각보다 많아요. 하지만 저희가 가장 많은 자료를 모았다고 자부할 수가 있지요. 그렇지만 목숨이 많이 들었기에 비싸요. 또한 하오문도 마정회에서 자르려고 하는 가지가 분명하지요."

포정이 말하자 소영은 고개를 끄덕이며 조심스럽게 말했다.

"대가는 원하는 만큼 드릴 것이오. 그들의 본거지와 지금의 회주, 아니, 십오 년 전의 회주를 알고 싶소."

포정은 부드럽게 웃으며 말했다.

"저희도 회주가 누구인지는 몰라요. 단지 한 가지 알아낸 것은 겨울이 되면 그들도 따뜻한 곳으로 이동한다는 것이에요. 늘 이동하는 그들도 겨울은 춥기 때문에 동면에 들어가지요."

"장소는?"

"이곳 태원이에요."

"흠!"

송영은 놀란 표정으로 포정을 바라보았다. 예상 밖의 대답이었기 때문이다. 하지만 한 가지만 알게 되면 다른 일도 술술 풀린다고 여겼다. 겨울에 이곳 태원에서 지낸다면 이제 가까이 다가간 것이다. 그것도 아주 가까이. 송영은 만족한 듯 품에서 작은 함을 꺼내놓았다.

"흑진주요."

송영의 말에 포정은 이채를 발하는 눈으로 함을 열어보았다.

"어머!"

주변에 서 있던 시비들이 그 안에 들어 있는 엄지손가락 크기만한 커다란 진주의 모습에 놀란 표정을 지었다. 포정은 만족한 듯 고개를 끄덕였다. 겨우 말 몇 마디에 이런 물건이 들어오는 것이다. 그만큼 포정의 말은 값어치가 있었다. 그것은 필요한 사람에게 그 값어치가 높아지는 것과 같이 정보를 원하는 사람에게는 말 몇 마디도 큰돈이 되는 것이다.

"겨울이라… 장소는?"

"겨울에 오면 알려 드리지요."

포정의 말은 알고 싶다면 겨울에 다시 와서 돈을 더 내라는 말이었다. 지금은 알려줄 수가 없다는 뜻도 있었다. 송영은 이미 만족했기에 고개를 끄덕이며 수긍했다.

"다른 일도 좀 부탁하고 싶은데 괜찮겠소?"

"무엇인가요?"

포정은 망설이지 않고 말했다. 돈이 되는 일이라면 마다할 이유가 없기 때문이다.

"사람을 찾고 싶소."

송영의 말이 끝나자 포정의 표정이 굳어졌다.

"강호인인가요?"

"아니오. 십오 년 전에 헤어진 동생을 찾고 있소."

포정은 곧 망설이지 않고 고개를 저었다.

"중원은 넓어요. 강호인이 아니라면 찾는 것은 불가능해요. 또한 강호인이라 해도 변방으로 갔다면 불가능하지요. 거기다 삼 년 전의 사람들이 한계예요. 그 이상은 무리라고 생각되네요. 거기다 어릴 때라면 더욱 힘들지요. 물론 본 문의 범위에서 벗어나 있어도 무리가 되겠지요."

"거절이오?"

"네, 그래요."

포정은 망설이지 않고 대답했다. 송영의 표정에 아쉬움이 가득했지만 거절할 일은 거절해야 했다. 중원의 사람들은 그 수를 헤아릴 수 없을 만큼 많았다. 또한 누가, 언제, 어떻게, 어디로 갔는지 일일이 다 조사를 해야 하는 형편이다. 그만큼 사람을 찾는 일은 어려운 일이었다. 거기에 들어가는 인원과 정보력 등등, 모든 것을 따져 볼 때 십오 년이라는 시간은 무리하게 다가온 것이다. 할 수만 있다면 들어주고 싶었으나 사람을 찾는 일만큼은 받아들이지 않는 일 중에 하나였다. 무리한 수를 두지 않는 것이 하오문의 방침이었다.

"저희의 손이 미치지 않는 곳은 천하에 거의 없다고 해도 과언이 아니에요. 하지만 저희도 살아남기 위해서는 조심해야 하는 곳이 몇 군데 있어요. 그곳은 송 소협도 잘 아시리라 여겨요. 그들을 피해야 하며, 또한 제가 송 소협과 만났다는 것 자체도 저희 하오문은 많은 위험이 따르지요."

"나는 말을 함부로 하는 사람이 아니오."

송영은 자신이 이곳이 하오문의 분타라고 말하는 것을 염려한다는 것으로 들었다. 하오문은 무림맹의 표적 중 하나였기 때문이다.

"사람의 속은 천 길 물속보다 알기 어렵다고 하지요. 저희는 그 누구도 신뢰하지 않아요. 오늘 이후로 이곳은 문을 닫을 거예요. 겨울이 되어 이곳에 오신다면 알아서 사람이 찾아갈 것이니 그리 알고 계세요."

"알겠소."

포정의 말을 들은 송영은 하오문이 어떻게 지금까지 살아왔는지 알 것 같았다.

"그럼 이만 저는 바쁜 일 때문에 일어나야겠어요."

포정은 일어서며 작별을 고했다. 송영 역시 더 이상 할 말도 없었고 이곳에 있을 이유도 없었다. 포정이 사라지자 송영은 마시던 차를 입에 털어 넣으며 일어섰다.

"겨울……."

송영은 차가운 표정으로 중얼거렸다. 겨울이 되면 마정회를 만나게 되기 때문이다.

"이제는 돌아가야 할 시간이로구나."

송영은 중얼거리며 청허루를 빠져나왔다. 문득 사제들과 기수령의 얼굴이 스치고 지나갔다. 보고 싶다는 생각이 들었다.

*　　　　*　　　　*

단출한 방 안이었다. 그곳에 앉은 송백은 자신을 부른 초일과 마주하고 있었다. 조용함 속에 초일의 입이 열렸다.

"이 검은 전에도 말했지만 나의 것이 아니다."

초일은 탁자 위에 검을 올려놓으며 말했다. 송백은 늘 초일의 품에 안겨 있던 구룡검이라는 것을 눈으로 확인했다. 평범한 검집에 어울리지 않는 대단한 신검(神劍)이라고 생각했다.

"이 검은 원래 화산파의 검이다. 떠날 때 이 검을 가지고 화산파로 가거라. 그곳에 가서 이 검을 주면 나의 검을 내줄 것이다."

"그럼……."

초일의 말에 송백은 놀란 표정으로 초일을 바라보았다. 초일은 자신이 쓰던 검을 주려고 하는 것이었다. 그것을 아는 송백이 놀라는 것은 어쩌면 당연했다. 더욱이 그 말속에는 이제 떠나라는 말도 들어 있었다. 이곳을 내려가야 하는 것이다. 그리고 그것을 초일이 원하고 있었다.

"너는 나의 전인이다."

초일의 말에 송백은 너무도 놀라 고개를 숙이며 빠르게 말했다.

"저를 구해주시고 많은 것을 가르쳐 주셨습니다. 하지만 저는 아무것도 할 수 있는 것이 없었습니다. 단지 할 수 있는 것이라곤 오직 스승님이 가르쳐 준 무공을 익히는 것뿐이었습니다. 그것만이 제가 할 수 있는 보답이기 때문입니다."

송백은 잠시 입을 닫았다. 침묵이 흐르자 송백은 짧게 숨을 내쉬며 천천히 입을 열었다.

"감사합니다."

송백의 목소리에 초일은 만족한 듯 미소 지었다.

"감사할 것은 내가 아니라 너와 나를 만나게 해준 하늘에게 감사해야 할 것이다."

초일의 말에 송백은 고개를 들었다. 송백의 눈동자에 신광이 어렸다.

"너를 살린 것은 나뿐만이 아니다. 이곳 성수장에서 도와주지 않았다면 이처럼 빠르게 무공을 익히지는 못했을 것이다. 무슨 말인지 알겠느냐?"

"예."

고개를 끄덕인 초일이 다시 말했다.

"성수장의 은혜 또한 잊으면 안 된다."

사람은 받은 게 있다면 돌려줘야 한다. 송백은 그것을 아는 사람이었다.

"성수장의 은혜는 잊지 않을 것입니다."

고개를 끄덕인 초일은 다시 말했다.

"강호에 나가게 되면 나에게 원한이 있던 사람들과 만날지도 모른다. 물론 그들 역시 피를 원할 것이다. 그런 원한까지 모두 베어버릴 만큼 강한 사람이 되어야 한다. 할 수 있겠느냐?"

"예."

송백은 강한 어조로 대답했다. 그것은 자신이 초일의 무공을 배우는 순간부터 메고 다녀야 할 짐이었기 때문이다.

"이제부터 모든 것을 혼자 해야 한다. 내가 해줄 수 있는 마지막 말은 나의 스승님도 했던 말이다."

그렇게 말한 초일은 잠시 뜸을 들이더니 천천히 말했다.

"싸우거라. 싸움을 통해서만 네 검을 완성할 수가 있다. 절대 물러서지 마라. 나의 무공은 물러서는 무공이 아니라 앞으로 나가는 무공이다. 그리고 이기는 거다."

초일이 입을 닫자 송백은 자리에서 일어나 절을 올리기 시작했다.

초일은 가만히 그 모습을 지켜보고 있었다. 초일의 머리에 자신의 젊은 날이 스치고 지나갔다. 수많은 강호인들과의 싸움, 그 속에서 살아남았던 자신의 모습이 어른거렸다.

이제 그런 강호에 자신의 분신이 나가려고 한다. 더 많은 것을 말해 주고 싶고, 더 많은 것을 가르쳐 주고 싶었지만 초일은 입을 닫아야 했다. 자신의 스승이 자신에게 했던 것처럼 자신도 이제 제자에게 그대로 해줘야 하는 것이다. 이제 살아남는 것은 송백 스스로에게 달려 있었다. 초일은 마지막으로 하고 싶었던 말을 했다.

"모든 것을 버렸을 때… 그때, 그때 다시 오거라."

초일의 담담한 목소리가 울리자 송백은 저절로 눈시울이 붉어지고 마음이 흔들렸다. 그 말속에 담긴 무한한 정이 느껴졌기 때문이다.

"모든 것을 버리고… 다시 오겠습니다."

송백은 검을 쥐고 문을 나섰다. 그런 송백의 뒷모습을 초일은 미소로써 바라보았다.

송백은 작별 인사를 하지 않았다. 결국 송백의 마음속에 남은 마지막 장소는 이곳이 되었다는 소리였다. 그것이면 되었다고 초일은 생각했다.

방문을 나선 송백은 정들었던 주변을 둘러보았다. 그런 송백의 시야에 아명이 들어왔다. 아명은 이미 알고 있는 듯 손에 행낭을 들고 있었다.

"떠나시나요?"

"그래."

송백이 끄덕이자 아명이 조심스럽게 입을 열었다.

"언제… 와요?"

"그건……."

송백은 대답할 수가 없었다. 언제 이곳에 와야 할지 자기 스스로도 몰랐기 때문이다. 그저 마음속으로 모든 것을 버릴 때, 그것이 무엇인지 어떤 것인지 모르지만 그때가 되면 돌아올 것이다.

"이거, 가지고 가세요."

아명은 송백이 대답을 않자 미소 지으며 행낭을 들어 보였다.

"음식하고 옷도 한 벌 여벌로 넣었어요."

애써 밝게 웃은 아명의 모습에 송백은 마주 미소를 지었다. 그럴 수밖에 없었다. 곧 행낭을 등에 멘 송백은 아명의 얼굴을 잠시 바라보다 몸을 돌렸다.

송백의 모습이 멀어지기 시작하자 아명의 눈동자가 흔들리더니 소리쳤다.

"저도 무공을 배울 거예요!"

송백은 그 목소리에 고개를 돌렸다. 그러자 아명이 다시 말했다.

"그래서 강호에 나갈 거예요!"

송백은 미소 지으며 손을 흔들어 보였다. 그 모습에 아명도 손을 들어 흔들었다. 그렇게 잠시 동안 아명의 눈에 잡힌 송백의 그림자가 조금씩 시야에서 사라져 갔다. 아명은 저도 모르게 볼을 타고 흘러내리는 물기에 소매로 눈가를 문지르고 있었다. 그렇게 기대던 사람이 떠나갔다.

■제8장■

사람만이 그리움을 알고 있다

복우산을 내려와 북쪽으로 올라간 송백은 효산을 벗어나 영보현(靈寶縣)에 들어섰다. 하남성에서 섬서로 들어가는 길목에 위치한 가장 큰 마을이었다. 또한 앞으로는 황하가 흘러 선착장도 크게 있는 곳이었다. 그곳에 들어서자 수많은 사람들을 볼 수가 있었다. 꼬박 일주일이 걸려 노촌에서 이곳까지 오게 되었다.

객잔으로 들어선 송백은 방을 구하고 짐을 풀었다. 등에 멘 봇짐 속에는 은자 외에 먹다 남은 건포 몇 조각이 들어 있었다. 그것 외에는 아무것도 없었다. 송백은 은자를 작은 주머니에 넣었다. 불과 열 개의 은자였지만 그 정도면 몇 달은 충분히 먹고살 수 있는 돈이었다.

일층으로 내려온 송백은 한쪽에 앉아서 식사를 하고 있는 세 명의 사람을 발견했다. 모두 등에는 검을 메고 있었는데, 무림인이라면 한눈에 그들이 화산파의 사람이라는 것을 알 수 있었다. 소매에 그려진 매화 문양 때문이다. 물론 송백은 알 리 없었다. 그들을 한 번 스치듯 바라본 송백은 빈자리에 앉아 음식을 시켰다.

그렇게 또 하루가 가고 있었다.

다음날, 송백은 화산으로 가는 길로 이동하기 시작했다. 어제 이곳에서 구한 말을 타고 영보현을 천천히 빠져나가자 뒤에서 들리는 요란한 말발굽 소리에 고개를 돌려보았다. 어제 객잔에서 잠시 보았던 세 명의 무림인이 빠르게 옆으로 지나쳐 갔다. 이십대 초반으로 보이는 일남이녀로 영기 발랄한 인물들이었다.

그들은 송백의 옆으로 지나가면서 잠시 스치는 시선을 주었을 뿐, 빠르게 사라져 갔다. 그들이 지나간 자리에 황토먼지가 송백을 덮쳐 왔다. 하지만 흙먼지도 송백의 몸에 가까이 오는 순간 좌우로 퍼지며 뒤로 밀려나갔다. 힘없는 말만 먼지를 들이마신 꼴이었다. 송백은 천천히 말을 몰며 앞으로 나가기 시작했다.

며칠이 지나자 섬서성의 경계에 들어왔으며 화음현(華陰縣)에 당도할 수 있었다. 화음현에 당도하자 생각보다 큰 곳이라는 것과 많은 무림인들을 볼 수 있다는 것에 송백은 약간 놀라고 있었다.

'무슨 일이 있는 건가?'

송백은 그런 의문을 가지며 눈에 띄는 큰 주루에 들어섰다. 주렴을 걷자 한순간 수많은 시선이 송백에게 향했다. 하지만 송백의 평범한 모습에 그들은 고개를 돌렸고, 시끄러운 말소리만이 요란하게 안을 메우고 있었다. 송백은 구석에 비어 있는 자리에 가서 앉았다. 잠시 후 점소이가 다가왔다.

"무엇을 드시겠습니까?"

"닭고기나 좀 주게."

"예."

점소이가 안으로 사라지자 음식을 먹고 있던 무인들이 시선에 들어왔다. 모두 병장기를 휴대하고 있었다. 한눈에 보아도 그들이 무림인이라는 사실을 알 수 있을 것 같았다. 눈에 띄는 것은 그들의 가슴에 새겨진 맹(盟)이라는 글자였다. 무림맹에 대해서는 들은 기억이 있기에 그들이 무림맹의 사람이라는 걸 알 수 있었다. 의문이 든 것은 모두 십대 후반에서 이십대 초반 정도의 젊은 사람들이 전부라는 것이었다. 모두 음식을 다 먹었는지 차를 마시며 이야기를 나누고 있었다. 그런 가운데 송백의 귀를 간지럽힌 것은 '무림대회(武林大會)'라는 말이었다.

"여기 있습니다."

음식이 놓여지자 송백은 젓가락을 들었다. 그런 가운데 이층에서 발소리가 울리며 십여 명의 인물이 내려오기 시작했다. 모두 이십대 초반에서 중반으로 보이는 선남선녀(善男善女)들이었다. 그 맨 뒤로 사십대의 중년인이 두 명 있었는데 날카로운 안광이 번뜩이는 인물이 앞에 있었고, 뒤에는 단아한 인상의 중년인이었다. 송백은 그들에게 잠시 시선을 주었으나 곧 배를 채우는 것에 신경을 썼다.

"모두 먹었느냐?"

"예!"

주루 안에 떠나갈 듯한 외침이 울리자 송백의 아미가 찌푸려졌다.

처음 말한 중년인은 고개를 끄덕이며 주루 밖으로 몸을 움직이기 시작했다.

"그럼 모두 따라오너라. 오늘은 마지막으로 천하대회(天下大會)의 비무장을 구경할 것이다."

중년인이 밖으로 나가자 여러 소음이 일어나며 젊은이들이 뒤를 따라 나가기 시작했다. 그런 가운데 단아한 인상의 중년인이 송백에게 시선을 던졌다. 하지만 곧 고개를 돌리며 밖으로 이동하기 시작했다.

무림맹의 젊은 인재들을 가르치는 무림관(武林館)의 부관주인 조호서생(調號書生) 여관주(呂灌注)는 모두 나간 빈 주루를 둘러보다 송백을 발견했다. 흑의무복에 검을 탁자 위에 올려놓은 모습은 흔히 볼 수 있는 무림인들의 모습이었다. 하지만 여관주가 관심을 가지게 된 것은 송백의 주변으로 고요함을 느꼈기 때문이다.

'고수.'

여관주는 단번에 고수라는 생각을 하였다. 하지만 그가 아는 인물 중에 저런 기도를 풍기는 인물은 없었다. 있다면 당연히 기억하고 있을 것이다.

'초출(初出)인가?'

당연히 여관주는 자신의 기억에 없기에 초출일 것이라고 여겼다.

"왜 그러십니까?"

가장 후미에 가고 있던 팽소련(彭小蓮)이 여관주의 모습에 걸음을 멈추고 물었다. 팽소련은 하북팽가의 인물로 무림에 잘 알려진 후기지수 중 한 명이었다. 또한 빼어난 미모와 털털한 성격으로 무림관의 다른 여인들보다 많은 남자 친구를 두고 있었다.

"아니다. 어서 가자."

여관주는 고개를 돌리며 주루를 나섰다. 팽소련은 여관주의 시선이 머물렀던 곳을 보았다. 그런 그녀의 눈에 송백이 들어왔다. 하지만 조금 잘생긴 외모뿐, 별다른 것을 볼 수가 없었다. 알지도 못하는 사람이었다. 팽소련은 곧 주루를 나섰다.

그들이 모두 나가자 송백은 빈자리를 치우고 있는 점소이들을 바라보았다. 그중에 자신에게 음식을 가지고 온 점소이를 불렀다.

"무슨 일이십니까?"

"물어볼 것이 있는데."

"물어보십시오."

송백은 좀 전에 이야기한 것 중에 기억에 남는 것을 물었다.

"천하대회가 뭔가?"

"예? 천하대회를 말하는 것입니까?"

송백이 고개를 끄덕이자 점소이의 표정이 이상하게 변하더니 초일의 모습을 잠시 살폈다. 어떻게 보아도 무림인처럼 보이는데 천하대회를 모른다는 게 영 이상하게 보였던 것이다. 하지만 대답을 안 할 수도 없었다. 점소이는 곧 입을 놀리기 시작했다.

"천하대회는 아마 제가 알기론 한 백 년 전부터 했던 것 같습니다. 변방의 마교와 중원무림의 비무이지요. 이십 년마다 한 번씩 열렸는데, 그것 때문에 이 동네도 살기 좋아졌지요. 그것을 구경하기 위해 수많은 무림인들이 이곳을 찾았으니까요. 그리고 이곳에서 십여 리 떨어진 곳에 비무대가 있습니다. 아무래도 오늘 온 좀 전의 손님들은 그곳으로 가려는 것이겠지요. 구경하는 사람들도 꽤 많아 저희들은 늘 바쁘답니다."

송백이 고개를 끄덕이자 점소이는 다시 말했다.

"제가 듣기로는 아마 중원무림과 마교는 그 자리에서 천하제일인을 가리는 것 같습니다. 전설 같은 무인들이 그 비무에 참가했고, 지금도 이름을 날리고 있습니다. 앞으로 이 년 뒤에 천하대회가 열릴 예정이지요. 그래서 요즘 들어 무림인들이 자주 찾아오고 있습니다."

"그렇군."

대충 이해한 송백은 일어서며 동전을 꺼내 탁자 위에 올려놓았다.

"수고하게."

"안녕히 가십시오."

주루를 나온 송백은 천하대회의 비무대를 한번 볼까 하는 생각을 가졌지만 곧 고개를 저었다. 화산파에 빨리 가서 검을 전해줘야 했기 때문이다. 이 일이 끝나야 비로소 자신이 하고 싶은 일을 할 수가 있었다.

웅성거리는 시장을 지나가던 송백은 다시 발걸음을 뒤로 돌렸다. 저 멀리 해가 지고 있었기 때문이다. 화산에 당도한다면 밤늦은 시간이 될 것 같았다. 송백은 다음날 아침에 출발하기로 하고 객잔을 찾아 들어갔다.

아침이 되자 송백은 짐을 챙기고 화음현을 나와 천천히 화산으로 올라가기 시작했다. 그런 가운데 저 멀리 세 필의 말이 보이기 시작했다. 송백은 전에 본 적이 있는 말들이란 생각이 들었다. 좀 더 거리가 가까워지자 영보현에서 잠시 스친 일남이녀라는 것을 쉽게 알 수 있었다. 그들은 말에서 내려 말고삐를 잡고 걷고 있었다.

또각! 또각!

말에서 내려 걷고 있던 종무진(宗無眞)은 뒤에서 들리는 말발굽 소리에 고개를 돌렸다. 그러자 흑의를 입고 있는 송백이 눈에 들어왔다. 종무진만 고개를 돌린 것이 아니라 옆에서 걷던 이십대 초반의 장화영(長華英)도 고개를 돌려보았다. 하지만 말을 한 사람은 그들이 아닌 십대 중반의 남진진(南珍珍)이었다.

"이봐요."

흑의인이 옆으로 지나가자 남진진이 인상을 찌푸리며 불러 세웠다.

"……?"

송백은 자연스럽게 말을 세우고 고개를 돌렸다. 한 명의 청년과 눈에 띄는 미녀, 그리고 귀여운 소녀가 서 있었다. 송백의 시선이 소녀에게 향했다.

남진진은 양손을 옆구리에 얹고는 찌푸린 인상으로 송백에게 말했다.

"화산에 오를 때는 말에서 내려 걷는 것이 기본적인 예의예요. 그것도 모르나요?"

"무슨 말이오?"

송백은 말을 하며 일단 말에서 내렸다. 그러자 남진진이 다시 화난 목소리로 말했다.

"무림인 아니에요? 화산에 오르려면 일단 말에서 내려 화산파에 대해 어느 정도 경건한 마음을 가지는 것이 기본적인 예의란 말이에요."

"그건 누가 만든 법이고, 필시 해야 할 이유라도 있나?"

"그건……."

남진진은 순간적으로 약간 당황한 표정을 지었다. 누가 만든 법인지 몰랐기 때문이다. 남진진은 잠시 당황하다 다시 인상을 찌푸리며 말했다.

"어쨌든 화산에 올라갈 때는 말에서 내려서 걸어야 해요. 이건 누구나가 지키는 법이에요. 무림인이라면 응당 그렇게 해야 하구요."

"말에서 내린 지는 오래되었네."

"풋."

"하하하하하!"

남진진이 인상을 찌푸리자 옆에 있던 장화영이 입을 가리며 웃었고, 종무진은 크게 소리 내어 웃었다. 남진진의 인상이 기괴하게 변했고, 무엇보다 송백은 말에서 내려 대화하는데 남진진이 말에서 내리라고 하자 그것이 재미있었던 것이다.

"왜 웃어요!"

투정 어린 표정으로 따지던 남진진이 얼굴을 붉히며 종무진의 소매를 잡았다. 종무진은 웃으며 남진진을 바라보다 송백에게 고개를 돌렸다.

"화산에는 처음 오는 것이오?"

"그렇소."

송백이 고개를 끄덕이자 종무진은 뭔가 잊은 듯한 표정을 짓더니 다시 말했다.

"아, 저는 종무진이라 하지요."

"송백이오."

종무진은 고개를 끄덕였다. 하지만 어색한지 다음 말은 나오지 않고 있었다. 그러자 장화영이 웃으며 말했다.

"장화영이에요. 그리고 이쪽은 제 사매인 남진진이라 해요."

남진진은 자신을 소개하지 않고 고개를 옆으로 돌리고만 있었다. 잔뜩 삐친 얼굴이었다.

"반갑소."

송백이 짧게 답하자 장화영이 다시 말했다.

"사형이 말주변이 없어서 그러니 이해하세요. 그건 그렇고, 초출이신가 봐요?"

송백이 고개를 끄덕이자 그럴 줄 알았다는 듯 장화영이 미소 지었다. 그러자 종무진이 입을 열었다.

"여기 화산에 올 때는 무림인들이 모두 예를 갖추고 말을 타면 말에서 내려 걷지요. 그것은 누가 시킨 것도 아니고, 누가 하라고 한 것도 아니오. 사실 말을 타고 그냥 가도 되지만 지금 걷고 있는 이 길이 피에 젖은 길이란 생각을 한다면 그렇게 하지도 못하지요."

종무진이 웃으며 말하자 송백은 물었다.

"무슨 말이오?"

"백 년 전에 이곳에서 마교와 마지막으로 싸웠던 것은 화산파였소. 그리고 화산파는 멸문하기 직전이었지요. 그런 가운데 무림의 모든 사람들이 이곳에 와서 그들과 마주해서… 결국 서로가 격돌하게 되면 많은 피를 흘리게 되니 비무를 통해 무공의 고하를 가리기로 했고, 그 결과 마교는 물러가야 했소. 하지만 그들이 지나가고 남은 자리엔 화산파의 문인들이 흘린 피가 강을 이루었소. 그 이후 무림인들은 이곳을 지나거나 화산에 오를 때 그들의 넋을 기리기 위해 이렇게 걷는 것이오."

"그렇군."

송백은 그제야 이해가 되었다는 표정이었다. 천하대회가 어떻게 생겨났는지 알 것 같았다.

"화산파에 가는 길인가 봐요?"

"그렇소."

장화영의 물음에 고개를 끄덕인 송백은 저 멀리 하늘 높이 솟구쳐 올라가고 있는 높은 절봉들이 눈에 들어오자 굳은 표정을 지었다.

"절경이지요?"

장화영이 다시 말하자 송백은 고개를 끄덕였다. 복우산도 절경이었지만 이곳도 멋진 곳이라고 생각되었다.

"올라가면 더욱 멋지답니다."

장화영이 말하자 송백은 고개를 돌려 장화영을 바라보았다. 어여쁜 미소를 걸치고 있는 모습이 예쁘다는 생각을 들게 했다.

"화산파의 사람들이오?"

송백의 물음에 셋은 웃으며 고개를 끄덕였다.

"화산파의 제자지요. 하하하."

종무진이 웃으며 말하자 송백은 그들의 단정한 모습에 고개를 끄덕였다. 이들의 모습이 화산파의 모습이라는 생각이 들었다.

얼마 지나지 않아 대로의 끝으로 거대한 대문과 좌우로 길게 늘어진 담장이 보였다. 그 뒤로 몇 채의 전각들과 화산의 높은 봉우리들이 나타났다.

"남천관인데, 저곳은 손님들을 맞이하는 곳으로 속가제자들과 강호에서 화산의 절경을 보기 위해 찾아온 사람들이 머무는 곳이오."

종무진이 말하며 빠른 걸음으로 앞으로 나아갔다. 그 뒤로 남진진과 장화영이 따랐다. 송백도 그들의 뒤를 따라 문으로 다가갔다. 가까이 다가가자 거대한 현판이 눈에 들어왔다.

남천관(南天館).

현판을 바라보던 송백은 그들의 뒤를 따라 들어갔다. 거대한 연무장과 많은 전각들이 눈에 들어왔다. 연화봉 밑에 이렇게 지어놓은 것이다. 화산에 들어서는 순간부터 화산파의 영역이었고, 이곳 남천관부터 화산파의 시작이었다. 주변으로 지나가는 사람은 몇 명 없었으나 그들은 종무진과 장화영을 알아보고 인사하며 지나쳤다.

"그럼 저희는 가보도록 할게요. 좋은 여행이 되기를 바라겠습니다."

장화영이 뒤돌아 송백에게 말하며 앞으로 걸어가기 시작했다. 저 멀리 문이 보였고, 그곳을 지나가면 연화봉으로 가는 곳이 나오는 것 같았다. 그들이 가는 모습을 보던 송백에게 다가온 사람은 장화영과 대화하던 젊은 청년이었다.

"저는 호릉이라 합니다. 이쪽으로."

말고삐를 손에 쥔 송백은 호릉이라 밝힌 청년의 뒤를 따라가기 시작했다. 연무장의 우측으로 들어선 호릉은 꽤 넓은 전각으로 그를 안내했다. 그러자 몇 명의 사람들이 다가와 말을 건네받았다. 송백은 어색한 기분이 들었지만 호릉의 뒤를 따라 안으로 들어갔다.

"자유스럽군."

송백은 이곳의 공기와 사람들의 행동에서 격식보다는 자유스러운 인격을 느낄 수가 있었다. 절제된 행동보다는 자유스러운 예절을 지닌 사람들이었다. 화산파는 오는 사람을 막는 곳이 아니었다. 물론 신원 확인은 필수였지만 이미 종무진과 함께 온 송백이기에 일단은 들어설 수 있었다.

"이곳에 성함과 출신을 적어주시겠습니까?"

호릉이 작은 책을 내놓으며 붓을 준비해 주었다. 송백의 표정이 난

감하게 변하였다. 하지만 곧 이름과 출신지를 적은 송백은 호릉의 다음 말을 기다렸다.

"숙소로 안내할 테니 따라오시기 바랍니다."

호릉이 말하자 송백은 입을 열었다.

"이곳에 쉬려고 온 것이 아니오."

몸을 돌리던 호릉이 잠시 머뭇거리며 다시 송백을 바라보았다.

"그럼 무슨 일로 오신 것입니까? 아까 종 사형의 말로는 화산에는 처음이고, 무림에는 처음 나오신 거라 구경을 위해 온 것으로 들었습니다만."

"장문인을 뵐 수 있겠소?"

"예?"

송백의 말에 놀란 호릉이 송백의 모습을 다시 살펴보았다. 설마 하니 장문인을 뵈려고 한다는 말이 나올 줄은 몰랐기 때문이다.

"장문인께서는 아무나 만나시지 않습니다. 또한 굉장히 바쁘신 분이라… 현재는 무림맹에서 온 분을 만나고 계실 것입니다."

"언제 뵐 수 있겠소?"

호릉은 말을 마치다 송백의 말을 듣곤 잠시 미소 지었다.

"그것은 저도 잘 모릅니다. 제가 말한다고 해서 만날 수 있는 분도 아니고 일단 사숙께 이야기는 하고 오겠습니다. 잠시만 기다리시기 바랍니다."

호릉이 친절한 미소를 지으며 말을 하다 무언가 빠뜨렸는지 다시 고개를 돌려 말했다.

"그런데 무슨 일로 장문인을 만나려 하시는 것입니까?"

송백은 자신의 검을 탁자 위에 올려놓았다.

"제 스승님께서 이 검을 화산에 전해주라 하셨고, 이 검은 원래 화산 파의 물건으로 검을 전해주면 스승님이 쓰시던 검을 받을 것이라 하였 소. 그 일로 화산에 온 것이오."

송백의 말에 호릉은 탁자 위에 올려진 검을 바라보았다. 평범한 가 죽 검집에 특이한 무늬가 있는 손잡이도 아니었다. 호릉은 마음속으로 실망했지만 애써 미소 지었다.

"일단 말을 전하고 오겠으니 기다리시기 바랍니다."

호릉이 인사하고 나가자 송백은 가만히 눈을 감고 명상에 잠기기 시 작했다. 생각으로 하는 무공 또한 수련에 중요한 요소가 되기 때문이 다. 생각을 현실로 실현시킬 수 있다면 그것보다 더 좋은 일은 없을 것 이라고 전부터 생각했기 때문이다.

호릉은 자신의 스승인 청우자(淸雨子)를 만나기 위해 금정원(金井院) 으로 걸음을 옮겼다. 객청에서 쉬고 있는 송백이 장문인을 만나려 하 기 때문이었다. 그 소식을 전하려 했지만 쉽게 입이 열릴지 의문이 들 었다. 물론 당연히 만나기 어렵다는 것을 알았다. 강호에 이름있는 명 숙이라도 화산파의 장문인을 만나기는 힘들었다.

그것은 위치의 차이였기 때문이다. 화산파의 장문인이라면 십대명 숙(十大名宿)에 들어가는 인물이었다. 그런 장문인을 이제 무림에 갓 나온 초출이 만나려 하는 것이다. 될 수 없는 일이었지만 호릉은 자신 이 맡은 일에 최선을 다해야 한다는 생각으로 길을 걷고 있었다.

금정원으로 들어서자 넓은 정원과 몇 채의 전각이 눈에 들어왔다. 그곳의 중앙에 위치한 거대한 전각의 문을 열고 들어선 호릉은 또 하 나의 문 앞에 서서 입을 열었다.

"제자 호릉입니다."

"들어오너라."

말소리가 들리자 호릉은 문을 열고 들어섰다. 안쪽으로 들어가자 세 명의 인물이 원탁에 앉자 담소를 나누고 있었는데, 백색의 비단옷에 소매에 매화 문양이 그려진 중년인이 청우자로, 부드러운 인상이었다. 그 앞에 앉은 삼십대 중반의 남자와 이십대 후반의 여인이 앉아 있었다. 호릉은 그들이 남궁세가의 사람이라는 것을 알고 있었다.

"그래, 무슨 일이냐?"

호릉은 청우자에게 인사하며 입을 열었다.

"다름이 아니라 객청에서 장문인을 뵈려 하는 사람이 있어 이렇게 왔습니다."

"그래?"

청우자는 약간 놀란 표정을 지었다. 장문사형을 만나려는 사람들은 강호에서도 꽤 비중있는 인물들이기 때문이다.

"누구시더냐?"

"그게……."

잠시 망설인 호릉은 천천히 입을 열었다.

"저도 처음 보는 사람인데 검을 전하기 위해 왔다고 합니다."

청우자는 검이란 말에 반응을 보이며 호릉을 바라보았다. 호릉도 청우자가 눈을 빛내자 의외로 관심을 갖는다고 여겼다.

"이름은?"

"송백이라 합니다."

청우자는 수염을 어루만지며 고개를 끄덕이더니 자리에서 일어섰다.

"잠시 자리를 비우지요."

"하하, 저희도 일어서지요. 어차피 볼일은 끝났으니 슬슬 돌아가야지요."

삼십대의 날카로운 안광을 지닌 인물이 일어서며 말하자 옆에 앉은 여인도 일어섰다. 그들은 부부로 굉장히 잘 어울렸다. 남자는 남궁세가의 인물로 남궁현(南宮玄)이었고, 강호에서는 철명검객(鐵命劍客)이라 불리는 인물이었다. 그 옆의 미인은 그의 부인으로 사천당가에서 남궁현에게 시집을 온 당수수(唐秀秀)였다. 남자로 태어나길 바라면서 지은 이름이었지만 이름과 달리 굉장히 여성스러운 섬세한 성격의 여자였다.

그들이 일어서자 호룽이 그들을 안내하며 밖으로 나갔다. 그 뒤로 청우자가 천천히 걸음을 옮겼다.

"검?"

청우자는 검이라는 말에 호기심이 생겼다. 다른 이유였다면 다음에 다시 오라고 전하면 그만이었다. 그렇지만 검법을 익히는 화산파였고, 그런 이유로 검이란 말에 약간의 마음이 움직인 것이었다.

송백은 다가오는 발소리에 눈을 떴다. 얼마 지나지 않아 좋은 인상의 중년인이 들어서자 송백은 일어섰다. 송백을 발견한 청우자는 미소를 그렸다.

"소협이 검을 전하기 위해 오셨다고 하셨소?"

"그렇소."

청우자는 탁자 위에 올려진 검을 보곤 생각보다 볼품없자 약간 인상을 찡그렸다. 하지만 미소는 거두지 않고 있었다.

"본인은 화산의 청우자라 하지요."

"송백입니다."

송백이 이름을 말하자 청우자는 앉으라고 권하며 의자에 앉았다. 곧 손을 뻗어 검을 잡으려 하자 송백의 손이 먼저 검을 잡았다. 청우자의 시선이 송백에게 향했다.

"장문인께 드려야 합니다. 저는 제 스승님의 명으로 이곳에 온 것입니다. 이 검을 전하면 스승님의 검을 받을 수 있다 하였습니다."

"아!"

청우자는 고개를 끄덕이며 천천히 말했다.

"물론 장문사형께 드려야 한다는 뜻은 알겠지만 어떤 검인지 봐야 하지 않겠소? 이름이라도 알아야 사형께 말이라도 할 것이 아니오?"

청우자의 말에 송백은 잠시 생각하는 듯하더니 곧 검집에서 검을 조금 뽑았다. 순간 강렬한 검광(劍光)과 함께 푸르스름한 예기가 뻗어 나왔다. 청우자의 눈동자가 순간적으로 놀란 표정을 지으며 커졌다.

"보… 검(寶劍)."

청우자는 결단코 이런 검을 본 적이 없었다. 특히나 검배에 쓰여진 구룡이란 글귀가 멋들어지게 잘 어울린다고 여겼다. 청우자는 자신도 모르게 침을 삼켰다. 그것은 무인이라면 당연한 반응일 것이다. 진정한 신검을 가지고 싶어하는 것이 꿈과도 같은 일이지 않은가? 그런데 신검이 눈앞에 있었다. 이런 검이라면 백 년 동안 이루지 못한 천하대회의 진출은 꿈도 아닐 것이라고 생각되었다.

"이, 이것이 진정 화산파의 물건이란 말이오?"

"제 스승님은 그렇게 말씀하셨지요."

송백이 고개를 끄덕이자 청우자는 잠시 검과 송백을 바라보더니 자리에서 일어섰다. 태어나서 지금까지 살아오면서 이렇게 강한 예기를 발산하는 검은 본 적도 들은 적도 없었다. 송백 또한 다시 보게 되었다.

"내 당장 말하고 올 터이니, 아니, 그럴 게 아니라 같이 연화봉에 오르도록 합시다."

송백은 검을 쥐고 일어섰다.

서른 살이라는 어린 나이에 장문인이 되어 지금까지 이십 년간 지내온 청허자(淸虛子)는 반백의 머리와 가슴까지 내려오는 수염을 곱게 기르고 있는 인상 좋은 중년인이었다. 다른 곳에서 본다면 평범한 아저씨로 불릴 만한 인물이었다.

"무림관에 강호사현(江湖四玄)의 제자들이 나타났다고?"

연화봉 정상의 집무실에 앉은 청허자는 자신의 애제자인 종무진과 장화영을 바라보고 있었다. 좀 전에 도착해서 그동안의 일들을 보고하던 중이었다.

종무진은 공손히 앉아 대답했다.

"예, 그렇습니다. 더욱이 무림관의 스승으로 신기자 어르신이 오셨습니다."

"허어."

청허자는 크게 놀란 듯 허허로운 숨소리를 흘렸다. 그런 청허자에게 종무진이 다시 말했다.

"그들이 오게 되자 무림관은 크게 술렁거렸습니다. 모두 가까워진 무림대회를 놓고 우려하고 있습니다."

"그렇겠지."

청허자는 고개를 끄덕였다. 곧 천천히 입을 열었다.

"십오 년 전 마교와의 협상으로 이번 천하대회는 서른 전의 젊은이들이 겨루게 되었다. 그 일로 천하는 술렁거렸고, 불과 다섯 명을 뽑는 대회에서 살아남기 위해 인재를 키우기 시작했다. 그런 와중에 천하대회에 네 번이나 출전한 강호사현의 제자가 나타난 것은 큰일이 아닐 수 없겠지."

"이미 알고 있는 사실입니다, 스승님."

"험."

청허자가 헛기침을 했다. 그러자 장화영이 웃으며 조용히 말했다.

"강호사현의 업적을 잊어서는 안 된다고 봐요. 그런 그들이 제자를 키운다는 게 이상할 이유도 없지요. 강호사현이 아니었다면 세 번의 무림대회는 모두 졌을 것이고, 마교는 중원에 본단을 세웠을 것이에요."

"알고 있지만 갑작스러워서 좀 놀랐을 뿐이다."

"놀랄 이유가 어디 있겠어요? 저는 오히려 재미있고 좋았어요. 강한 상대가 나타났다는 것은 그만큼 즐거워지는 이유가 되지 않겠어요? 상대가 강할수록 살이 떨릴 만큼 기대돼요."

장화영의 얼굴과 어울리지 않는 말에 종무진은 인상을 찌푸렸다. 사실 장화영의 성격은 남자들도 저리 가라 할 정도로 살벌했으며 그만큼 강했다. 종무진은 한숨을 크게 내쉬며 말했다.

"안 그래도 십대문파의 제자들과 육대세가의 자제들도 모두 경쟁자라 그들만 생각해도 난감한데 강호사현의 제자들까지 나타났으니… 어렵다, 정말 어려워."

종무진의 말에 장화영도 약간은 어두운 안색이 되었다. 그녀도 걱정되는 것은 마찬가지였기 때문이다. 그런 그들에게 청허자가 말했다.

"무엇을 그렇게 걱정하느냐? 너희들은 천하대회에 나가기 위해 지금까지 노력해 왔다. 앞으로 그 모든 노력을 무림대회에 쏟아보거라. 그렇게 한다면 좋은 결과가 있을 것이다."

"알겠습니다."

"예."

둘의 대답을 듣자 청허자는 만족한 미소를 지었다.

"언제 출발할 것이냐?"

"한 달의 여유가 있으니 조금은 이곳에서 마음 편히 쉬고 싶습니다."

종무진이 말하자 장화영이 입을 열었다.

"그것보다 무림맹에서 열리는 무림대회에 마교에서 손을 쓰지는 않을까요?"

"그럴 가능성은 없다고 본다. 굳이 그들이 그런 수를 써서 천하대회에서 이기려 하겠느냐? 그들의 자존심과 명예는 하늘을 찌른다. 걱정하지 말고 수련이나 열심히 해서 꼭 중원의 대표가 되거라. 너희들의 사명은 그것이다."

"예."

장화영은 강하게 대답했다. 어릴 때부터 화산에 올라와 수련하면서 수없이 많이 듣던 말이었다. 마교와 이십 년마다 한 번씩 대전하는 천하대회를 위해 중원의 대표를 천하대회의 일 년 전에 미리 뽑는다. 그 대회가 무림대회였다. 무림대회에서 뽑히는 다섯 명만이 천하대회에 나갈 수 있는 것이었다. 지금까지 다섯 번의 천하대회에서 화산파가 나간 적은 두 번째의 단 한 번뿐이었다.

천하의 사람들이 지켜보는 가운데 열리는 무림대회는 중원무림의 고수들을 판가름하는 장소가 되었으며 명예의 장소가 되었다. 개인과 각파의 명예를 걸고 행해지는 무림대회.

전 강호인들이 열광할 수밖에 없었고, 각 문파들은 그 대회를 위해 무공을 수련하고 또 수련했다. 그런 무림대회를 위해 화산파에서 키워진 인물이 종무진과 장화영이었다.

지금까지 다섯 번의 천하대회는 처음을 제외하고 두 번째부터 강호사현이 무대였다. 근 육십 년 동안 강호사현 중 세 명의 인물이 세 번 동안 모두 출전하였다. 마지막 네 번째에서는 지금의 강호사현이라 불리게 된 네 명이 모두 출전하였다. 그들의 명성은 전설이었고, 천하의 정상에 우뚝 솟아 있었다.

결국 마교에서는 강호사현의 존재감을 의식해 이번 천하대회는 젊은이들의 대회로 만들 것을 요청해 왔다. 무림맹에서는 그것을 받아들이기 애매했으나 명예가 걸린 천하대회를 위해 수용했다. 물론 그 당시 반대가 많았으나 결국 받아들일 수밖에 없었다. 그로 인해 무림맹은 무림관이라는 무공 교육관을 설립했고, 각파의 영재들을 받아들여 교육했다. 그렇다고 그곳에서 사는 것이 아니다.

무림관의 최대 목적은 최상의 수련 조건을 만드는 것이었다. 각자 수련을 통해 얻은 것을 비무하고 서로 정진하면서 자신의 무공을 키워 나가는 것이 주된 목적이었다. 그러한 이유로 각파의 고수들이 선생으로 와 있었다.

궁금한 것이 있다면 설사 다른 문파의 인물이라 해도 물을 수가 있었다. 서로의 단점을 보완하면서 커가는 것, 그것이 무림관의 이상이었다. 그렇게 열린 무림관도 벌써 십 년이 되어가고 있었다.

무림관에서의 수련은 자율이었고, 언제든지 자파로 돌아갔다가 다시 올 수가 있었다. 또한 무림관에 들어갈 수 있는 젊은 무인들은 무림관에 비치된 수많은 무공 비급들도 볼 수 있었으며, 명성 높은 무림고수들로부터 가르침을 받을 수도 있었다.

젊은이들에게는 꿈과도 같은 곳이었고, 젊은 무인들에게는 명예의 장소였다. 또한 무림관에 입성하기가 그만큼 어렵다는 것을 말해 주고 있었다. 화산파에서도 불과 다섯 명의 제자만이 들어가 있었다.

장화영의 꿈은 야무졌다. 자신이 천하대회에 출전하여 화산파의 명예를 살리는 것과 백 년 전의 혈채를 묻는 것이었다. 그런 생각을 할 때면 언제나 가슴이 뛰고 흥분되었다. 그런 마음은 종무진도 마찬가지였다.

"너희들에게 거는 기대는 크다."

"장문사형."

말을 하던 청허자는 자신을 부르는 소리에 고개를 들었다. 목소리로 보아 자신의 사제인 청우자였다. 종무진과 장화영도 목소리에 일어섰다.

"장문사형을 만나기 위해 손님이 왔습니다."

문이 열리며 청우자가 들어섰다. 그 뒤로 송백이 들어오자 종무진과 장화영은 놀란 표정을 지었다. 송백을 이곳에서 만나리라고 여기진 못했기 때문이다. 그만큼 이곳은 화산에서 중요한 곳이었고, 외인은 접근하기 힘든 곳이었다. 송백은 자신도 모르게 화산파의 중심부에 오게 된 것이었다.

청허자는 손님이라는 말에 고인이라는 생각을 했다. 그것이 청우자의 목소리가 약간은 들떠 있었기에 그런 생각을 하게 되었다. 하지만 젊은 청년을 보게 되자 무슨 일인지 호기심이 생겼다.

"자네는 누구인가? 나는 화산의 청허자라 하네."

송백은 안으로 들어서며 이곳에 오면서 만난 종무진과 장화영을 발견했다. 가볍게 인사한 송백은 청허자의 말에 고개를 돌렸다.

"송백이라 합니다."

"그래, 무슨 일로 왔는가?"

송백은 앞으로 한 걸음 나와 검을 탁자 위에 올려놓았다.

"제 스승님께서는 이 검이 화산파의 검이라 하였습니다. 또한 이 검을 전하면 스승님이 쓰시던 검을 받을 수 있다고 하여 이렇게 오게 되었습니다."

"흠."

청허자는 청우자의 빛나는 눈동자와 송백의 무표정한 얼굴을 바라보다 검을 향해 손을 폈다. '쉬악!' 거리는 가벼운 바람 소리가 울리며 탁자의 검이 청허자의 손 안으로 빨려 들어갔다. 청허자는 잠시 검집을 살피다 별다른 특색이 없자 약간 실망하는 표정이었다. 하지만 검의 손잡이를 잡아 검을 뽑는 순간, 청허자를 비롯한 좌중의 인물들이 모두 눈을 부릅떠야 했다.

"헉!"

푸르스름한 섬광이 방 안을 가득 메우는가 싶더니 순식간에 사라졌다. 하지만 검신의 보광(寶光)과 서늘한 예기만은 방 안을 맴돌고 있었다. 하지만 좌중의 인물들이 놀란 것은 검신의 양면에 새겨진 아홉 마리의 용 때문이었다. 얇고 가는 검신에 새겨진 아홉 마리의 용은 정교함과 함께 섬세함을 보이게 만들었으며 가볍게 흔들리는 검신의 얇기는 예리함을 주고 있었다.

"구룡!"

청허자는 놀란 표정으로 검을 바라보다 잠시 살피더니 검을 검집에 넣었다. 그리곤 송백을 바라보다 잠시 깊은 숨을 내쉬곤 곧 검을 건네주었다. 그 모습에 송백은 청허자의 수양이 깊다는 것을 알았다. 무림인이라면 누구나 탐할 물건을 쉽게 다시 건네준 것이다. 처음 청허자가 들었을 때 마음 한구석으로 걱정도 있었다. 단지 스승의 말 때문에 온 것이지만 과연 이 검과 바꿀 만한 검이 있는지조차 의심스러웠던 것이다.

"잠시만 기다리게나. 나는 사숙님 좀 뵙고 오겠네."

청허자는 눈을 빛내며 송백을 바라보다 빠르게 말하곤 밖으로 사라져 갔다.

"놀라운 신검(神劍)."

장화영이 중얼거리자 청우자가 헛기침을 했다. 곧 장화영과 종무진은 송백의 손에 들린 검에서 시선을 돌렸다. 약간의 탐욕스런 눈빛이 흘렀기 때문이다. 장화영은 자신의 실태를 깨닫고 얼굴을 붉혔다.

"앉게나."

청우자가 자리를 권하자 송백은 말없이 의자에 앉았다. 그러자 청우자는 종무진과 장화영에게 고개를 돌렸다.

"이 일은 중대차한 일인 듯하구나. 너희는 이곳에서 본 일을 절대 발설하지 말고 입을 무겁게 하여라."

"알겠습니다."

청우자의 당부에는 외부의 눈을 조심하라는 뜻도 있었다. 청우자는 잠시 앉아 송백을 바라보다 미처 묻지 못한 것을 깨달았다.

"그러고 보니 스승님의 존함은 어떻게 되는가?"

"그건… 죄송합니다."

잠시 생각하던 송백은 초일의 말 중에 원한 관계에 대한 것이 생각 났다. 그것을 조심하라는 당부가 머리를 스치자 이름을 다시 목 속으로 삼켰다.

"뭐, 밝힐 수 없다면야 할 수 없지만. 저렇게 대단한 신검이 우리 화산에 존재했다는 게 믿어지지가 않네. 거기다 자네 스승의 검 또한 있다는 소리조차 들은 적이 없다네."

청우자는 말을 하며 아쉬운 눈빛을 송백에게 보내고 있었다. 저 정도의 검이라면 그에 걸맞는 검을 원할 것이다. 그런 생각이 들자 아쉬웠다. 현재의 화산에는 보검이라 불릴 만한 게 없었다.

"제 스승님이 말씀하시기를 화산의 친우가 쓰던 검이라 하였습니다. 그분이 죽으면서 가지게 되었는데 이 검을 들면서 자신의 검을 화산에 놓고 왔다고 했습니다."

"그런가? 흐음."

청우자는 화산에 그런 과거가 있는지 기억하려고 노력했다. 하지만 자신의 기억에는 그런 일이 절대 없었다.

"아참, 너희들은 송 소협과 인사는 나누었느냐?"

"그렇습니다, 사숙님."

"예."

청우자는 미소 지으며 고개를 끄덕였다. 강호의 초출에서 이제는 화산파의 귀인이 되었다. 변화는 한순간이다. 그것을 모르는 종무진과 장화영이 아니었다.

"이야기를 나누고 있거라. 나도 가봐야겠다."

청우자는 초조한지 아니면 눈앞에 있는 신검에 욕심이 있는지 안정을 찾지 못하고 일어섰다. 그가 말을 하며 빠르게 나가자 종무진과 장화영이 송백의 옆에 다가와 앉았다.

"사숙님이 저렇게 예민한 모습을 보이는 것도 오랜만인 것 같아."

"그러게요."

종무진의 말에 장화영이 고개를 끄덕였다. 종무진은 고개를 돌려 송백을 바라보았다.

"송 형도 무림대회를 위해 강호에 나온 것이오?"

"무림대회?"

송백이 의문 어린 눈으로 바라보자 종무진이 다시 말했다.

"지금 천하는 내년에 열리는 무림대회에 집중되어 있소. 또한 모든 젊은이의 피를 끓게 만들고 있지요."

종무진이 흥분된 표정으로 말하자 장화영도 입을 열었다.

"내년에 열리는데 송 소협도 꼭 오세요. 참가하신다면 좋겠지만 그렇지 않다면 구경이라도 해보세요. 이십 년에 한 번씩 있는 무림의 축제니까요."

"알겠소."

송백은 종무진과 장화영의 말에 호기심이 생겼다. 자신도 젊었고, 또한 비무대회라는 것에 관심이 갈 수밖에 없었다. 장화영은 가만히 송백을 바라보다 가볍게 웃으며 말했다.

"송 소협은 강해 보이는군요."

송백은 잠시 굳은 표정을 지었다. 의외의 말이었기 때문이다. 장화영은 다시 천천히 웃으며 말했다.

"저와 비무해 보는 것은 어떤가요?"

장화영의 갑작스런 말에 송백은 난감한 마음이 일어났다. 송백의 표정을 보던 종무진이 가까이 다가와 조용히 속삭였다.

"조심하는 게 좋을 것이오, 장 사매는 남자들보다 더 무서우니. 거기다 한 번 마음먹으면 어떻게 해서라도 하고 마는 성격이오."

"사형."

장화영이 가볍게 말하자 종무진은 어색하게 웃었다.

"내가 틀린 말을 한 것도 아니잖아? 무당파의 영 형만 봐도 그래. 사매만 보면 꼬리를 말고 도망가지 않나? 얼마나 팼으면. 쯧쯧."

"그만 해요."

장화영이 살기를 피우며 매섭게 말하자 종무진이 입을 닫았다. 하지만 장화영의 얼굴은 약간 상기되어 있었다. 송백은 장화영과 종무진의 다른 모습을 보자 저절로 입가에 가벼운 미소가 걸렸다.

얼마 지나지 않아 급박한 발소리와 함께 청우자가 들어왔다. 모두 일어서자 청우자는 송백을 보며 빠르게 말했다.

"자네는 나를 따라오게나."

청우자는 그렇게 말하고 신형을 돌리다 무슨 생각이 들었는지 다시 몸을 돌려 멍하니 서 있는 종무진과 장화영에게 말했다.

"너희도 따라오너라."

청우자는 말을 마치고 빠르게 후문을 나서자 모두 뒤를 따라나섰다. 종무진과 장화영은 잠시 놀란 표정을 짓고 있었다. 그것은 이곳에서 생활하면서 오직 한 번만 만난 적이 있는 사조 때문이다. 청우자가 가는 길이 사조가 사는 옥녀봉이었기에 그런 놀라움은 더했다.

옥녀봉(玉女峯)으로 갈 것 같던 청우자의 발걸음은 연화봉의 뒤를 돌아 옥주봉(玉柱峯)으로 향하고 있었다. 종무진과 장화영은 순간 당황했다. 그들도 이 길은 처음이기 때문이다. 물론 송백이야 화산 자체가 처음이라 아무 생각 없이 따라가고 있었다. 한참 동안 그렇게 내려가자 계곡물의 시원한 전경이 나타났다. 그 위로 두 채의 작은 전각이 눈에 들어오자 청우자가 잠시 걸음을 멈추고 뒤로 돌아섰다.

"너희 둘은 행동을 조심하고, 말도 조심해서 해야 할 것이다. 지금부터 가는 곳은 너희도 처음 뵙는 사조님의 거처니까 말이다. 너희에게는 대사조님이 될 것이니 예를 잊어서는 안 된다."

"예."

"알겠습니다."

청우자의 말에 종무진과 장화영은 매우 놀란 표정을 지었다. 대답은 했지만 가슴이 떨려오는 것은 어쩔 수가 없었다. 그들에게는 말로만 들었던 분들이기 때문이다. 화산의 살아 있는 신화이자 제이차 천하대회에 나온 화산파의 전전대 장문인을 뵙는 것이었다. 실로 큰일이 아닐 수가 없었다.

두 채의 전각 중 앞에 있는 약간 큰 전각에 당도하자 청우자는 문을 열고 들어섰다. 그 뒤로 송백과 종무진, 장화영이 따라 들어갔다. 종무진과 장화영은 고개를 숙이고 들어섰다. 도저히 고개를 들 수 없었기 때문이다.

그들이 들어오자 세 쌍의 시선이 그들에게로 향했다. 작은 대청의 상단에 앉아 있는 반백의 평범한 인상의 노인과 그 오른편의 단상 밑으로 앉아 있는 반백의 노인이 보였다. 그 옆으로 청허자가 서 있었다. 청우자는 들어서자마자 인사를 하며 재빠르게 청허자의 옆으로 가서 섰다. 그러자 종무진과 장화영이 어쩔 줄을 몰라 했다. 오른편의 옆에 앉은 노인은 종무진과 장화영도 한 번 본 적이 있는 인물로 그들의 사조인 영풍(榮風)이었다.

그들이 그렇게 당황하자 청허자의 얼굴에 노기가 어렸다. 하지만 장소가 장소인만큼 크게 소리 내지는 못하고 조용히 말했다.

"어서 인사드리지 않고 무엇을 하느냐."

"아."

종무진과 장화영은 재빠르게 무릎을 꿇고 절을 올렸다.

"제자 종무진입니다."

"장화영입니다."

그들의 모습에 상단에 앉은 노인이 수염을 매만지며 고개를 끄덕였다. 얼굴에는 미소가 어려 있었으며 눈은 정광을 뿌리고 있었다. 무척 평범한 노인이었다. 마을에서 흔히 볼 수 있는 반백의 노인이었지만 이곳에 앉아 있는 이상 절대 평범한 노인이 아니었다.

"귀여운 아이들이로구나."

노인의 말에 청허자가 조용히 대답했다.

"제가 가르치고 있습니다."

"호오, 그래서 저렇게 영기가 넘치고 비범해 보였구나."

"과찬이십니다."

청허자의 입가에 미소가 걸렸다. 칭찬을 들었기 때문이다. 종무진과 장화영은 청우자의 눈짓에 그 옆으로 가서 섰다. 그러자 중앙에 남은 것은 송백 한 명뿐이었다.

"네가 구룡검을 가지고 왔다고 했느냐?"

"그렇습니다."

송백이 공손하게 말하자 노인은 고개를 끄덕이며 송백을 바라보았다.

"검을 내게 가지고 오너라."

노인의 말에 송백은 앞으로 나서서 검을 양손으로 내밀었다. 그러자 노인은 미소를 지으며 검을 건네받았다. 짧은 순간이었지만 검을 쥐는 노인의 손에 약간의 기운이 뭉쳤다가 사라졌다. 물론 그것은 극히 찰나의 순간이었고, 송백조차도 알지 못했다. 송백이 뒤로 물러서자 노인은 검집과 손잡이를 이리저리 살피며 천천히 입을 열었다.

"구룡검은 화산의 검이 맞다. 또한 이 일은 우리 화산에서 매우 중대한 일이기도 하다."

잠시 입을 닫은 노인은 검의 손잡이를 잡고 검을 빼 들었다. 순간적인 섬광이 피어났다.

"과연!"

옆에 앉은 연풍이 감탄한 얼굴로 고개를 끄덕였다. 상단의 노인은 이리저리 검신을 바라보며 감회에 젖은 눈으로 변하였다. 눈동자가 맑은 물기가 어리기 시작하자 공기는 차분하게 가라앉기 시작했다.

"진정, 진정 사형의 구룡검이로구나."

노인은 천천히 구룡검을 살피더니 송백에게 시선을 던졌다.

"네 스승님이 이 검을 전하라 하였느냐?"

"그렇습니다."

"살아 계신다는 말이냐?"

"예."

"허허허허허."

노인이 웃음을 흘리며 고개를 끄덕이기 시작하더니 곧 검을 검집에 넣었다.

"너는 알고 있었느냐? 나의 사형과 네 스승님이 의형제였다는 것을 말이다."

"헉!"

장화영이 노인의 말에 놀라는 소리가 흘러나왔다. 자신도 모르게 나온 소리에 놀란 장화영이 재빠르게 양손으로 입을 막았다. 그녀만 놀란 것이 아니라 송백 본인 또한 놀라고 있었다. 연풍은 이미 알고 있었기에 별다른 변화가 없었지만 청허자와 청우자는 매우 놀란 표정을 짓고 있었다.

"연아야."

"예, 스승님."

의자에 앉아 있던 노인이 말하자 단상의 노인이 조용하게 대답했다.

"사고님을 모시고 오너라."

"알겠습니다."

연풍이 나가자 청허자와 청우자는 놀란 표정으로 연신 사조와 송백을 바라보았다. 단상의 노인은 잠시 송백을 보다가 고개를 끄덕이며 말했다.

"네 모습을 보니 젊은 날의 그분을 보는 것 같구나."

잠시 입을 닫았던 노인은 청허자를 바라보았다.

"그러고 보니… 음, 너희는 저 아이를 사숙이라 불러야 하겠구나."

"헉!"

"그런!"

청허자를 비롯한 사람들이 모두 놀란 표정을 지었다. 청허자는 약간 울상이 되었다. 의형제라는 말을 들었을 때부터 예상했기 때문이다. 그러자 송백이 고개를 저었다.

"아닙니다. 그렇게 할 수는 없습니다. 모두 어르신들이니 응당 제가 모셔야 합니다."

송백의 말에 노인은 기특한 듯 미소 지었다.

"네가 그렇게 하겠다면 할 수 없겠지. 좋을 대로 하려무나."

노인이 말하자 청허자와 청우자는 깊은 숨을 속으로 내쉬며 가슴을 쓸어내렸다.

'대화산파의 장문인이 나이 어린 젊은이에게 고개를 숙일 수는 없지. 암, 그렇고말고. 기특한 녀석이군.'

청허자는 속으로 그리 생각하며 종무진과 장화영에게 말했다.

"앞으로 너희들은 송 소협과 사형제처럼 지내야 할 것이다."

종무진과 장화영은 마음속으로 불만이 있었으나 감히 말할 수가 없었다. 그저 고개만 숙여야 했다.

"알겠습니다."

그들이 대답하던 그때 가벼운 발소리가 들리며 연풍이 들어서자 모두의 시선이 그쪽으로 향했다. 그곳에서 백의를 입은 백발의 중년 여인이 들어서고 있었다. 송백은 그녀를 보자 잠시 놀란 눈을 해야 했다. 길게 무릎까지 늘어뜨린 백발과 어우러진 중년 여인의 신비함 때문이었다. 그것은 그뿐만이 아니라 종무진과 장화영도 마찬가지였다. 장화영은 넋을 잃은 눈으로 중년 여인을 바라보고 있었다. 중년 여인은 잠시 좌중을 둘러보다 노인에게 시선을 돌렸다.

"누님."

단상의 노인이 일어서자 중년 여인은 미소 지으며 말했다.

"구룡검이 이것인가요?"

중년 여인의 눈동자가 노인의 손에 들린 검으로 향하자 노인은 검을 여인에게 건넸다. 그것을 바라보던 중년 여인의 눈동자에 물기가 어리기 시작했다. 그녀의 고운 손이 검신을 쓰다듬기 시작했다.

"돌아왔어요."

여인은 가만히 속삭이듯 말하며 하염없는 눈으로 검신을 쓰다듬고 있었다. 모두 침묵하고 있었으며 고요함이 주변을 맴돌고 있었다. 그렇게 잠시의 시간 동안 검신을 쓰다듬던 여인의 눈동자가 송백에게 향했다.

"저 아이가 이 검을 가지고 온 것인가요?"

여인이 노인을 향해 말하자 노인이 고개를 끄덕였다. 여인의 발걸음은 송백에게 향하고 있었다. 송백은 잠시 놀란 표정으로 자신에게 다가오는 여인을 바라보았다.

여인은 송백의 바로 앞까지 다가와 손을 들어 송백의 머리카락을 쓰다듬기 시작했다. 송백은 너무도 놀랐지만 발이 떨어지지 않았다. 몸 또한 한순간 정지된 듯 움직일 수가 없었다. 다가온 여인은 송백의 키가 더 커 고개를 들어야 했다. 그렇게 송백을 올려다보며 양손으로 송백의 얼굴을 쓰다듬었다. 송백은 그저 멍하니 여인을 바라볼 뿐이었다.

그런 여인의 눈동자에 물기가 어리기 시작하더니 송백을 가만히 품에 안았다. 한순간 송백의 머리 속은 텅 비는 듯한 착각이 일어났다. 그것은 송백의 목줄기에 떨어지는 뜨거운 물방울 때문이었다. 송백은 가만히 눈을 감았다. 지금까지 느끼지 못했던 그리움이 전해져 왔기 때문이다. 흐릿한 기억 속의 어머니의 품처럼 그렇게 따뜻함이 전해져 왔다. 그 속에서 어머니가 하는 말처럼 여인의 목소리가 귓가에 맴돌았다.

"돌아왔어."

그렇게 고요한 시간이 흘러가고 있었다.

■ 제9장 ■

백리(百里)는 이어져 있으니…….

백리(百里)는

이어져 있으니……

강호의 역사 속에 사라져 간 수많은 무인들 속에 알려지지 않은 무인들과 숨은 기인들은 얼마나 많을 것이며, 또 그들이 만들어놓은 수많은 전설과 이야기들은 얼마나 많을 것인가? 그 모든 것을 알기에는 평생이 간다 해도 모자랄 것이다.

송백의 눈앞에 앉아 있는 초령이라 밝힌 강호상에 알려진 적이 없는 여인과 지금은 잊혀져 버린 화산파의 전대 기인 악수공이란 노인 또한 많은 이야기를 지니고 있는 인물들이었다.

"오라버니의 제자는 나의 가족과도 같다. 너는 나를 숙모라 부르면 될 것이다."

"그렇게 하겠습니다."

여인의 부드러운 목소리에 송백은 바르게 대답했다. 그 옆에 앉은 악수공은 수염을 연신 만지며 미소를 지우지 못하고 있었다. 그 뒤로 종무진과 장화영이 서 있었는데 그들의 표정은 약간 어두웠다. 다른 게 아니라 청우자를 따라왔다가 잡힌 것이다. 수발들 아이들이 필요하다고 해서 남게 되었다. 그들은 한동안 무림맹에 못 갈 것이다. 아니, 어쩌면 무림대회도 출전하지 못할지도 모른다. 그런 불안감 때문인지 표정은 밝지 못했다.

초령은 구룡검을 들고 이리저리 살피며 감회에 젖은 눈으로 말했다.

"과거 마교가 화산에 올라왔을 때, 이 검을 들고 마교와 싸우던 그분의 모습이 아직도 눈에 선하구나. 나에게 있어 그분은 세상에서 가장 강한 분이셨지."

검을 향한 시선에는 애정이 있었으며 또한 진한 향수가 있었다.

"하지만, 마음에 남아 있는 이 한을 어찌 풀어야 한단 말인가."

"누님."

악수공의 담담한 목소리였다. 초령은 잠시 동안 그렇게 검을 바라보다 눈을 크게 떴다. 순간적으로 검신에 새겨진 다섯 마리의 용이 꿈틀거렸기 때문이다. 그것은 아주 미묘한 흔들림이었고, 마치 거짓말 같은 환상이었다. 순간적으로 초령의 얼굴이 경직되었다.

"누님, 왜 그러십니까?"

"쉿!"

초령은 손을 들어 악수공의 입을 닫게 한 후 조용히 검을 탁자 위에 올려놓았다.

"내가 왜 아직까지 몰랐던 것일까. 구룡검은 이런 신기를 뿌리지 않았었어. 또 이렇게 섬세하지도 않았었지."

가만히 검신을 바라보던 초령의 눈동자가 미미하게 흔들리기 시작했다. 모두의 시선이 초령에게 향하고 있었다. 초령은 눈을 감곤 오른

손을 펴고 손가락을 구룡이라 쓰여진 검신의 글귀 앞에 가볍게 올려놓았다.

틱!

가벼운 금속음이 일어나자 초령은 눈을 떴다. 그런 후, 잠시 구룡검의 검신을 바라보다 다시 눈을 감고 손을 조금씩 위로 이동하며 정교하게 새겨진 용을 만지기 시작했다. 그 모습을 주의 깊게 사람들이 바라보고 있었다. 갑작스러운 변화였기 때문이다.

눈을 감은 초령의 머리 속에는 손끝을 타고 흐르는 용의 모습이 그려지고 있었다. 눈을 떴다면 사물에 익숙해져 그릴 수 없는 그림이었다. 그것은 변화였고, 조금씩 위로 올라갈수록 손끝에서 느껴지는 용이 미미하게 흔들린다고 느껴졌다. 초령의 감은 눈 또한 미미하게 흔들리고 있었다.

"과연."

가만히 중얼거리던 초령의 손끝은 조금씩 위로 올라가 머리 부분에 닿았다. 순간 초령의 머리 속으로 거대한 소용돌이가 일어나며 섬광이 스치고 지나갔다. 놀란 초령이 눈을 뜨며 구룡검에서 손을 떼었다. 초령의 눈동자가 흔들리고 있었다.

"구, 구룡검법(九龍劍法)?"

초령은 떨리는 눈으로 검신을 쓰다듬었다. 놀란 것은 그녀뿐이 아니라 악수공 또한 놀라고 있었다.

"검법이라니요?"

"구룡검법이 확실해요."

초령은 확신하는 표정으로 검신을 뒤집었다. 그런 후 쓰다듬기 시작했다.

"스승님께서는 언제나 그 검을 손으로 어루만졌습니다. 마치 자식을 대하는 듯."

초령의 고개가 미미하게 끄덕여졌다.

"원기(元氣)."

악수공이 약간 경직된 표정으로 중얼거리자 초령이 굳은 표정으로 고개를 끄덕였다. 인간의 육체가 태어나면 생기는 근본적인 기운, 바로 생명의 기운이다. 그것을 이용해 용을 새긴 것이다. 악수공과 초령은 그렇게 생각했다. 그 일은 자신의 생명을 갉아먹는 일이었다. 또한 검신의 용들엔 초일의 무공 철학이 담겨 있었다. 그것을 느낀 것은 초령이 초일의 동생이었기에 가능했다. 초령은 초일의 선물이란 생각을 했다.

한참 동안 검신을 바라보며 만지던 초령의 눈이 옆에 서 있는 장화영과 종무진에게 향했다.

"너희들의 이름이 무어라고 했느냐?"

"장화영입니다."

"종무진입니다."

초령은 잠시 동안 장화영과 종무진을 바라보다 악수공에게 고개를 돌렸다.

"똘똘한 아이들 같군요."

"그러게 말입니다."

악수공은 미소 지으며 대답했다. 곧 초령은 검을 검집에 넣으며 장화영과 종무진에게 말했다.

"이 검은 대대로 화산파의 제일고수에게 전해져 내려오는 검이다.

화산을 대표한다고 할 수 있으며 화산의 자존심이자 화산의 전설이다."

그렇게 말한 초령은 잠시 숨을 크게 내쉬며 천천히 다시 말했다.

"백아가 이곳에 온 것도 인연이요, 너희가 백아와 함께 온 것도 인연이다. 또한 내가 구룡검을 만난 것도 인연이 되었기에 가능했다. 그런 가운데 잃어버린 무학을 찾았으니 이것 또한 인연이요, 이 자리에 너희가 있다는 것도 인연이다."

초령은 검을 들어 올리며 말했다.

"인연은 소중한 것이다. 나는 그렇게 믿고 있다. 그러니 그 인연을 위해 나와 악 동생은 너희에게 하나의 검법을 가르쳐 줄 것이다. 후에 둘의 무공을 겨루어 이기는 자에게 이 검을 내리겠다. 열심히 하겠느냐?"

초령의 말을 듣던 장화영과 종무진의 눈이 커지더니 마지막 말에 가서는 땅에 무릎을 꿇고 고개를 숙였다.

"열심히 하겠습니다!"

큰 목소리가 방 안에 울려 퍼졌다. 그 모습을 보던 악수공과 초령이 미소를 그렸다. 장화영과 종무진에게는 다시없는 기연이었다. 그들의 마음이 그 어느 때보다 흥분되고 긴장은 고조되어 있었다. 송백은 그들의 흥분된 마음을 알 것 같은 기분이 들었다. 그렇게 앉아 있을 때 악수공이 웃으며 말했다.

"누님, 저는 이제 제 무공도 기억이 안 납니다. 그런데 어떻게 애들을 가르치겠습니까? 이거 참, 걱정입니다."

"저도 걱정이 많아요."

초령이 미소를 그리자 악수공은 고개를 끄덕였다. 하지만 악수공의 미소는 순식간에 굳어졌다.

"쿨럭! 쿨럭!"

"누님."

"숙모님!"

초령의 상체가 흔들리며 심한 기침과 함께 손으로 입을 가린 초령의 손 밖으로 붉은 물기가 번졌다. 순식간에 일어난 일에 송백은 너무도 놀라 초령의 옆으로 다가갔다. 악수공은 손수건을 꺼내 건네주며 굳은 표정을 지었다. 초령은 입가를 닦으며 희미하게 미소 지었다.

"몸이 늙으면 없던 병도 생긴다더니… 나도 피할 수는 없나 봐요."

"누님은 건강합니다."

악수공이 말하자 초령은 웃어 보였다. 초령은 옆에 있는 송백의 손을 가만히 잡았다. 송백은 그 모습에 당장 성수장의 조무용이 머리 속에 떠올랐다.

"제가 아는 사람 중에 천하제일의 의원이 계십니다. 제가 모시고 올 테니 기다리시기 바랍니다."

"아니다. 이것은 의원이 온다 해서 나아지는 것이 아니다. 그저 네가 옆에 있어주면 고맙겠구나."

"……."

송백은 가만히 고개를 숙였다. 알 수는 없었지만 초령의 말이 무엇을 말하는지 이해할 수 있을 것 같았다. 몸의 노화로 인한 것임을 느낀 것이다.

송백의 표정이 여전히 풀리지 않자 초령은 태연하게 입을 열었다.

"걱정하지 말고 나에게 오라버니의 무공을 보여주겠느냐? 한번 보고 싶구나."

초령의 말에 송백은 고개를 들었다.

"하지만… 검이……."

송백의 말을 들은 초령은 아차 하는 표정으로 일어서더니 안쪽의 방으로 들어갔다. 잠시의 시간이 흐르자 초령의 품에 검은 상자 하나가 안겨 있었다. 초령은 탁자 위에 상자를 올려놓으며 입을 열었다.

"가끔 열어보곤 했지. 오라버니는 이 검을 들고 천하를 발 아래 두셨단다. 그런 검이 이제는 너에게 가는구나. 자신의 생명과도 같은 검이었다. 소중하게 생각하셨지."

초령의 말에 송백은 떨리는 눈으로 검은 상자를 앞으로 가지고 왔다. 고개를 들어 초령을 바라보자 초령이 고개를 끄덕였다. 송백은 천천히 상자를 열어보았다. 그러자 세월의 흔적이 보이는 검이 눈에 들어왔다. 평범한 검은 검집에 검은 손잡이. 송백은 양손으로 검을 들어 검날을 살짝 뽑아보았다. 이렇다 할 신기도 예기도 없었지만 송백은 뽑는 순간 눈동자를 미미하게 떨어야 했다.

"백리(百里)."

송백은 백리라는 글귀에 시선을 고정하곤 멍하니 바라보고 있었다. 머리 속으로 하나의 얼굴과 웃음소리, 그리고 자신의 안식처가 사라져 갔다.

"리."

순간적으로 송백의 머리에 동방리의 얼굴이 스치고 지나간 것이다. 마치 운명처럼 자신과 동방리의 이름이 합쳐진 검의 이름이 있었기 때문이다. 그것 때문에 그런지 송백은 두근거리는 마음으로 검을 집어넣으며 일어섰다.

"지금 보이겠습니다."

작은 마당에 서 있는 송백은 문 앞에 서 있는 악수공과 초령에게 예를 표하고 입을 열었다.

"스승님의 검법은 혼자서는 펼치기가 힘이 듭니다."

송백이 말하자 악수공은 수긍하는 표정을 지었다.

"확실히 형님의 무공은 혼자 펼친다면 심심한 무공이지."

악수공이 말을 하며 장화영과 종무진을 바라보자 장화영이 선뜻 앞으로 나왔다.

"제가 하지요."

장화영은 말을 하며 허리에 차고 있던 검을 뽑아 손에 쥐었다. 그 모습을 보던 초령은 고개를 끄덕였다.

"여장부로구나."

장화영은 송백과 한번 겨루어보고 싶다는 생각을 하고 있었다. 이곳에 왔을 때부터 그를 대하는 초령과 악수공의 태도도 자존심을 상하게 하기에는 충분했지만 도대체 어떤 사람의 무공인지 궁금했던 것이다.

"잘 부탁드려요."

말을 마친 장화영은 검을 어깨 높이로 올리고 송백을 바라보았다. 송백은 검을 뽑으며 고개를 끄덕였다.

"오시오."

장화영은 송백의 거만한 말투가 마음에 안 드는지 처음부터 최선을 다할 생각을 하고 있었다. 화산파에서는 보통의 제자들이 매화검을 배운다. 무림맹에서 생활할 때도 매화검 외에는 사용한 적이 없었다. 그것만 사용해도 충분했기 때문이다. 하지만 송백에게는 왠지 모르지만 매화검으로는 안 될 것 같았다.

"조심하세요."

말을 끝낸 순간 장화영의 신형이 미끄러지듯 앞으로 나아가며 검을 좌우로 베었다.

쉬아악!

공간을 가르는 바람 소리와 함께 희미한 아지랑이가 송백의 몸통을 교차되게 베어갔다.

"월광검(月光劍)!"

종무진이 놀란 목소리로 외쳤다. 그 빠르기가 마치 섬광 같았기 때문이다. 화산파에서 저 정도의 빠른 쾌를 가진 검법은 월광검법 하나였다.

'별거 아니잖아.'

장화영은 자신의 검이 송백을 몸에 닿으려 하자 머리 속에 그런 생각이 스치고 지나갔다. 검을 거둘까 하는 생각까지 하게 되는 순간 눈앞에 번뜩이는 섬광 두 개가 들어왔다.

"앗!"

까강!

두 번의 금속음과 번뜩이는 불꽃이 튕기며 장화영의 신형이 뒤로 일 장가량 밀려났다. 검을 마주치는 순간 압력에 밀린 것이다. 장화영의 표정이 굳어졌다.

"단혼일섬(斷魂一閃)이로구나."

초령이 중얼거리자 악수공이 고개를 끄덕였다. 오래전에 본 기억이 났기 때문이다.

장화영은 인상을 굳히며 표향보(飄香步)를 시전하며 접근하기 시작했다. 순간적으로 흔들리듯 움직이던 장화영의 그림자가 송백의 면전으로 삽시간에 다가들었다. 순간 두 개의 섬광이 송백의 손에서 피어났다. 그렇지만 장화영의 표정은 더욱 굳어지며 발을 움직였다.

'슈슉!' 거리는 공기를 가르는 소리가 울리며 장화영의 그림자를 섬광이 뚫고 지나갔다.

슈악!

섬광이 지나가는 순간 장화영의 신형이 밑에서 나타나며 두 가닥의 검기를 다리와 상체를 향해 피워냈다. 그 빠르기가 적절해 송백의 눈과 발이 멈춘 듯 보였다. 순간 송백의 상체가 뒤로 젖혀지며 손이 빠르게 움직였다.

따당!

아래와 위를 동시에 막으며 상체를 세운 송백은 그 힘으로 장화영의 안면을 검끝으로 찔러갔다.

"헛!"

놀란 장화영의 신형이 옆으로 틀어지며 좌측으로 이동했다. 장화영은 잠시 동안 송백을 바라보다 전신을 미미하게 떨기 시작했다. 표정은 일그러졌으며 입술을 강하게 물었는지 주름이 생기고 있었다.

'한… 발도 안 움직였다, 나를 상대로.'

장화영은 자존심이 상하는지 아니면 송백의 발이 움직이지 않고 있다는 것이 화나는지 송백의 전신을 싸늘하게 바라보았다. 전신으로 살기가 피어나기 시작했다. 초령과 악수공은 그 모습에 약간 걱정하는 표정을 지었으나 상대가 송백이자 그냥 보는 쪽을 택했다. 종무진도 걱정스런 표정을 지었다. 월광검법은 쾌를 위주로 한 화산파의 절기였다. 그렇지만 송백의 단혼일섬에는 따라갈 수가 없었다. 오히려 자신이 나서는 것이 좋았겠다는 생각이 들었다. 자신의 천류검(天流劍)은

유를 위주로 한 부드러운 무공이었기 때문이다.

장화영은 굳은 표정으로 송백을 바라보며 검을 밑으로 늘어뜨렸다. 살기는 곧 검기로 변하며 검끝에서 피어나던 아지랑이들이 조금씩 희미하게 주변으로 퍼지기 시작했다. 송백은 그 모습에 눈을 빛내며 장화영의 동작을 주시했다.

"합!"

장화영의 기합성이 울리며 표향보를 펼치자 수십의 그림자들이 생기고 사라지기 시작했다. 그 흔들리는 신형들이 송백의 주변으로 다가오며 미미하게 검기를 뿌리기 시작했다. 송백의 손이 앞으로 움직였다.

핏!

섬광과 함께 장화영의 얼굴을 찔러간 검끝은 빈 허공을 찔렀다. 순간 장화영의 모습이 확연히 앞면에 나타나며 세 갈래의 검끝이 날아들어 왔다. 송백의 표정이 굳어지며 오른손이 미미하게 흔들렸다.

파파팍!

순간 십여 개의 섬광 다발이 장화영의 전신을 향해 찔러갔다. 장화영은 일순 놀랐으나 인상이 더욱 싸늘하게 굳어지며 앞으로 밀고 들어왔다. 그 모습에 종무진이 놀란 표정을 지었다. 맨몸으로 바위에 달려드는 모습이었기 때문이다.

"앗!"

따다다당!

금속음이 요란하게 울리며 장화영의 검 그림자와 송백의 검 그림자가 복잡하게 난무했다. 그 짧은 순간 송백의 검에서 강한 섬광이 피어나며 장화영의 검신을 밀어냈다.

"큭."

신음성을 뱉은 장화영은 뒤로 물러나며 검을 들어 보였다. 검보다는 소매가 찢겨 나가 팔뚝까지 보이고 있었다. 잘못했다면 팔이 잘렸을 것이다. 그런 생각이 들자 식은땀이 흘러내렸다. 송백은 가만히 장화영을 바라보며 검을 검집에 넣었다.

"아직 끝난 것은 아니에요."

장화영이 싸늘한 목소리로 말하자 송백은 가볍게 포권했다.

"생사를 건 비무도 아닌 단지 보여주기 위한 것이니 그만 합시다."

송백은 장화영의 투기가 점점 더 크게 부풀어 오르자 검을 넣은 것이었다. 더 이상 했다가는 피를 볼 것 같았다. 더욱이 자신의 검법은 피를 보는 검법이 아니었던가. 송백은 그것을 피하기 위해 말한 것이었다.

"저는 아직 졌다고 말한 적이 없어요!"

장화영은 소리치며 강력한 검기를 뿌리듯 송백에게 달려들었다. 순간 장화영의 두 눈 속에 송백의 그림자가 늘어난다고 느껴졌다. 마치 엿가락처럼 늘어난 송백의 그림자가 순식간에 장화영의 두 눈 속을 파고들었다.

팍!

짧은 소리가 울렸으며 장화영의 부릅뜬 눈앞에 송백의 싸늘한 눈동자가 들어왔다. 그런 송백의 오른손에 들린 서늘한 검날이 장화영의 어깨 위에 걸쳐져 있었다.

"아!"

모두의 입에서 놀란 음성이 흘러나왔다.

순간 장화영은 자신의 머리가 조금은 가벼워졌다는 착각이 들었다.

그 짧은 사이 '툭!' 하는 소리가 울리며 장화영의 발밑으로 검은 물체가 떨어져 내렸다. 그것은 목뒤부터 잘려 나간 머리카락들이었다. 두 번 정도 묶은 머리였기에 그 머리카락의 뭉치가 장화영의 눈을 자극시켰다. 도저히 믿을 수 없는 일이 눈앞에 일어난 것이다.

장화영의 다리가 떨리더니 곧 손도 떨렸으며 눈동자가 붉게 충혈되기 시작했다. 송백은 잠시 경직된 표정으로 그런 장화영을 바라보았다. 곧 검을 거두었지만 장화영의 충혈된 눈동자에 비친 원한 어린 칼날이 송백의 눈 속으로 파고들었다.

"네놈……."

장화영은 중얼거리며 왼손으로 귀밑머리와 옆으로 빗어 넘긴 앞머리를 잡아 올렸다. 그러더니 검을 들어 그 머리카락을 잘라 버렸다.

"……!"

"헉!"

"사매!"

"화영아!"

변할 것 같지 않았던 송백의 표정 역시 크게 굳어졌다. 놀란 것이다. 장화영은 주변 사람들의 말소리가 들리지 않았다. 붉게 충혈된 눈동자 속에 원독의 기운과 한기만이 뿜어져 나오며 송백을 응시했다. 그런 장화영의 손이 반대쪽 귀밑머리와 앞머리를 잘라 버렸다.

투툭!

바닥에 떨어져 내리는 머리카락이 불어오는 바람에 사라지고 있었다. 무거운 침묵 속에 장화영의 살기 어린 눈동자가 끝내는 물기에 젖어버렸다.

머리카락이 여자에게 무엇이던가? 그녀에게 있어 머리카락은 생명과도 같았다. 그것이 이렇게 잘려 나간 것이다. 그것도 자신의 지금까지 배운 모든 자부심과 자존심을 밟아버린 사내에게. 죽고 싶다는 생각이 들었다.

"네놈을 이길 때까지 절대 머리카락을 기르지 않겠어!"

처음으로 겪어보는 굴욕감과 치욕감에 도저히 자기 자신을 용서할 수 없을 것만 같았다. 장화영은 곧바로 계곡을 향해 미친 듯이 달려 내려가기 시작했다.

"자극이 되겠지."

창밖을 바라보던 초령은 장화영이 숲으로 사라지자 가만히 중얼거렸다.

"죄송합니다."

송백은 자리에 앉아 말했다. 그러자 악수공이 고개를 저었다.

"아니다. 잘해주었다. 오히려 시킨 내가 더 미안하지 않느냐."

악수공이 말하자 송백은 무심한 얼굴로 차를 마셨다. 사실 악수공과 초령이 비무하기 전에 전음으로 부탁했기 때문이다. 그것은 종무진과 장화영을 위해 좋은 일이라 생각했기 때문이다.

옆에 서 있던 종무진은 모든 것을 파악하자 얼굴을 붉혔다. 악수공의 시선이 닿았기 때문이다.

"너라면 어떻게 했을 것 같으냐?"

악수공의 말에 종무진은 붉어진 얼굴로 고개를 숙였다. 뭐라 할 말이 생각나지 않았다.

"죄송합니다."

종무진의 말에 악수공은 미미하게 고개를 끄덕였다. 종무진도 자신이 송백과 비무를 했다면 장화영과 같았을 거란 생각을 했고, 그렇게 대답한 것이었다.

"아무래도 가봐야겠어요."

초령은 말을 하며 밖으로 걸음을 옮겼다. 송백은 초령의 모습에 짧게 숨을 내쉬었다. 몸이 안 좋다는 것을 알기 때문이다. 악수공은 초령이 나가자 종무진을 향해 말했다.

"이기고 싶다는 생각은 안 해보았느냐?"

악수공의 말에 종무진은 놀란 표정으로 고개를 들다 송백을 바라보았다. 무표정한 송백의 옆모습이 눈에 들어왔다. 자신이 무림관에서 만난 많은 젊은 무인들 중에 송백 정도의 무공을 가진 자는 불과 다섯 명 정도였다. 적어도 종무진이 볼 때는 그랬다. 그들 다섯 명이 무림대회에서 우승할 것이라는 말들이 무림관에서는 정설처럼 떠돌았다. 그리고 송백을 이긴다는 것은 그들과도 자웅을 겨룰 수 있다는 말도 되었다. 순간적으로 가슴에서 호기가 일어났다.

"무림은 잔인하지. 강하면 그만이니까. 아무리 허울 좋은 명분을 내세워도 결국 그 속에는 강함의 과시와 탐욕이 들어 있다. 무공은 그것을 대변해 주는 힘이지. 너는 욕심이 없느냐?"

"욕심이 있습니다. 강해져서 화산을 대신해 천하대회에 나가고 싶습니다."

"그래야지."

악수공은 웃으며 고개를 끄덕였다. 곧 자리에서 일어나더니 종무진에게 말했다.

"천하대회라, 높은 곳이지. 하지만 아무리 높다 하여도 넘지 못할 산은 없다. 너는 나를 따라오너라."

악수공은 밖으로 걸음을 옮기다 문 앞에 서서 송백에게 고개를 돌렸다.

"어떠냐? 너는 이 년 후에 무림대회에서 이들과 겨루고 싶지 않느냐?"

송백은 잠시 놀란 얼굴로 악수공을 바라보다 종무진의 전투적인 표정을 바라보았다.

"무림대회 말입니까?"

"그렇다."

"기다리겠습니다."

송백의 대답에 악수공은 웃음을 흘리며 고개를 끄덕였다. 그들이 나가자 송백은 자리에 앉아 찻잔을 들어 손 안에서 돌리고 있었다.

"무림대회……."

졸졸졸 흐르는 계곡물의 한편에 앉은 장화영은 멍하니 맑은 물속을 바라보고 있었다. 길게 늘어진 머리카락이 사라진 지금은 그저 짧은 머리를 한 남자의 얼굴처럼 보였다. 저절로 입술을 깨물었고, 피가 입가에서 흘러내렸다.

지금까지 살아오면서 자신을 이렇게 무력하게 만든 사람은 단연코 없었다. 무림관의 다섯 기재도 자신을 이렇게 무력하게 만들지는 못했다. 그때마다 그들은 하늘이 내려준 사람들이라고 생각했었다. 그래서 더욱 노력했고, 자신감을 붙들기 위해 수련에 수련을 거듭했다. 그런 자신의 모든 것이 단 한순간에 무너져 내린 것이다.

"믿을 수가 없어."

가만히 몸을 떨던 장화영은 돌을 들어 물에 던져 넣으며 일어섰다. 눈가에 물기가 고이기 시작했다.

"너무, 너무 불공평해."

물기는 점점 번져 가더니 곧 뺨 위로 흐르기 시작했다. 장화영은 흐르는 눈물을 주체할 수 없는지 어깨를 떨었다.

"불공평하단 말이야."

장화영은 하늘을 바라보다 땅을 바라보며 소매로 눈가를 훔쳤다. 온몸의 떨림이 멈추지 않았다. 너무나 분했고 너무나 억울했다.

사박!

장화영은 등 뒤에서 들린 발소리에 놀라 코와 입술을 훔치며 고개를 돌렸다. 붉게 물든 눈에 초령의 신형이 들어왔다.

"조, 조모님."

장화영은 놀란 표정으로 초령을 바라보다 손으로 입을 막으며 고개를 숙였다.

"죄송합니다. 못난 모습을 보였습니다."

초령은 그녀의 울먹이는 목소리에 고개를 저으며 장화영에게 다가갔다.

"억울한가 보구나."

장화영은 그 말에 고개를 들었다. 충혈된 눈동자가 또다시 흔들렸다. 그런 그녀의 눈동자에 악에 받친 기운이 맴돌았다.

"여섯 살 때부터 화산에서 수련만 했어요. 강해지겠다는 일념으로. 그리고 자신감이 붙었을 때 무림관에서 하늘은 정말 정해준 사람이 있다는 것을 알았어요. 하지만 그때는 그들의 후광이 도왔다는 생각을 했었어요. 그런데… 그런데… 오늘은… 저는… 저는 왜 무공을 익히는 것인지 모르겠어요."

장화영의 말이 끝나가는 순간 또다시 눈물이 흘러내렸다. 그것은 슬품이었고, 앞이 안 보이는 어둠 속이었다. 모든 것이 한순간에 무너져 내렸다. 초령은 가만히 다가가 장화영을 품에 안았다. 순간 장화영의 입에서 작은 소리가 흘러나오며 흔들리던 어깨가 격렬하게 움직였다. 그렇게 한참 동안 흐느낌은 계속되었다.

"죄송해요."

장화영은 어느 정도 안정을 찾자 초령의 품에서 벗어나 고개를 숙였다. 초령은 그런 모습을 웃으며 바라보았다. 오늘의 일로 인해 앞으로 크게 성장할 장화영의 모습이 눈에 보였기 때문이다.

"이기고 싶으냐?"

초령의 말에 장화영의 눈동자가 커지며 고개를 들었다. 장화영은 초령의 얼굴을 뚫어져라 쳐다보았다. 곧 자신의 실태를 알고 다시 고개를 숙였다.

"네. 이기고 싶어요. 이겨서⋯ 이겨서 그 오만한 눈에 눈물이 흐르도록 하고 싶어요. 제 앞에 무릎 꿇고 빌게 만들고 싶어요. 꼭 이길 거예요. 아니, 기필코 다음에는 제가 이길 것이에요. 그렇게 할 것이에요. 그가 하루에 두 시진을 자면 저는 한 시진을 자겠어요."

장화영의 눈동자가 빛나며 투기를 발산하고 있었다. 초령은 대단한 근성이라 생각했다. 보통의 여자들과는 다른 투쟁심이 강하다고 생각했다.

"가르쳐 주마."

"⋯⋯!"

장화영은 몹시 놀란 얼굴로 초령을 바라보다 땅에 엎드렸다. 소매로 눈가의 물기를 훔치고 입에 묻은 물기도 훔쳤다.

"열심히 하겠습니다. 그리고 꼭 이길 것입니다."

"이길 수 있을지는 모르나 오늘보다는 나을 것이다."

장화영이 고개를 들자 초령은 미소 지으며 장화영을 일으켜 세웠다.

"네가 아무리 나에게 검법을 배운다 해도 백아를 이기는 일은 어려울 것이다. 하지만 아주 가능성이 없는 것은 아니다. 백아의 무공을 파악하고 허점을 노린다면 이길 수도 있겠지. 하지만……."

"가능성이 있다면 어떤 어려움도 이기겠습니다."

장화영의 투지 어린 목소리에 초령은 짧게 숨을 내쉬었다. 앞으로는 조금 힘들 것 같다는 생각이 든 것이다. 초령은 차분하게 말했다.

"이기는 문제는 중요한 것이 아니란다. 문제는 어떻게 무공을 겨루었냐. 백아의 무공은 허점이 없는 무공. 과거 천하제일이라 불리던 검법이다. 그것도 오늘 너와 겨루면서 일초식 외에는 사용하지 않았다. 과거 나의 오라버니는 백아의 검법을 만들고 단 이 초식만으로 천하를 발 아래 두셨지."

장화영의 표정이 놀란 듯 커지더니 나중에는 어둡게 변하였다. 자신을 상대하면서 하나의 초식만을 사용했다는 것이 그저 놀라웠고, 이 초식으로 천하를 발 아래 두었다는 초령의 말에 큰 벽이 앞에 서 있다는 생각을 하게 되었다.

"그런 오라버니의 검법을 전수받은 백아이다. 어쩌면 오늘 네가 패한 것은 당연한 것인지도 모른다. 더욱이 오늘 백아가 검법을 펼치는 모습을 보아하니 실전 경험도 풍부하다는 것을 알았다. 모든 것이 네게는 불리할 것이다."

장화영의 표정이 어둡게 변하였다. 그러자 초령이 부드럽게 말했다.

"하지만 구룡검법 역시 화산의 절대검법. 나는 오라버니의 월파검법에 뒤진다고 생각하지 않는다. 만약 네가 구룡을 모두 깨운다면 백아를 능가할 수는 없어도 필적할 수는 있을 것이다."

초령의 말이 끝나자 장화영의 눈동자가 불타오르기 시작했다. 그것만으로도 충분했기 때문이다. 그리고 구룡검법이란 말에 전신의 혈기가 끓어오르는 기분을 느끼고 있었다. 그것은 긴장감이었고, 기쁨이었다. 장화영의 눈이 빛났다.

"구룡은… 제가 깨우겠습니다."

장화영의 마음속에 강인한 투쟁 본능이 깨어나기 시작했다.

깎아내린 듯한 작은 봉우리들 사이에 작은 나무가 앉아 있었다. 마치 사람이 앉아 있는 듯한 모습이었다. 바람이 불어서 흔들리는 것일까? 나뭇가지가 움직이고 있었다.

'백리.'

송백은 무릎 위에 올려놓은 검신을 바라보며 가만히 중얼거렸다. 좌우로 겨우 반 장도 안 되는 작은 봉우리의 위에서 동이 터오는 아침을 기다리고 있었다. 언제부터 그곳에 앉아 있었을까? 오래된 나무처럼 느껴질 만큼 흔들림은 없어 보였다.

'혈향(血香).'

송백은 검신을 타고 흘러들어 오는 비릿한 피의 냄새를 본능적으로 느끼고 있었다. 그것은 이 검을 들고 있는 자신의 앞날을 보여주는 것과 같은 느낌이었다. 알 수 없는 그런 느낌으로만 전해져 오는 먼 일들이, 다가오는 듯한 본능만이 그저 말을 대신해 주는 기분이었다.

'백(百)… 리(里). 나와… 너. 그리고 닿을 수 없는 거리인가.'

시선에 들어오는 화산의 정경은 송백의 눈을 시원하게 터주었지만 가슴은 여전히 닫혀 있었다. 닫혀 있는 가슴으로 무엇을 본들 그것이 들어올 리는 없었다. 그저 멍하니 이렇게 앉아 있는 것만이 무거운 마음과 언제나 남아 있는 기억들을 지우지 못하는 마음의 다짐이었다.

동이 터오자 세상의 어둠이 사라지며 푸른 나무들은 녹색으로 변해가기 시작했다. 송백은 자리에서 일어났다. 무언가 떠올랐기 때문이다. 그녀는 지금 없지만 강호에는 다른 것이 남아 있었다. 그것을 알게된 것이다. 그것은 명상을 통해 오래된 기억들을 끄집어내어 알아낸 사실이었다.

"강호는… 꿈이다."

송백은 미소 지었다.

■제10장■

오늘은 어제와 다른 날이다

오늘은
어제와 다른 날이다

초령의 방 안으로 들어오자 객실에 짧은 머리의 장화영이 서 있었
다. 장화영은 아직까지 초령의 집에서 앉지 못하고 있는 것이다. 송백
이 들어오자 장화영의 표정이 굳어졌다. 반갑지 않았기 때문이다. 하
지만 한편으론 잘 알아야 한다는 생각을 장화영은 가지고 있었다. 상
대를 알아야 하기 때문이다. 하지만 시선에 담긴 살기는 송백의 등을
찌르고 있었다. 벌써 이곳에서 지낸 지 일주일이 되어가고 있었다.

"일찍 왔네."

편한 말투였지만 그 속에는 가시가 담겨 있었다. 송백은 고개를 끄
덕였다.

스륵!

문이 열리는 소리가 울리며 초령이 큰 냄비를 들고 들어왔다.

"아침을 먹어야지."

초령은 밝게 웃으며 말하곤 냄비를 탁자에 내려놓았다. 그러자 장화영은 재빠르게 부엌으로 달려갔다. 밥을 퍼오기 위해서다. 곧 밥을 들고 들어와 탁자에 내려놓는 장화영은 초령의 앞에는 조용하게 내려놓다가 송백의 앞에서는 '탁!' 소리가 울리게 내려놓았다. 송백이 고개를 들어 올리자 장화영은 시선을 돌렸다.

"흥!"

자신은 화산의 정식제자였고, 송백은 그저 흔한 낭인이었다. 그렇지만 밥은 자신이 퍼주고 있었다. 무언가 잘못되었다는 생각과 자존심이 늘 기분을 상하게 만들고 있었다. 더욱이 세상에서 가장 싫어하는 사람에게 그래야 한다고 생각하자 화가 났다.

"앉아라."

초령이 말하자 장화영은 그때서야 앉았다. 그것도 불만이었다. 왜 자신은 늘 이렇게 서 있어야 하는지.

'망할 새끼, 더러운 새끼, 오물에 빠져 죽을 새끼.'

장화영의 머리 속에는 무수히 많은 자신이 아는 한도 내의 욕이란 욕이 다 나오고 있었다. 그 머리에 초령의 목소리가 들어갔다.

"어서 먹자."

냄비에서 김이 오르는 닭 한 마리가 좋은 냄새를 풍기고 있었다. 초령은 닭다리를 뜯어 송백의 앞에 놓인 빈 그릇에 담아 건네주었다. 그리곤 닭날개를 집어 장화영의 앞에 놓아주었다.

장화영은 밥을 먹다 젓가락을 입에 넣고 가만히 자신의 앞에 놓인 닭날개를 응시했다. 화산에서 고기를 먹는 일은 없었다. 하지만 초령은 그런 것에 연연해하지 않기에 송백과 함께 식사를 할 때면 언제나 고기를 내왔다. 거기다 오늘은 장화영이 가장 좋아하는 닭고기였다.

장화영이 자신의 앞에 놓인 닭날개와 송백의 앞에 놓인 닭다리를 한 번씩 바라보며 침을 삼켰다.

'나도 닭다리 좋아하는데.'

장화영은 중얼거리며 군은 표정으로 밥을 먹고 닭날개의 살점을 젓가락으로 찢어 입에 넣었다. 오물거리는 입이 조용하게 움직였다. 초령은 그저 야채만을 먹으며 송백이 먹는 모습을 보고 있었다. 송백은 어색하기도 했지만 왠지 모르게 초령 앞에서는 마음이 포근해지는 느낌이었다. 아무 말 없이 음식을 먹고 있었다.

장화영은 닭날개가 뼈만 깨끗하게 남을 때까지 먹은 뒤 밥을 입에 넣으며 냄비에 젓가락을 움직이려 했다. 순간 초령의 입이 조용하게 열렸다.

"배가 부르면 무공을 익히기 힘들겠지. 자고로 배부른 자는 포만감으로 정신이 약해지고 늘 사물을 볼 때 직선으로만 보는 경향이 있지. 하지만 배고픈 자는 배가 고픈 만큼 강한 정신을 소유하게 되고, 그 강한 정신은 무공을 익힐 때 많은 도움을 줄 것이야."

초령의 목소리에 냄비로 향하던 젓가락이 중간에서 멈춰졌다. 장화영의 표정이 굳어지더니 약간은 울상으로 변하다 젓가락을 밥공기로 옮기고 고개를 숙였다. 자신이 가장 좋아하는 닭고기였다. 화산에서는 먹을 수도 없는 음식이었고, 겨우 외부로 나갔을 때 먹을 수 있는 닭고기였다.

젓가락에 담긴 적은 양의 밥이 입 안으로 들어갔다. 그녀의 표정이 어떤지 어떤 생각을 하는지 도저히 알 수 없을 만큼 크게 고개를 숙이고 있었다.

장화영은 밥알을 입 안에서 오물거리며 이를 뿌드득 갈았다.

'복수하고 말겠어!'

밥을 다 먹자 장화영이 음식을 치우기 시작했다. 송백은 차를 마시며 초령의 얼굴을 바라보았다. 그러자 입이 막혀 말이 나오지 않고 있었다. 자신을 바라보는 초령은 언제나 자상했기 때문이다.

"떠나려 하느냐?"

초령이 송백의 행동과 어색한 눈빛을 읽으며 말하자 송백은 대답했다.

"그렇습니다."

송백의 대답에 부엌으로 가려던 장화영의 발걸음이 멈춰졌으나 곧 주방 안으로 들어갔다. 송백은 초령의 표정이 약간 굳어지자 숨을 짧게 내쉬며 말했다.

"해야 할 일이 있습니다."

초령은 고개를 끄덕이며 말했다.

"할 일이 있다면 말릴 수야 없지만, 아쉽구나."

송백은 초령의 말처럼 아쉬웠다. 좀 더 같이 있고 싶다는 생각도 했지만 일단 가야 한다는 생각이 먼저였다. 강호를 돌 생각도 없었고, 천하를 구경하려는 생각도 없는 송백이지만 할 일은 해야 한다고 생각했다. 그 이후 또 다른 일도 있었다. 그것은 수련을 통해 생각난 일이었고, 과거였다.

"언제 오겠느냐?"

초령이 묻자 송백은 잠시 입을 다물었다가 천천히 말했다.

"일이 마무리되면 다시 한 번 들르겠습니다."

"무인이 무림을 떠나면 살 수 없듯이 너 또한 무림인이니 매사에 조

심하거라. 삼 푼은 늘 숨기고 다니는 것이 무림인이다. 그 말을 잊어서
는 아니 된다. 또한 이유없이 친하게 접근하는 사람들도 조심해야 할
것이다. 매사에 늘 조심, 또 조심하거라."

초령의 걱정스런 말에 송백은 미소 지었다. 그 뜻을 알기 때문이다.

"그렇게 하겠습니다."

초령은 시원한 대답에 미소 지었다.

"언제 가겠느냐?"

"지금 내려가겠습니다."

"그래? 조금 더 쉬었다가 가지 그러느냐?"

"아닙니다. 지금 내려가 마을에서 내일 출발해야지요."

"그래, 그렇게 하려무나."

초령은 아쉬운 듯 숨을 내쉬었다. 송백도 아쉬웠지만 이렇게 시간을
보내기에는 자신의 시간이 적었다. 좀 더 있고 싶다는 생각도 들었지
만 자신이 있다면 장화영에게 피해가 가는 것 같은 기분도 들었다.

"영아야."

초령의 목소리에 장화영이 부엌에서 달려나왔다. 소매를 걷어 올린
것이 그릇을 씻고 있는 중이었던 것 같았다.

"부르셨습니까?"

"백아를 바래다주고 오너라."

"예."

장화영은 허리를 숙이며 대답했다. 송백은 곧 자리에서 일어섰다.
이미 준비는 다 되어 있었다. 어차피 빈 몸으로 왔기에 그냥 가면 그만
이었다. 오래 있어도 아쉬움만 남을 것 같았다. 말이 나온 김에 가는
것이 좋다는 생각을 했다. 송백은 인사를 한 후 문을 나섰다.

초령은 의자에 앉아 미동도 안 하고 있었다. 단지 송백의 뒷모습만을 응시하고 있었다. 그런 초령의 눈동자가 흔들리고 있었다. 송백의 뒷모습으로 하나의 든든한 뒷모습이 겹쳐졌기 때문이다.

'오라버니.'

"일찍 가네."

장화영은 검을 챙기고 계곡을 내려오고 있었다. 그 옆으로 송백이 걷고 있었다. 장화영보다 송백이 두 살 많았지만 장화영은 편하게 대하고 있었다. 아니, 그렇게라도 안 하면 못 견딜 것 같았다. 송백도 신경을 안 쓰기에 그렇게 말하게 되었다.

사실 송백은 미안함이 있었다. 없다면 거짓말일 것이다. 송백은 애써 그러한 미안함을 피하려 했다. 언젠가는 미안하다고 말할 생각이었지만 생각은 생각일 뿐이었다.

"대답도 안 하네? 왜 며칠 더 있지? 뭐가 싫다고 벌써 내려가?"

가시 돋은 톡 쏘는 날카로운 음성이었다. 송백은 그저 고개만 끄덕였다.

"어디로?"

"북."

장화영은 입을 닫곤 앞을 바라보았다. 어색했기 때문이다. 맑은 물소리와 눈에 들어오는 화산의 아름다운 정경이 어떤 말이라도 떠오르게 하였지만 입은 열리지 않았다. 물론 그 말들은 다 송백의 속을 어떻게 해서라도 긁어볼까 하는 생각이었다. 그렇게 침묵이 이어지고 있었다.

장화영은 무슨 말이 생각난 듯 고개를 뒤로 돌렸다. 송백이 반보 정도 뒤에서 걸었기 때문이다.

"저기."

고개를 돌려 입을 열던 장화영은 순간적으로 입을 닫았다. 바람이 불어와 송백의 머리카락을 날리게 만들었기 때문이다. 드러난 맨 얼굴은 며칠 동안 보아왔던 얼굴과는 약간 다르게 보이게 했다. 같은 얼굴이었고, 늘 보았던 얼굴이지만 지금은 왠지 조금 아주 미세하게 달라 보였다.

"……."

장화영은 잠시 동안 송백의 얼굴을 바라보다 곧 재빠르게 고개를 돌렸다.

"말해."

"아니야."

장화영은 고개를 저었다. 송백의 발이 어느새 장화영의 옆에서 함께 걷고 있었다. 장화영은 슬쩍 눈을 흘기며 송백의 옆얼굴을 바라보았다. 같은 얼굴이었지만 지금은 다르게 보이고 있었다. 그렇게 한참 동안 장화영은 송백의 얼굴을 눈을 흘기며 바라보고 있었다.

"할 말이 있다면 해라."

"저기, 검법의 이름이 뭐야?"

"월파검법."

마치 모르는 일이었냐는 듯 송백은 장화영을 바라보았다. 장화영도 알고 있었기에 질문을 던지고 민망한 표정을 지었다. 장화영은 애써 그런 마음을 외면하고 다시 말했다.

"다음에는 언제 만날 수 있지? 아니, 어떻게 하면 만날 수 있는 건데?"

"글쎄."

송백은 잠시 무언가 생각하다 다시 말했다. 사실 송백은 다른 사람은 몰라도 장화영에게는 미안한 마음이 많았다. 그러하기에 꽤나 친절해야 한다고 생각했다.

"무림대회?"

장화영은 무림대회라는 말에 표정을 굳히며 말했다.

"다음에 만난다면 이기겠어. 그것도 무림대회에서."

장화영의 싸늘한 목소리와 강렬한 눈빛에 송백은 처음 만났을 때의 장화영을 생각했다. 그때는 여성스럽다는 생각을 했었다. 하지만 지금은 남성스러움을 느끼고 있었다. 그리고 지금의 모습이 장화영 본래의 모습이라는 것을 알았다. 송백의 머리에는 아직도 머리카락을 자르며 자신을 바라보던 그 눈빛이 어른거렸다.

'그때는 사기친 것이었군.'

송백은 피식거리며 장화영의 옆얼굴을 바라보다 앞으로 걸었다. 장화영은 무언가를 열심히 생각하는 표정이었다.

"무림대회는 모든 젊은이들의 꿈이야. 십 년 전, 서른 살 이하의 무인들만 겨룬다고 무림맹에서 알렸을 때 천하는 들끓었지만……."

말을 하던 장화영은 잠시 어두운 표정을 지으며 조용히 말했다.

"그 나이에 해당되는 무림의 아이들은 자유를 잃었지. 눈을 뜨면 하는 일이 무공을 수련하는 일이었어. 수련, 수련, 수련. 나만 그런 줄 알았는데… 무림관에 가니 거기에 있던 사람들도 예외는 아니었어. 그런 우리들이 서로를 보면서 느낀 것은 무엇이었을까?"

장화영의 말에 송백은 별다른 변화 없는 얼굴로 앞만 바라보고 있었다. 송백의 얼굴에서 어떤 생각을 읽을 수는 없었다. 장화영은 말없는 송백의 표정을 보곤 입을 열었다.

"그저 경쟁자였어. 친구도 아니고 경쟁자. 언젠가는 쓰러뜨려야 할 상대. 그때 조금은 알았어, 내가 사는 곳이 무림이라는 것을……."

말을 하던 장화영은 곧 미소 지었다.

"그래도 생각이 맞는 친구들도 생기고 이런 저런 일들도 생겨서 좋지만……."

무언가를 생각했는지 장화영은 손으로 입을 가리며 웃었다. 송백은 그 모습에 의문이 들었지만 입을 열지는 않았다. 곧 장화영의 입이 열렸다.

"친구 중에, 아니, 동생이라고 해야지. 나보다 한 살은 어리니. 아미파의 제자인데 귀엽게 생겼어. 그런데 그 동생이 좋아하는 남자가 누구인 줄 알아? 누구일 것 같아?"

송백은 슬쩍 장화영을 바라보다 별 생각 없이 입을 열었다.

"종 형이겠지."

장화영은 순간 눈을 부릅뜨며 놀란 표정을 지었다.

"어떻게 알았어?"

"아는 사람은 종 형뿐이니까."

장화영은 놀란 표정을 풀며 알겠다는 듯 시선을 돌렸다. 침묵이 이어졌다. 어색함 때문이다.

'재미없는 놈.'

장화영은 속으로 말하며 짧게 숨을 내쉬었다. 말이란 원래 서로의 관계를 가깝게 해주는 도구로써 아주 유용한 인간의 표현이다. 하지만 송백처럼 재미없는 사람도 처음이란 생각이 들었다. 하지만 아주 잠시 멋있다는 생각을 했었다. 잠깐 동안이었지만. 그렇지만 그 이면에는 원한 어린 분노와 언젠가는 밟아주겠다는 복수심이 자리잡고 있었다. 단지 겉으로만 잊어버리려 노력할 뿐이었다.

"무림대회 말이야."

송백이 고개를 돌리자 장화영이 주먹을 쥐며 말했다.

"꼭 나와. 거기서 승부를 내줄 테니까. 그때는 내 발밑에서 기게 만들겠어."

"그러지."

송백이 담담히 말하자 장화영은 화난 표정으로 싸늘하게 말했다. 대답하는 것이 마음에 안 들었기 때문이다. 마치 할 테면 해봐라 이러는 식이었다. 자신을 무시한다고 여겼다.

"좋아. 나에게 지게 되면 삼 년 동안 내 하인이 되어야겠어."

"내기?"

송백이 묻자 장화영은 싸늘하게 웃으며 고개를 끄덕였다. 송백은 슬쩍 웃으며 말했다.

"내가 이긴다면?"

장화영은 미처 거기까지 생각하지 못한 듯 망설이는 표정을 짓더니 무언가 생각난 듯 웃으며 말했다. 이것은 성립이 돼도 문제고, 거절하자니 자존심이 걸린 문제였다. 불현듯 생각난 것이었다.

"내가 진다면 네게 시집을 가주지."

장화영은 분명히 난감한 내기라고 생각했다. 이겨도 문제가 되기 때문이다. 또한 거절할 것이라고 생각했다. 더욱이 상대가 송백이라면 더욱 그럴 것이라 여겼다. 그럼 대화의 주체가 자신이 될 것이고, 다른 내기로 발목을 잡을 수가 있었다. 다른 내기까지 장화영은 머리 속에 생각을 해놓은 상태였다. 송백은 장화영의 생각을 아는지 모르는지 가볍게 고개를 끄덕였다.

"그러지."

"뭐!"

장화영은 예상과는 다른 대답에 잠시 당황한 표정을 지었으며, 얼굴의 표정은 파랗게 변하였다. 말도 안 되는 내기였기 때문이다. 송백은 손가락으로 장화영을 가리키며 말했다.

"첩이다."

"이 자식!"

송백은 화산을 내려오며 뒤를 돌아보았다. 높게 솟은 연화봉의 모습이 눈에 들어왔다. 그곳에서 살고 있는 사람들의 얼굴이 스치듯 지나치고 있었다. 좋은 만남이란 생각이 들었다. 마지막으로 자신을 연화봉의 밑까지 함께해 준 장화영의 모습이 남았다. 처음에는 여성스럽고 부드러운 여자라고 생각했었다. 하지만 그건 첫 만남의 단순한 상상이었고, 본래의 성격은 불같은 성격이었다. 그리고 그녀에 대한 미안함이 오래토록 남을 것 같았다.

송백의 머리에 가장 오래 남은 것은 초령의 모습이었다. 단단한 바위 같은 자신의 마음이 한순간 무너지게 만들었기 때문이다. 결국 초령으로 인해 어린 시절의 기억이 뚜렷하게 남게 되었다.

"다시 와야겠지."

송백은 초령의 아쉬운 얼굴이 지워지지 않았다.

하남성에 들어서서 북으로 올라와 산서성의 태원으로 들어온 것은 근 보름 만이었다. 태원까지 오는 동안 별다른 일은 없었다. 이렇다 할 일 없이 말을 타고 편하게 올 수 있었다. 산서성에 들어왔을 때부터 심장이 두근거리고 긴장감이 전신을 맴돌았지만 그런 마음은 지금도 줄어들지 않고 있었다.

'고향으로 온 것이다.'

송백은 그런 생각을 하게 될 때면 늘 떨리는 마음을 느낄 수 있었다. 애써 태연한 얼굴로 길을 가고 있을 뿐이었다.

'영화루(英華樓), 산서제일루(山西第一樓), 낙성루(落聖樓), 청룡루(青龍樓)… 또 몇 개가 더 있었는데.'

송백은 지난 과거의 일을 떠올리며 생각에 잠겼다. 태원으로 온 이유도 거기에 있었기 때문이다.

주루가 길게 늘어선 중심가에 들어서자 송백은 좌우를 둘러보며 앞으로 걸음을 옮겼다. 한참을 그렇게 많은 사람들 사이로 걸을 때 눈에 띄는 간판이 있었다.

'영화루.'

송백은 영화루라 적힌 이름을 바라보며 안으로 걸음을 옮겼다. 왠지 모르게 이곳일 것 같은 기분이 들었다. 안으로 들어가자 점소이가 송백을 반겼다.

"어서 오십시오."

이십대 초반의 청년이 나와 반갑게 맞이했다. 사람도 많지 않아 한가한 주루였다. 송백은 다가온 점소이를 바라보는 것이 아니라 계산대에 서 있는 꼬질한 용모의 중년인을 바라보며 소매에서 동전을 하나꺼내 올려놓았다.

탁!

잠시 졸던 꼬질한 노인이 동전 소리에 눈을 지그시 뜨며 올려진 동전을 바라보았다. 중앙이 뚫려 있어야 하는 동전은 뚫린 것이 아니라 그 중앙에 문(門)이라는 글귀만이 적혀 있었다. 노인은 눈을 다시 지그시 감으며 졸기 시작했다. 하지만 어느새 동전은 탁자에서 노인의 소매로 자연스럽게 들어갔다. 눈을 감고 졸던 노인이 옆에 서 있는 점소이에게 조용히 말하며 탁자에 턱을 기대었다.

"채심원(菜心院)으로 모시거라."

"예."

점소이가 대답하며 송백을 안내하기 시작했다. 송백은 후문으로 나가 꽤 넓은 정원과 담벼락을 지나 몇 개의 문을 지나갔다. 문을 지날 때마다 세워진 전각들이 눈에 들어왔지만 별다른 특색은 없었다. 단지 생각보다 지나가는 사람이 안 보였다는 것이 특징이었다.

채심원이라 쓰인 작은 문을 지나자 진한 풀내음이 코끝을 자극했다. 우거진 나무들 사이로 작은 집이 눈에 들어왔다. 주변을 둘러보던 송백은 별다른 기색을 느끼지 못하고 있었다.

"안에서 기다리시면 됩니다."

"고맙네."

점소이가 인사하며 밖으로 나가자 송백은 조용한 실내에 혼자 앉아 사방이 트인 창문 사이로 정원을 바라보았다. 그렇게 얼마 지나지 않아 시비들이 들어와 차를 따라주었다. 또다시 잠시의 시간이 흘러갔다.

스슥!

미미한 움직임이 느껴지며 사방으로 많은 수의 인원이 숨어드는 기척을 느꼈다. 송백은 천천히 시선을 문으로 돌렸다.

사박! 사박!

가벼운 발소리와 함께 한 명의 여인이 걸어 들어오고 있었다. 그 옆으로 십여 세로 보이는 소녀 한 명이 따라오고 있었는데 눈동자가 크고 맑아 순수함이 느껴지는 소녀였다.

창밖의 여인의 눈과 송백의 눈이 마주하자 여인의 발이 잠시 멈춰졌다. 여인은 잠시 놀란 표정을 지었으나 곧 원래의 얼굴로 변하며 안으로 들어섰다.

"설마, 이렇게 찾아올 줄은 몰랐군요."

과거 포정이라 불린 염옥지는 자리에 앉으며 송백의 강인한 눈동자를 바라보았다. 전과는 또 다른 위압감이 느껴지는 표정이었다. 전장을 누빈 자만이 뿌릴 수 있는 진한 혈향이 코끝을 자극했다.

"필요하니까."

송백은 담담히 말하며 찻잔을 입으로 가지고 갔다. 철관음의 향기가 코를 간지럽혔다.

"오 년 만인가요?"

송백은 살짝 고개를 끄덕였다. 오 년 전 소성에서 정일관의 죽음을 알린 후 헤어지고 처음 만난 것이다. 그때 염옥지가 슬픈 얼굴로 태원으로 간다고 말했었다.

염옥지는 부드러운 표정으로 다시 말했다.

"오 년 동안 무엇을 하며 지냈나요? 어디서 무엇을 하면서… 아니, 어떻게 살아 있는 것인가요? 동창의 손을 벗어났다는 소리는 듣지 못했는데."

"잘 아는군."

"모르셨나요? 형수인 제가 하오문의 사람이라는 것을."

염옥지가 빠르게 말하자 송백은 찻잔을 내려놓으며 미소 지었다. 순간 염옥지의 전신으로 한기가 뚫고 지나갔다. 염옥지의 표정이 굳어졌지만 그것은 나타나는 순간 사라졌다.

'전과는 너무도 판이하게 변해 버렸군. 도대체 오 년 동안 어디서 무엇을 했지?'

염옥지의 머리에 무수히 많은 생각들이 흘러가고 있었다. 오 년 전에 만났을 때는 살의만을 풍기는 단지 한 마리의 짐승 같은 거친 기분을 느끼게 해주었다. 하지만 지금은 마주치면 베일 것 같은 가느다란 예기만이 느껴지고 있었다.

"별로 말하고 싶지 않아."

송백이 말하자 염옥지는 무언가를 느낀 듯 시비들과 옆에 서 있는 소녀에게 고개를 돌렸다.

"너는 언니들과 가서 좀 놀고 있어라."

"예."

소녀가 고개를 숙이며 뒤에 서 있던 시비들의 손을 잡고 방을 나섰다. 방을 나서면서 소녀가 송백을 바라보다 염옥지를 바라보았다. 염옥지는 가볍게 손을 흔들어주었다.

"자식이 있었던가?"

염옥지는 슬쩍 미소 지으며 송백에게 고개를 돌렸다.

"자식은 아니지만 키우고는 있어요."

잠시 입을 닫은 염옥지는 약간 우울한 표정으로 말했다.

"천하에는 수많은 고아들이 있지요. 부모가 자식을 파는 것은 일도 아니니 먹고살기 힘들어 버려진 아이들은 쌓이고 쌓여서 어디를 가더라도 아이들의 죽은 시신을 볼 수가 있어요. 황제가 산다는 북경에 간다고 해도……."

염옥지의 말에 송백의 아미가 찌푸려졌다. 자신의 어릴 때가 떠올랐기 때문이다. 자신 역시 버려졌기에 염옥지의 말이 마음으로 들어왔다. 그리고 얼마나 힘들었는지 스스로가 너무도 잘 알고 있었다.

"그런 아이들 중에 자질이 높은 아이들은 우리 문에서 데리고 와 키우기도 하지요. 사파에서도 키우기도 하고 살수문인 흑사회에서도 데리고 가지요. 흔한 일이에요. 굶어 죽는 것보다 차라리 그렇게라도 사는 게 좋은 일이니."

"그렇군."

"그럼 저를 찾아온 일에 대해서 말해 주셔야지요?"

염옥지가 턱을 괴며 말하자 송백은 고개를 끄덕였다. 주변은 아무도 없었고 많이 느껴졌던 기척들도 멀리 물러간 상태였다.

"장마소를 죽일 것이다."

"……!"

아무리 염옥지가 강심장이고 많은 경험을 했다지만 지금은 표정을 감출 수 없었다. 놀란 표정은 변화가 없었으며 잠시의 시간이 지나자 염옥지의 아미가 일그러지며 싸늘한 목소리가 흘러나왔다.

"장마소가 누구인지 잘 알 텐데."

"물론."

염옥지는 의자에 몸을 깊숙이 묻었다. 송백은 농담을 즐기는 사람이 아니었다. 염옥지도 그 사실을 알고 있다. 그렇기 때문에 더욱 문제가 되는 것이다.

"장마소는 황실의 최고 권력자인 사람이에요. 그를 죽일 수 있다고 생각하는 것은 아니겠지요?"

염옥지는 굳은 목소리로 말했다. 송백은 가만히 미소 지었다.

"승산없는 싸움은 안 한다. 난 그렇게 배웠다."

송백의 조용한 목소리에 염옥지는 송백이 어떤 인물인지 이제야 알 것 같았다. 또한 송백이 누구의 집에서 살았는지도 떠올랐다. 하지만 그것과 이것과는 또 다른 문제였다.

"동방가의 원한은 잘 알지만 이 일은 좀 다르다고 생각해요."

"어떤 것이 다르지? 나는 정보를 원할 뿐이야. 조언은 필요없어. 장마소에 관한 모든 것을 알고 싶다."

염옥지는 깊게 숨을 내쉬었다. 어떻게 말릴 수도 없을 것 같았기 때문이다. 염옥지는 천천히 입을 열었다.

"장마소의 정보는 비싸요. 물론 아는 것도 별로 없어요. 하지만 장마소를 죽이는 일은 생각처럼 그렇게 쉽지 않을 것이에요."

"강하면 이겨."

송백이 싸늘하게 말하자 염옥지는 잠시 굳은 얼굴로 송백을 바라보았다. 어떤 생각을 하는지 알고 싶었지만 염옥지는 포기하며 짧게 숨을 내쉬었다.

"그래서 군인을 싫어하지요. 그런 사고방식. 물론 무림의 남자들도 그런 사고방식을 가진 자들이 널려 있으니."

염옥지는 손으로 찻잔을 가만히 만지며 다시 말했다.

"자신있나요?"

염옥지는 자신이 진정 물어보고 싶었던 것을 물었다. 알고 싶었기 때문이다. 절대 자신이 아는 송백은 생각없이 행동하는 자가 아니었다. 그리고 그 험한 전장에서 살아 돌아온 소악귀(小惡鬼)가 송백이었다. 하오문에 몸을 담았기에 어쩔 수 없이 알게 된 사실이다.

"열다섯 살에 무과에 급제하고 열여섯에 장군이 되어, 열여덟에는 일만 대군의 대주가 되었던 당신이… 자신이 없었다면 말하지도 않았 겠지요."

염옥지는 자기 스스로 묻고 대답하며 자리에서 일어섰다.

"기다리세요. 장마소에 대한 것이라면 중요한 기밀이에요. 다른 사 람에게 알려지기라도 한다면 저희 문은 강호상에서 발을 뻗고 잠을 잘 수가 없을 것이에요."

염옥지는 말을 하며 정원을 빠르게 빠져나갔다. 그녀가 빠져나가자 정적감이 주변을 맴돌았다. 송백은 창밖을 바라보며 깊은 숨을 내쉬었 다. 조금씩 가까이 다가간다는 기분이 들었다.

"좋아하겠지."

송백은 먼 허공을 응시하며 중얼거렸다.

"장마소의 영향력은 오 년 전과는 판이하게 달라졌어요. 변방에 이 렇다 할 세력도 없어져 십 년간은 크게 걱정하지 않는 것 같아요. 동방 천후의 죽음으로 오군도독부도 해체된다는 소리가 공공연하게 돌고 있 는 실정이지요. 사실이라고 보는 것이 좋을 것이에요."

오군도독부가 해체된다는 말은 송백에게도 뜻밖이었다. 하지만 조 용한 시선으로 염옥지의 입을 바라보고 있었다. 염옥지는 한 시진 후 다시 나타났다. 하지만 손에는 아무것도 들고 있지 않았다. 단지 입으 로 말하고 있었다. 그 말들 속에 송백의 흥미를 충분히 끌 요소들이 있 었다. 그 모습을 알아본 염옥지가 의미있게 웃으며 말했다.

"참, 보수 문제인데. 아까도 말했지만 장마소에 대한 것은 기밀이라 대단히 비싸요."

"어느 정도?"

송백이 묻자 염옥지는 미소 지으며 말했다.

"돈으로는 환산하기 힘들어요. 그래서 두 가지 부탁을 하겠어요. 들어주실 것이라고 믿어요."

염옥지가 의미심장하게 말하자 송백은 무심히 그녀의 눈을 바라보았다.

"무리한 것이 아니라면."

염옥지는 대답을 듣자 빠르게 말했다.

"둘 다 쉬운 부탁이에요. 일단 첫 번째는 저를 형수님이라 부르세요."

송백은 굳은 표정을 지었다. 그러자 염옥지가 다시 말했다.

"왜요? 기루에 있던 여자는 형수가 될 수 없다는 소리인가요?"

"두 번째는?"

송백은 두 번째를 물으며 말을 돌렸다. 그러자 염옥지가 빠르게 말했다.

"존대해 주세요."

송백은 가만히 미소 지었다.

"비싸군."

염옥지는 가볍게 웃었다. 송백의 입장에서는 그리 무리한 부탁이 아니었다. 충분히 들어줄 수 있는 부탁이었다. 염옥지도 장마소의 정보를 제공하는 게 어려운 일이 아니었다. 하오문에서 그녀의 위치를 볼 때면 말이다.

"그러지요, 형수님."

송백이 담담히 말하자 염옥지는 피식거리며 차를 입에 털어 넣었다. 여러 가지 말들이 눈으로 오고 가고 있었다.

"장마소가 죽는다면 나라가 흔들리겠지. 변방에서는 좋아하겠지만……."

"어차피 자리가 비면 채워집니다. 궁에는 남는 것이 인재이니까요."

염옥지는 예상한 대답이기에 별 변화 없는 표정이었다. 형수라는 말을 들을 때부터 편하게 대하고 있었다. 송백이 눈치를 챈다고 해도 이미 늦은 감이 있었다.

"장마소는 일주일에 한번 궁에 들어가는 것을 제외하곤 모두 집에서 업무를 보는데… 방 안에는 아무도 들어갈 수 없다고 들었어. 또 하나 중요한 것이 있는데… 귀엽게 생긴 동자들을 몇 명 키우는데 가끔 실종되기도 한다는군."

거기까지 말한 염옥지는 아미를 찌푸리며 다시 말했다.

"거기에다… 장마소의 목소리는 여자 같다고 했지. 동창의 대영반도 장마소의 앞에서는 식은땀을 흘린다는 보고를 들은 기억이 있다."

"동창의 대영반은 어느 정도의 무공 수준이오?"

"강호에서는 일류고수라고 보면 될 것이야."

염옥지가 빠르게 대답하며 다시 말했다.

"종합적으로 우리 하오문에서는 장마소라는 인물이 무공을 익히고 있다는 결론을 내렸지."

"호~"

송백은 장마소가 무공을 익혔다는 소리에 의미있게 눈을 빛냈다. 염옥지는 굳은 표정으로 다시 말했다.

"이유는 쥐도 새도 모르게 사라진 소년의 시신 한 구가 발견되었기 때문이야."

염옥지는 싸늘한 표정을 지었다.

"소년의 몸은 이미 부패해서 누구인지 확인이 안 되었지만 이틀 전부터 장마소의 집에서 자취를 감춘 소년이 있어 그 아이라는 것을 알았지. 불과 이틀인데도 뼈가 보일 정도로 썩은 시신이었어."

"사공(邪功)이군."

염옥지는 눈을 빛내며 말했다.

"시신의 뼈를 추릴 때 발견한 건데 뼈의 색이 파랗게 빛났지. 거기다 잘린 뼈의 안은 작은 구멍들이 뚫려 있었고. 이런 사실들을 바탕으로 결론을 내린 무공 하나가 황궁에서 사라진 적이 있긴 있었지."

송백이 눈을 빛내자 염옥지는 굳은 표정을 풀며 가만히 송백을 바라보았다.

"여자만이 익힐 수 있는 무공이고, 남자가 익힌다면 거세를 행해야… 어때? 딱 장마소의 무공이 될 만하겠지?"

"어떤 무공이오?"

송백의 굳은 표정에 염옥지는 걱정스런 표정으로 말했다.

"바로 천하제일조공이라 불리던 한탄조(恨歎爪)가 그것이야."

"한탄조."

송백의 무심한 표정에 염옥지는 잘 모르는 것 같다는 생각을 하곤 입을 다시 열었다.

"한탄조에 관한 것은 따로 방에 보내주도록 할게."

송백은 어느 정도 알게 되자 자리에서 일어섰다. 그러자 염옥지가 아쉬운 듯 말했다.

"어차피 며칠 동안 이곳에서 쉬어야 할 것 같으니 만나볼 생각은 없어?"

"누구를?"

"정 가가의 아들."

염옥지의 눈이 약간 흔들렸다. 송백은 왜 염옥지가 자신을 형수님이라 불러달라 했는지 알 것 같은 기분이 들었다. 염옥지는 부드럽게 웃으며 다시 말했다.

"너는 모르겠지만… 정 가가는 내게 소중한 사람이야."

"그러지요."

송백은 가볍게 인사하곤 채심원을 빠져나가기 시작했다.

후두두둑!

조금씩 빗방울이 떨어지기 시작했다. 아침나절부터 흐리더니 기어이 하늘이 일을 내기 시작했다. 선선하게 내리는 비는 땅으로 떨어지며 무수히 많은 소리를 만들고 있었다.

똑! 똑!

방문을 두드리는 소리가 들리더니 문이 열리고 채심원에서 차를 따라주던 시비가 품에 금색 비단으로 감싼 물건을 안고 들어왔다.

"전하라 하여 가지고 왔습니다."

탁자 위에 올려놓은 시비는 비단을 풀었다. 그러자 세 권의 얇은 책자가 나왔다. 창가에 앉아 있던 송백은 그것을 보자 탁자로 다가와 책자를 살폈다.

"무림의 인물들, 무림문파를 파헤치다, 무림의 무공들을 적어보다."

책을 뒤적이던 송백이 고개를 들어 시비를 바라보았다. 십대 후반으로 보이는 고운 얼굴의 소녀였다.

"제목이… 흐음, 계속 여기 있을 건가?"

시비는 허리를 숙이며 대답했다.

"제목이 그런 것은 취향의 차이지 내용과는 상관이 없습니다. 그리고 저는 소협이 가실 때까지 옆에서 시중을 들라는 명을 받았습니다."

송백은 고개를 끄덕이며 '무림문파를 파헤치다' 란 책을 들어 대충 살펴보았다.

"일교(一敎), 일맹(一盟), 이문(二門)과 십파이방, 육대세가… 그 외에 삼장, 삼곡이라."

"일교는 마교를 뜻하고, 일맹은 무림맹입니다. 이문은 천상음문(天上音門)과 천정문(天頂門)을 말하는데 천상음문은 정사 중간의 문파이고, 천정문은 강남의 거대 사파예요. 십파이방 중 이방에 해당하는 태정방은 사파라 보통 십파일방과 태정방으로 불려요. 태정방은 또한 강호에서 가장 큰 사파라 불리지요 그러니 명문에서 사파를 함께 십파이방으로 부를 수는 없지요. 또한 육대세가는 중원무림의 중심이라 할 수 있지요. 삼장과 삼곡은……."

"그만."

송백이 짧게 말하자 시비가 입을 닫았다.

"이름은?"

시비는 자신의 이름을 묻자 깊숙이 읍했다.

"죽화(竹花)라 합니다."

"설명은 필요없으니… 이 책은 가지고 가거라."

송백은 '무림의 인물들' 이란 제목의 책만 남기고 죽화에게 건네주었다. 죽화는 놀란 표정을 지었다. 하오문에서도 가장 중요한 자료가 지금의 세 권이었고, 수많은 사람들의 손때가 묻은 것이 앞에 놓인 세 권의 책이었기 때문이다. 천금을 줘도 한 번 보기 힘든 책이었다. 삼년마다 한 번씩 문주가 직접 책을 만드는데 지금의 세 권은 삼 년 전의

무림을 대충 적은 것이었다. 본 책은 아니지만 그것만으로도 충분히
가치는 있었다.

　삼 년마다 무림을 적은 책들이 모이고 모여서 하오문의 가장 귀중한
자료이자 중원무림에서 가장 탐욕을 내는 책이 되었다.

　"하지만 저는 잘 설명하라는 명령을 받았는데… 요."

　죽화가 망설이듯 말하자 송백은 무림의 인물들이란 책을 펼쳤다.

　"여기에 장마소에 대해 나오나?"

　"예."

　죽화가 대답하자 송백은 책을 죽화에게 내밀었다. 그러자 죽화가 책
을 넘기며 장마소에 대해 찾았다. 거의 후미에 가서야 장마소에 대한
이야기가 나오자 죽화는 그것을 송백의 앞에 돌려주었다.

　장마소.

　본 문은 이놈을 나쁜 놈이라고 규정지었다.

　산동성 가청현(可靑縣)에서 태어난 장마소는 밝은 성격의 소년이었다고
함. 하지만 하나뿐인 누나가 황제의 궁녀로 들어가 독살을 당하자 그 소식
에 분개하여 거세를 하고 황궁에 입성. 그 후 황제의 측근으로 자리잡는
데 성공. 자신의 누나를 죽인 것이 황제라 여겨 황제를 주색에 빠지게 함.

　열여섯 살 때 황궁무고에서 한탄신공(恨歎神功)을 입수, 한탄조를 익힌
것으로 보임. 한탄신공은 여성만이 익힐 수 있으며 또한 양기가 풍부한 아
이의 정기(精氣)로 양기를 보충해야 하는 단점이 있지만 대성하게 되면 양
기도 필요치 않고 음양의 조화가 적절하게 되어 늙지도 않고 금강불괴의

육체를 가지게 되며 입신지경의 경지가 된다고 함. 한 마디로 괴물이 된다는 말과도 같다.

한탄신공에는 약점이 하나 있는데 그것은 양기의 부족으로 하루에 반시진 이상 무공을 시전하지 못한다는 것이다. 물론 이것은 들은 이야기일 뿐, 사실이 아닐 가능성이 구 할이다. 믿거나 말거나. 그것은 읽는 사람의 자유다.

성격은 냉혹하고 독사 뺨치는 잔인함이 보인다. 한 예로 명령을 거부했던 부하를 끓여 죽여 그 살을 먹었다고 한다. 무서운 놈이다.

웬만해서는 이놈의 근처에 가지 말아라. 신경도 안 쓰는 것이 좋다. 본문은 이놈의 주변 백 장 안으로 들어가는 것을 절대 금한다.

"이게 단가?"

약간의 우습게 쓴 것 같은 글을 보던 송백은 미소 지으며 물었다. 그러자 죽화가 고개를 끄덕이며 답했다.

"그게 다입니다. 더 알아보려고 해도 장마소의 주변은 많은 무인들이 지키고 있어서 불가능했습니다."

"호위 무사가 많은 것 같군."

"원한이 많아 무사들의 수도 상당합니다."

"그렇겠지."

송백은 예상했던 일이기에 책을 덮었다. 그러다 생각난 듯 죽화를 바라보았다.

"문주는 누구인가? 재미있게 적었는데… 형수님인가?"

죽화는 질문에 미소 지었다.

"루주님은 문주님이 아니지만 문주님과 밀접한 관계가 있는 것은 사실입니다."

송백은 자신이 생각해도 귀중한 자료를 보여준 염옥지의 관심이 고맙다고 느껴졌다. 별 관심도 없었던 사람이었고, 단지 자신은 정일관이 죽은 소식만을 전해주었을 뿐이었다. 의외는 정일관의 자식이 있다는 소리였다.

"고맙다고 전해주게."

"예."

송백이 책을 건네며 말하자 죽화는 곧 책을 안고 문을 나섰다. 죽화가 나가자 송백은 창밖으로 시선을 던졌다. 여전히 비는 조용하게 내리고 있었다.

"문주가 누구인지 궁금하군."

송백은 하오문주에게 호기심이 생겼다. 필경 괴팍한 인물이란 생각이 들었다.

"누님, 굳이 내 저서를 그렇게 보여줄 필요가 있습니까?"

이십대 중반의 깔끔한 얼굴을 한 백의청년이 마주 앉은 염옥지를 향해 말했다. 청년은 평범한 외모였으나 눈매는 염옥지를 닮아 호감이 가는 인상이었다. 이름은 염동서(閻同樓)로 현재 강호상에 가장 알려진 바가 없는 하오문주였다.

"그래도 정아의 숙부다. 죽은 남편과는 호형호제 하던 사이니……."

염옥지의 표정은 그리 밝지 않았다.

"흥! 정씨는 누님을 며느리로 인정하지도 않는데 남편이라니 말도 안 됩니다. 망할 놈들."

출신 성분이 불분명한 염옥지를 정일관의 집안에서 받아들이는 일은 절대 없었다. 당연한 일이었다. 강호상에 하오문주라면 대단히 높은 위치였으나 그런 것과 나라의 귀족과는 관계가 없는 일이었다. 그러하기에 염옥지는 아들을 낳고 한 번 찾아간 이후 단 한 번도 그쪽에 간 일이 없었으며, 그들 또한 염옥지라는 사람을 모르는 것으로 여겼다. 정일관이 살아 있었다면 아마 달랐을지도 모른다.

"그건 그렇고, 이곳까지 웬일이냐? 바쁠 텐데."

"삼 년 동안 천하를 돌았지만 아직 못 가본 청해 쪽을 가보려고 해서 들렀습니다."

"청해?"

"지부는 한번 들러야지요. 신교(神教)의 일도 궁금하고. 참 그 사람 이름이 뭐라 했습니까? 장마소를 죽이겠다고 한 사람."

"송백."

"송백이라······."

염동서는 중얼거리며 머리에 넣으려고 했다.

"장마소를 죽이는 일이야 쉬운 일도 아니고 어려운 일이니 별로 기대는 안 하지만 장마소가 죽는다면 송백이란 이름을 기억해야겠지요."

"장마소가 죽을 거라 생각하느냐?"

"말리고 싶은 모양이군요. 하지만 모르지 않습니까? 장마소가 죽을지 아니면 송백이란 사람이 죽을지. 하하하, 이거 재미있을 것 같은데요. 누님, 내기를 하는 것은 어떻습니까? 저는 송백이 장마소를 죽이는 것에 걸겠습니다."

"자신있는 것 같구나."

염옥지가 미소 지으며 말하자 염동서는 고개를 끄덕였다.

"내기는 원래 안 될 것 같은데 된다. 이런 맛이 가장 좋은 맛입니다."

"좋아. 나는 반대로 걸지. 그런데 무엇을 걸 생각이냐?"

"정아에게 오백 년 된 인형삼(人形蔘)을 주지요. 지금은 못 먹어도 십 년 후에는 충분히 먹을 수 있을 것입니다."

"호오, 좋아. 그렇다면 나는 강남에서 구해온 후아주를 준비하마."

"좋습니다."

이틀 동안 내린 비가 그치고 날씨가 맑아지자 송백은 다음날 아침 일어섰다. 출발하기 위해서이다. 염옥지의 거처로 이동하던 송백은 다섯 살 정도의 소년과 손을 잡고 나오던 염옥지를 발견했다. 막 걸음을 옮기던 염옥지는 송백과 마주치자 걸음을 멈추었다.

"숙부님이다. 인사하렴."

"안녕하세요."

조용하고 어린 목소리였다. 소년은 한 번 송백을 보다 눈이 마주치자 곧 염옥지의 소매를 강하게 붙들고 옆으로 붙었다. 송백은 차가운 눈으로 아이를 바라보았다.

"이름은?"

소년은 기어들어 가는 목소리로 말했다.

"정, 정원이요."

"좋은 이름이다."

송백은 다가가 정원의 어깨를 두드려 주었다.

"지금 가지요. 다음에 올 때도 이곳에 있을 것입니까?"

"몇 년간은."

염옥지가 말하자 송백은 가볍게 인사하곤 신형을 돌렸다. 송백이 멀어지자 정원의 손가락이 송백을 가리켰다.

"저 아저씨 강해?"

정원은 송백의 손에 들린 검을 의식했기 때문이다. 염옥지는 미소
지으며 고개를 끄덕였다.

"아저씨가 아니라 숙부님이야. 그리고 강한 사람이지. 적어도 살아
있다면……."

염옥지는 송백의 뒷모습을 바라보며 고개를 저었다. 정원을 위해서
라면 살아 있는 것이 좋았다.

*   *   *

태원을 빠져나가 한적한 길을 걷고 있는 송영은 곧 무림맹으로 향하
였다. 소문으로 강호사현의 제자들이 무림관에 들어간 것을 알았기 때
문이다. 한참을 그렇게 걷자 왼편으로 부서진 마차가 보였고 멀리서
들리는 사람들의 소리가 들려왔다. 송영의 인상이 굳어졌다. 어려운
사람은 구해야 한다고 배웠기에 송영의 발걸음이 자연스럽게 소리나는
곳으로 향하였다.

"아악! 살려주세요!"

십여 명의 사람들이 피를 흘리며 바닥에 누워 있었고, 두 명의 장한
이 한 명의 여인에게 다가가고 있었다. 쓰러진 채 뒤로 물러서고 있는
여인은 이십대 후반의 농염한 미모를 소유한 여인으로 보는 이로 하여
금 감탄하게 만드는 육감적인 몸매를 지니고 있었다. 한데 치마는 찢
어져 있었고, 소매도 찢어져 속살이 훤히 드러나 보였다.

"뭘 살려주는데? 이 여자, 웃기는 여자네."

두 명의 장한 중 왼쪽의 덩치 큰 장한이 큰 대감도를 어깨에 걸친 채 다가가고 있었다. 그리고 우측의 인물은 약간 왜소한 체구였으며 왼쪽 눈은 없는 듯 안대를 하고 있었다. 보기에도 사납게 보이는 차가운 인상의 인물이었다.

"애초에 우리 태산이협(泰山二俠)의 눈에 띄지 말아야 할 것 아니야."

대감도의 장한이 도를 휘두르며 여인의 머리 옆으로 꽂아 넣었다.

"아악!"

여인의 입에서 비명성이 다시 울리며 사시나무 떨듯 여인의 몸이 떨리고 있었다. 그런 여인의 머리 옆으로 대감도가 땅에 박혀 있었다. 그 위로 장한이 내려다보고 있었다. 장한의 시선은 여인의 다리에서 떨어지지 않고 있었다.

"몇 날 며칠 동안 즐겨볼 수 있겠어. 하하하하."

장한은 크게 웃으며 여인을 안아 들기 위해 상체를 숙였다. 순간 '핑!' 거리는 미세한 소음이 울리며 흰색의 빛살이 장한의 눈앞으로 들어왔다.

픽!

"크아악!"

장한의 이마에는 자갈이 박혀 들어가 있었으며 크게 소리친 장한은 몇 번 몸을 움직이더니 바닥에 쓰러져 몸을 떨었다. 순식간에 일어난 일에 남은 한 명이 놀라 앞을 바라보았다. 그곳에는 어느새 나타났는지 백색무복을 걸친 송영이 서 있었다. 송영은 차가운 눈으로 왜소한 장한을 바라보고 있었다.

"태산이괴가 이런 곳까지 왜 왔나?"

"누구냐!"

송영은 차갑게 말하며 남은 한 명의 외침에 도를 꺼내 들었다. 흰색의 옥 같은 너무도 고운 도신이 눈앞에 나타나자 장한의 표정이 굳어졌다.

"백옥도!"

송영은 곧 고개를 끄덕이며 도를 들었다.

"잘 가게."

순간 말이 끝나기가 무섭게 송영의 도가 백색의 호선을 그리며 장한의 가슴에 박혀 들어갔다.

퍽!

극히 단순한 찌르기였으나 장한은 그저 뜬눈으로 바라볼 수밖에 없었다. 그것이 억울했는지 장한의 손이 송영의 손을 잡아갔다. 하지만 송영의 손을 잡기도 전에 송영의 도가 가슴에서 빠져나왔다.

"괜찮소?"

송영은 쓰러져 있는 여인의 앞으로 다가갔다. 그러자 여인은 떨던 몸을 멈추곤 놀란 표정으로 송영을 올려다보았다. 아직도 무서운지 여전히 어깨는 미미하게 떨고 있었다.

"어쩌다가 이런……."

송영은 말을 하며 여인의 어깨를 잡고 일으켜 세우려 했다. 그러자 여인의 시선이 송영의 눈과 마주했다.

"고, 고마워요."

송영은 그 눈빛에 절실함을 읽곤 미소 지었다.

"다 돕고 사는 것이 아니겠소? 어서 일어나시오."

송영은 부드럽게 말하며 여인을 일으켰다. 그러자 여인의 다리가 풀린 듯 다시 주저앉으려 했다. 순간 송영은 반사적으로 여인을 안았다.

"미안해요."

"아니오."

송영은 고개를 저으며 다시 일으키자 여인의 양팔이 송영의 목을 잡고 일어섰다. 순간 여인의 오른손 검지에 끼어 있는 반지가 송영의 목에 닿았다.

"응?"

송영은 따끔거리는 느낌에 의문의 시선으로 목뒤로 손을 움직이려다 순간 다리가 굳어지는 느낌이 들었다. 그런 송영의 시선에 자신을 안고 바라보는 여인의 얼굴이 들어왔다. 하지만 아까와는 다르게 옅은 미소를 입가에 그리고 있다는 생각이 들었다. 그런 여인의 입이 열렸다.

"알고 있나요?"

"……?"

"강호에서 가장 무서운 것이 여자라는 사실을… 여자는 늘 조심해야 해요."

여인의 양손이 더욱 부드럽게 송영의 몸을 감아왔다. 순간 송영의 표정이 굳어지며 오른손의 장력이 여인의 어깨를 강타했다.

쾅!

"아악!"

여인의 비명성이 울렸으나 송영이 오히려 비틀거렸고, 이 장여 물러난 여인은 아까의 충격이 없는 듯 똑바로 서서 그런 송영을 바라보았다. 송영의 이마에 땀방울이 맺혔다.

"칠보추혼산(七步追魂散)이라 불리는 독이에요. 아주 맹독이지요. 당신의 무공이 고강하여 쓸 수밖에 없었어요."

말을 하는 여인의 입가에 미소가 걸려 있었다. 송영의 아미가 찌푸려졌으며 식은땀이 흘러내리고 있었다. 그런 송영을 바라보던 여인이 찢어진 치맛자락 사이로 다리를 들어 보였다. 그러자 백색의 다리가 허벅지의 안쪽까지 드러났다.

"어때요? 이왕 죽을 거라면 내 품에서 죽는 것이."

"누구시기에… 나에게… 이런 독수를 부린단 말이오."

송영의 물음에 여인은 어이없다는 표정으로 크게 웃어 보였다. 지금 이 상황에서도 저렇게 자신을 미워하지 않으려는 마음이 참으로 우습게 보였다. 그렇게 한참 웃던 여인은 곧 싸늘하게 말했다.

"마정회의 추혼십이대(追魂十二隊)다."

순간 송영의 발이 땅을 박차고 숲 속으로 몸을 날렸다. 그 모습을 보던 여인은 따라갈 생각이 없는 듯 팔짱을 끼었다. 이미 다 잡았기 때문이다. 그리고 여인의 좌우로 방립을 눌러쓴 흑의인들이 순식간에 나타나 송영의 뒤를 따라가기 시작했다. 그리고 마지막으로 가던 흑의인이 여인의 앞으로 봇짐을 떨구어주었다. 그 속에는 여인의 옷과 방립이 들어 있었다. 그러자 여인은 대낮인데도 망설이지 않고 옷을 벗어 갈아입기 시작했다.

"강호제일의 기재라더니, 바보였군."

뭔가 아쉬운 듯 여인은 방립을 쓰며 중얼거렸다.

■제11장■

어떤 날…

　장마소가 사는 저택은 그 크기만도 대단하여 수십 채의 집들이 들어
서 있었으며 북경성의 외곽에 자리해 자신을 노리는 살수들의 손으로
부터 좀 더 자유로울 수 있었다. 한 사람의 집을 이천이라는 군인이 번
을 섰으며 동창의 고수들도 장마소의 주변을 돌고 있었다.

　"무료하군."

　장마소는 자신의 방 안에 앉아 거울을 바라보며 중얼거렸다. 넓은
방 안이었지만 주변에는 사람의 기척을 느낄 수가 없었다. 거울에 비
쳐진 장마소는 자신의 얼굴을 바라보며 인상을 찌푸렸다. 큰 눈과 고
운 입술. 백색의 눈 같은 피부는 아름답게 보였지만 아미에는 주름이
파여 있었다.

　"무료해. 동방천후가 살아 있을 때는 그래도 재미있는 일들이 있었
는데 말이야."

장마소는 거울에서 시선을 돌려 오른손에 두 개의 엄지손가락만한 수정을 쥐었다. 오른손의 손톱이 길게 나와 번들거리고 있었다. 손질을 잘한 듯 긴 손톱은 유연함을 간직했다.

타닥!

두 개의 수정이 부딪치며 내는 작은 소리가 희미하게 울렸다. 장마소가 무언가를 생각할 때 하는 버릇이었다.

"누구를 죽이고 싶지만… 그럴 일도 안 생기고. 사냥이라도 나가볼까. 아니야. 천하의 진미를 맛보는 일도 이제는 질리기 시작하니… 흐음, 무엇으로 무료한 하루를 보낸단 말인가."

오늘도 어제처럼 가만히 앉아 하루를 보내야 한다는 게 무료한지 장마소는 연신 한숨을 내쉬며 수정을 굴리고 있었다.

"소인 진홍(眞紅)입니다."

"무슨 일이냐?"

장마소의 고운 목소리가 문밖으로 향했다. 이제는 완전히 여자의 목소리였다. 누가 듣더라도 여자의 목소리라고 생각할 만큼 미성이었다.

"아이를 한 명 데리고 왔습니다."

"그래?"

장마소는 흥미있다는 표정을 지었다.

"들여보내라."

"예."

대답과 함께 문이 열리며 십여 세로 보이는 소년이 들어왔다. 눈이 크고 귀엽게 생긴 아이였다. 장마소는 마음에 드는지 휘장 너머로 아이를 살펴보다 말했다.

"수고했구나. 마음에 든다, 진홍."

"예."

"내일 다시 오너라. 너에게 상을 내려주마."

"감사합니다."

딱딱한 대답과 함께 진홍의 발소리가 멀어졌다. 소년은 어리둥절해 하는 표정으로 주변을 살피고 있었다. 휘장 너머로 보이는 붉은 그림자가 있었지만 소년은 그저 모든 것이 신기한지 안정을 찾지 못하고 있었다.

"들어오너라."

장마소의 말에 소년은 휘장을 걷어 올리며 안으로 들어왔다. 소년의 얼굴이 금세 붉게 변했다. 그것은 장마소의 얼굴 때문이었고, 미소 때문이었다. 아무리 어린 소년이라 해도 아름다운 것에는 반응을 하기 마련이다. 소년은 장마소의 아름다움에 반응한 것이었다.

"어디 보자."

장마소는 소년을 가까이 오라 하며 양손으로 소년의 어깨를 잡았다. 그리곤 살짝 웃어 보였다. 소년은 순간적으로 정신이 혼미해지는지 비틀거렸다. 하지만 그것은 차가운 기운이 장마소의 손에서 소년의 몸으로 들어갔기 때문이다. 소년은 약간 춥다는 생각을 했다.

"옷을 벗어보거라."

"예?"

"벗어라."

소년은 이미 교육을 받았는지 아무 말도 못하고 옷을 벗기 시작했다. 장마소는 그 모습을 기분 좋게 바라보았다.

"망할 자식, 더러운 놈."

진홍은 긴 회랑을 걸으며 미미하게 중얼거렸다. 다른 사람이 듣기라도 한다면 목이 날아가기 때문이다. 오늘까지 벌써 열 명의 소년을 구해다가 보냈다. 진홍은 서른이 넘는 나이에 벌써부터 구역질나는 일을 자신이 한다는 것에 심한 혐오감을 느끼고 있었다. 하지만 안 한다면 목숨이 위태로우니 어쩔 수 없는 일이었다.

"진 형이 아닌가? 그래, 일은 잘되었나?"

진홍은 자신의 앞으로 걸어오는 약간 살찐 중년인을 바라보았다.

'백돼지.'

수염은 많지 않으며 얼굴에 주름도 거의 없었지만 둥근 만두 같은 볼 살과 술 항아리 같은 뱃살은 뚱뚱한 인상을 주었다.

"물론입니다, 어르신."

진홍은 재빠르게 허리를 숙였다. 자신보다는 높은 인물이기 때문이다.

형부의 시랑인 조익경은 가는 눈을 빛내며 진홍의 귓가에 입을 살며시 가지고 갔다.

"어제 치운 시신은 잘 처리했겠지?"

"무, 물론입니다."

"문제라도 생기면……."

조익경은 손으로 목을 그으며 웃었다. 진홍은 고개를 더욱 깊게 숙였다.

"문제될 일은 절대 없을 것입니다."

"믿겠네."

조익경은 고개를 끄덕이며 진홍의 어깨를 한번 두드려 주곤 안쪽으로 들어갔다. 진홍은 조익경의 뒷모습을 바라보며 인상을 찌푸렸다.

하지만 말없이 반대편으로 나갔다.

'시신?'

회랑의 한쪽 끝에 위치한 천장의 어두운 끝머리에서 작은 그림자 하나가 미미하게 흔들렸다. 그 순간 어느새 그림자는 진홍과 조익경이 대화하던 장소의 위까지 이동하였다. 그렇게 천장의 기둥을 타고 이동하자 미미한 먼지가 밑으로 내려갔다.

'저놈도 장마소의 사람이었군.'

과거에 동방천후의 집으로 몇 번 왔었던 조익경의 모습을 떠올린 송백은 그때의 조익경을 생각했다. 동방천후의 옆에서 열심히 무언가를 떠들던 모습이었다. 그리고 그때는 아무것도 모를 때였다. 하지만 한 가지는 기억에 남았다. 마음에 안 들었다는 것. 송백은 조익경을 주시하다 진홍이 지나간 곳으로 소리없이 움직였다.

차를 마시며 눈을 감던 장마소의 어깨에 작고 귀여운 손 두 개가 움직이고 있었다.

"시원하구나."

장마소는 기분 좋은 표정으로 미소 지었다. 저녁을 먹은 후 이렇게 안마를 받는 시간이 가장 좋았기 때문이다. 나른한 육신과 정신을 편하게 해주었다.

핏!

"……!"

미미한 소리, 마치 무언가가 지나간 것 같은 공기의 소리였다. 착각과도 같은 찰나의 순간이었다. 장마소의 눈동자가 미미하게 흔들렸다. 장마소의 어깨를 누르던 양손이 떨리고 있었다.

츄악!

순간 핏물이 장마소의 머리 위에서 떨어져 내렸다.

털썩!

소년의 시신이 앞으로 꼬꾸라지며 장마소가 누워 있던 침상을 붉게 적셨다. 머리는 이미 침상 밑으로 굴러떨어졌다. 장마소의 붉은 인영이 창가 앞에 나타났다. 고운 아미에는 땀방울이 맺혔으며 눈은 좌우를 둘러보고 있었다. 찰나의 순간에 일어난 급작스러운 일이었다. 조금만 늦게 알아차렸어도 자신의 목이 날아갔을 것이다.

"누구지?"

장마소의 낮은 싸늘한 목소리가 사방으로 울렸다.

"몰랐군."

낮은 음성이 장마소의 귓가에 들어오자 장마소의 손이 왼쪽 천장을 향해 뻗었다.

퍽!

투두둑!

무언가 부러지는 소리와 함께 나뭇조각들이 내부로 떨어져 내렸다. 장마소의 표정이 굳어졌다.

"실전은 처음인가? 아니면 나 정도의 사람을 만나지 못한 것인가."

담담한 음성이 낮게 깔렸다. 장마소는 눈을 굴리며 기척을 느끼기 위해 노력하고 있었다. 기실 이런 적은 단 한 번도 없었기 때문에 당황한 것도 있었다. 거기다 자신이 기척을 느끼지 못할 정도의 인물은 만난 적도 없었으며, 좀 전에 목숨이 달아날 상황까지 간 적도 없었다.

"숨이 가쁘군. 겁나나?"

또 한 번의 목소리가 울리자 장마소의 손이 오른쪽의 천장으로 뻗었다.

픽!

"훗!"

아까와는 달리 무언가 들어가는 소리가 들리자 장마소의 입꼬리가 올라갔다. 잡은 것이다.

뚜둑!

천장에서 떨어지는 핏방울이 눈에 들어왔다.

"한 대 맞으면 내장이 파열되지. 여기까지 들어온 것은 인정하지만 말을 그렇게 많이 해서야."

장마소는 여유있는 표정으로 미소 지었다. 순간 '휙!' 하는 소리가 울리며 천장에서 검은 물체가 바닥으로 떨어져 내렸다.

쿠당!

검은 의복을 걸치고 검은 복면을 한 인물이었다. 눈은 파열되었는지 검게 물들어 있었으며 사타구니 쪽에서부터 피가 번지기 시작했다. 장마소의 표정이 굳어졌다. 그 순간 장마소의 뒤편 창문에서 하나의 그림자가 나타났다.

"내가 도착했을 때 누군가가 있더군. 부하 같은데."

"헉!"

장마소는 바로 뒤에서 들리는 목소리에 너무 놀라 두 눈을 부릅뜨며 재빠르게 뒤로 물러섰다.

핏!

소리와 함께 들어오는 섬광이 눈동자에 번뜩였다. 느낀 순간 몸을 날리며 좌측으로 비틀었다. 하지만 실전 경험이 전무한 장마소에게는 위험한 상황이었다.

"큭!"

오른 어깨가 베이며 고통이 전해져 왔다. 장마소는 눈을 빛내며 창가에 시선을 던졌다. 하지만 상대의 그림자는 사라지고 없었다.

"비겁한 자식. 모습을 보이거라, 그렇게 비겁하게 숨지 말고!"

장마소가 소리치자 천장이 울렸다. 그 바람이 이루어졌을까? 외침에 화답하듯 조용하게 문이 열렸다. 장마소의 시선이 주렴 너머의 문 앞으로 향하고 있었다. 순간 장마소의 손이 주렴을 부수며 앞으로 튀어나갔다.

퍽!

순식간에 문 앞까지 이동한 장마소는 자신의 손에 목이 부러진 진홍의 얼굴을 바라보고 있었다. 장마소의 안면이 구겨졌다. 그 뒤로 흑의인의 모습이 나타났다.

"뒤다."

"이 녀석!"

장마소의 신형이 뒤로 돌아서며 양손이 교차하듯 움직여 열 십(十)자로 휘저었다. 순간 강력한 푸른 섬광이 십자를 그리며 피어올랐다. 그 앞으로 흑의인의 검신이 얼굴 앞으로 세워졌다.

쾅!

폭음이 울리며 공기의 진동파가 강력한 바람을 일으키며 퍼져 나갔다.

송백은 검을 내리며 앞에 서 있는 장마소를 바라보았다. 이마에서 흘러내린 땀방울이 눈에 들어왔다. 참으로 우습다는 생각이 들었다. 아무렇지 않게 사람을 죽이던 장마소였다. 그런 장마소가 땀을 흘리고 있는 것이다. 송백은 검을 늘어뜨리며 싸늘한 살기를 피웠다.

"죽어라."

쉬악!

순식간에 늘어나는 송백의 신형을 보던 장마소의 안색이 굳어지며 양손을 앞으로 내밀었다. 대성까지 얼마 남지 않은 손이었지만 자신이 지금 할 수 있는 최대한의 모든 것을 하려고 한 것이다.

깡!

검신과 마주친 장마소의 양손이 금속음을 일으키며 송백의 검을 막았다. 순간 장마소의 표정에 미소가 일어나며 송백의 검신을 양손으로 굳게 쥐었다.

"도대체 누구지? 누가 보낸 자객이냐?"

송백은 가만히 장마소의 양손을 바라보다 눈을 들어 장마소의 얼굴을 바라보았다. 송백의 얼굴에 차가운 미소가 걸렸다. 순간 강력한 살기가 장마소의 전신을 누르기 시작했다.

"뭐가 그렇게 우습지?"

송백의 표정을 바라본 장마소의 표정이 굳어졌다.

순간 송백의 오른손이 강하게 회전하며 검신이 비틀어졌다.

"큭!"

장마소의 얼굴이 순식간에 일그러지며 고통에 손을 검날에서 떼어내야 했다. 그 짧은 찰나 송백의 검날이 두 개의 원을 그리며 장마소의 손목을 지나쳤다.

"아아악!"

비명성이 크게 울리며 장마소의 양손이 바닥에 떨어져 내리며 피를 뿌렸다. 장마소의 전신이 크게 떨리며 믿을 수 없다는 표정으로 자신의 양팔을 바라보았다. 손목부터 잘린 팔에서 피가 쉴 새 없이 흘러내리고 있었다. 장마소는 떨리는 눈으로 상대를 바라보고 있었다. 순간 눈동자 속으로 핏빛 검날이 박혀들었다.

서걱!

장마소의 저택에서 불꽃과 함께 수많은 군인들의 목소리가 울리기 시작한 것은 밤늦은 시간부터였다. 번을 교대하려고 왔던 군인들이 죽어 있는 시신들을 발견하고 생긴 것이다. 북경군부에 소속되어 장마소의 저택을 책임지고 있던 홍이식은 허탈한 표정으로 앉아 있었다. 이미 잠은 달아난 지 오래였고 저택의 곳곳에는 불이 켜져 현장의 상태를 온전히 보존하고 있었다. 홍이식은 눈앞으로 문이 열리며 젊은 부관이 들어오자 침울하게 물었다.

"피해는?"

"그게… 총 백오십이 명이 죽었습니다. 그중에는 동창의 인물이 열 명 포함되어 있습니다."

쾅!

홍이식은 탁자를 부서져라 치며 떨리는 분을 삭여야 했다.

"도대체 몇 명이나 왔다는 말이야? 그 많은 인원이 죽는데도 단 한 명도 눈치채지 못했다는 게 말이나 되는 소리인가?"

"아무래도… 무림인의 소행이 아닐까 합니다. 살수 조직이 왔을지도 모르지요. 죽은 장 총독은 워낙 무고한 사람들을 많이 죽였으니."

"입을 닫아라."

홍이식이 군은 표정으로 말하자 부관은 경직된 얼굴로 입을 닫았다.

"동창에서 나왔습니다."

밖에서 외치는 목소리에 홍이식은 자리에서 일어섰다. 그러자 안으로 다섯 명의 인물들이 들어왔다. 홍이식의 이마에서 식은땀이 흘러내렸다.

'젠장, 내 목숨도 여기까지인가.'

장마소가 죽었으니 경비를 책임지는 자신의 목숨 또한 안전하지 못
했다. 홍이식은 허탈한 표정으로 들어온 동창의 대영반을 바라보았다.

좀 더 다를 줄 알았다. 장마소의 목숨은 좀 뭔가 다를 거라 여겼다.
하지만 결국 그도 다른 사람과 같았다. 붉은 피가 흘렀고, 그 피는 뜨
거웠다.

"내가 강한 건가."

송백은 검을 들어보며 장마소의 실력이 형편없었다는 것을 생각했
다. 실전 경험도 없었으며 상황에 대처하는 모습 또한 마음에 안 들었
다. 어떻게 저런 인간이 권력의 정점에 서 있을 수 있었는지 도저히 이
해를 할 수 없었다. 그것이 황제의 눈에 띄었다는 이유라면 너무도 불
공평한 것 같다는 생각이 들었다.

길은 어두웠고, 북경을 빠져나온 지도 벌써 몇 시진이 지나가고 있
었다. 날도 점점 밝아오고 있었으며 바람도 선선하게 불고 있었다. 하
지만 마음속에 남은 의문과 허전함은 어떻게 채워지지가 않았다. 무언
가 부족했다. 아무리 장마소에 대한 원한적인 감정이 적다 해도 어차
피 권력이란 그런 것이라는 것을 잘 알면서도 막상 동방천후를 밀어낸
장마소를 죽였지만 그것으로도 갈증은 해소되지 못했다.

"장마소가 죽어? 자다가 봉창 두드리는 소리도 아니고 무슨 말이
냐?"

염동서는 청해로 향하던 말 머리를 뒤로 틀며 말했다.

"살수들이 들어와서 죽인 것 같습니다. 경비를 서던 관군까지 모두 죽였다고 합니다. 어서 북경으로 가야 할 것 같습니다."

"젠장."

염동서는 장마소로 인해 꽤 큰 이득을 보았던 사람 중 한 명이었다. 북경에서 가장 크게 어둠을 주무르고 있는 상회가 염동서의 하오문이었기 때문이다. 또한 염동서는 장마소와 결탁하여 철을 빼돌린 일도 꽤 있었다. 염동서는 말 머리를 돌리며 인상을 구겼다.

"아, 내 산삼. 이거도 줘야 하잖아."

"예?"

염동서의 울상인 얼굴에 옆에 함께하던 젊은 무인이 물어오자 염동서는 고개를 저었다.

"아무 일도 아니다. 단지 산삼이 좀 먹고 싶었을 뿐이야."

작고 단출한 서재에 앉아 있던 염옥지는 죽화의 말에 인상을 찌푸리고 있었다. 예상하지 못한 결과이기 때문이다.

"장마소가 죽어서 동창의 무인들이 강호인을 중심으로 조사를 진행 중이라고 합니다. 먼저 위에 오른 세력은 흑사회와 암동(暗洞)입니다. 둘 다 살수 조직으로 가장 유력한 곳을 암동으로 지목한 것 같습니다."

"암동이라. 귀찮은 놈들이 나타난 것인가. 그렇다고 해도 황궁에서는 장마소의 죽음을 쉽게 잊어버리게 될 것이야. 어차피 음산산맥에서 대대적인 변방 놈들이 출몰했으니 시선을 강호로 돌리기엔 그 여력이 부족해."

염옥지는 중얼거리며 죽화의 설명에 답했다. 죽화는 약간 어두운 표정을 지었다.

"장마소의 무공이 세간에 알려진 것만큼 고강한 것 같지는 않았습니다."

죽화의 말에 염옥지는 고개를 끄덕였다.

"아마 권력으로 가려져 사람들이 두려워했겠지. 권력과 무공이 조화되었으니 절정의 무인이라 불릴 만도 했을 거야."

염옥지는 말을 하며 인상을 찌푸렸다.

"아니면… 송백이… 예상을 뒤집는 강자이거나."

염옥지는 자리에서 일어서며 말했다.

"다음에 송백이 온다면 확실히 보상을 받아야 하겠어. 장마소가 죽었으니 본 문의 사업에도 꽤나 큰 손해가 왔으니 말이야."

말을 하던 염옥지는 송백을 어떻게 하면 하오문의 사람으로 만들지 고민하고 있었다. 하오문에서도 장마소의 거처에 침입해 직접 죽일 수 있는 인물은 불과 세 명이 안 되었다. 무공의 가치는 충분히 돈으로 환산할 여력이 있는 곳이 하오문이었다.

"거처를 옮기고 최대한 빠른 시간 안에 송백을 찾아서 보고해."

"알겠습니다."

죽화가 나가자 염옥지는 생각에 잠겼다. 이용할 수 있다면 이용해야 한다. 그것이 하오문이 살아가는 비결이었다.

장마소가 죽은 일은 강호에 그리 큰 영향이 가지 않았다. 단지 황궁에서 암동에 대한 조사에 착수했다는 이야기만 나돌 뿐이었다. 하지만 암동이 어디 만만한 세력이었던가. 그들은 지금까지 살아가면서 실패는 많이 했어도 배신을 한 적이 없는 집단이다. 살수들의 세계에서는 배신없는 암동의 의리에 점수를 더 주고 있었다. 그만큼 끈끈한 집단이 암동이다. 또한 세력도 커서 백 명이 넘는 살수들을 거느리고 있다는 추측이 나돌고 있다. 그러한 집단이다 보니 장마소의 사건에서 벗어날 수는 없었다.

송백은 허탈한 생각을 하고 있었다. 그런 실력이었다면 군이 시신을 조사할 필요도 없었기 때문이다. 성격상 준비의 철저함을 알기 때문에 작은 일이라도 조심하려고 했던 자신이 약간은 어리석게 느껴졌다. 그렇다고 후회하는 것은 아니었다.

송백은 모르고 있지만 장마소는 그리 호락호락한 인물이 아니었다. 그렇게 쉽게 죽을 위인도 아니었지만 실전 경험도 없었고, 또한 아픔과 자신이 죽을지도 모른다는 두려움이 본 실력을 막은 것이다. 거기다 송백의 무공이 자기도 그 끝을 모르게 되어버린 사실도 있었다.

송백은 항산(恒山)으로 향하고 있었다. 어릴 때 기억으로 항산을 지나 북경으로 들어왔기 때문이다. 그곳에 가면 자신의 고향이 기억날 것 같았다.

어릴 때는 아무 생각이 없었으며 그저 시키는 대로 따라야 했다. 그런 어린 시절이 지나 생각이 있을 때는 전쟁이라는 이름 밑에 서 있었다. 그리고 죽음. 송백은 지금처럼 여유있고 자유로움을 느낀 적은 단 한 번도 없었다. 그리움에 몸부림칠 때는 수련만이 목표였다.

"강한 자만이 하고자 하는 일을 할 수 있다."

스승의 그 말이 늘 머리에서 떠나지 않았었다. 그렇기 때문에 단 한 번도 게으름 피운 적이 없었고, 열심히 했었다. 그런 시간 속에 어린 날의 기억이라곤 남은 것이 몇 개 없게 되었다. 깜깜한 어둠과 형과 희미한 얼굴의 부모님. 그리고 동방리.

그 모든 기억이 한순간에 마치 다시 그때를 사는 것 같은 착각이 들게 머리 속을 스쳐 간 것은 작년 이맘때쯤이었다. 이원신공의 뜻이 그릇이라는 것을 알게 되었을 때 그러함을 느꼈다. 지금은 그 기억으로 항산에 가는 것이었다.

"크악!"

노숙을 몇 날 하고 나서야 겨우 항산의 초입에 들어선 송백은 미미하게 들리는 병장기 소리와 사람의 비명 소리를 들을 수 있었다. 앞은 넓은 관도였으며 주변은 산으로 둘러싸여 있었다. 어디에서 나는지 알 수 있었지만 가고 싶은 생각은 없었다.

"으아악!"

또 한 번의 비명 소리가 귓가에 울렸다. 그것은 죽음을 알리는 외침이었고, 이승에서의 마지막 바람이었다. 하지만 죽음은 언제나 차별 없이 다가온다. 다른 사람이 죽는다면 자신도 언젠가는 저렇게 죽을 것이다. 단지 차이가 있다면 편한 죽음과 고통스런 죽음이다. 송백은 지금까지 무수히 많은 사람들의 죽음을 지켜보았다.

하지만 그 속에서 단 한 번도 자신의 죽음을 생각한 적은 없었다. 죽고 싶다는 생각은 했지만 그것은 생각일 뿐, 손은 언제나 상대를 자르고 있었다.

쉬이익!

관도는 비어 사람의 그림자는 단 하나도 찾을 수가 없었다. 그런 관도의 저편에서 바람이 불어왔다. 그 바람이 머리를 스치고 지나갈 때쯤 뒤편 숲에서 하나의 작은 인영이 튀어나와 반대편으로 들어갔다. 그 움직임은 찰나였고, 순간이었다.

"잡아!"

외침성이 들리며 십여 명의 무인이 튀어나온 것도 순간이었다. 검은 방립에 검은 피풍의를 두르고 있는 무인들이었다. 송백은 소리로 인해 본능적으로 고개를 돌렸다. 그 순간 반대편으로 튀어 들어가던 십여 명의 무인 중 후미의 무인 한 명이 미미하게 고개를 돌렸다. 돌리는 순간 흑의인의 신형은 관도의 중앙에 서 있었다. 찰나였고, 순간이었다.

사사삭!

숲을 헤치며 지나가는 무인들의 발걸음 소리가 점점 멀어지고 있었다.

송백은 고개를 돌리다 밀려드는 살기에 신형을 멈추었다. 그것은 장마소에게 느낄 수 없었던 살기였으며 본능적인 기도였다. 날카로운 이빨을 숨기고 있는 방립인의 왼손이 쓰고 있던 방립을 살짝 들어 올리며 흰 이빨을 드러내었다. 이빨이 드러나는 순간 오른 어깨가 미미하게 흔들렸다.

"죽어라."

순간적으로 오른손이 품에 들어갔다 튀어나오며 세 개의 빛무리가 번쩍였다. 섬광을 연상케 하는 빠름이었다.

번쩍!

송백의 가슴에서 세 개의 번개가 피어났다.

까가강!

투툭!

세 번의 금속음과 함께 세 개의 비도가 땅으로 떨어져 내렸다.

"……"

방립인은 잠시 동안 가만히 송백을 바라보고 있었다. 드러내고 웃었던 이빨은 굳게 닫혀 있었으며 방립은 깊게 눌러쓰고 있었다. 눈 깜짝할 사이에 일어났던 일이다. 그리고 비도는 정확하게 송백의 반보 앞에서 일렬로 떨어져 있었다. 어느 순간 송백의 오른손에는 검이 들려 있었다. 방립인도 검을 빼는 모습을 못 본 듯 침묵을 지키고 있었다.

"이름은?"

방립인의 낮고 차가운 음성이 밑으로 깔렸다.

"송백."

송백의 음성 또한 차갑게 가라앉아 있었다. 송백의 전신에서 뿜어져 나오는 기도가 방립인을 압박하고 있었지만 방립인은 처음 들어보는 이름인지 침묵했다.

"나는 추혼십이대(追魂十二隊)의 일곱째인 육관성이다."

살기 어린 목소리였다. 육관성에게는 송백을 죽일 이유가 있었다. 그것이 아무리 하찮은 것이라도 그 정도면 죽을 이유는 되었다. 자신들이 지나가는 것을 보았다는 이유도 포함되는 일이었다.

송백은 자신을 공격한 육관성의 이름에는 관심이 없었고, 추혼십이대라는 단체도 관심이 없었다. 단지 관심이 가는 것은 육관성의 움직임이었다.

'무림인.'

처음으로 무림인을 만나는 것 같다는 생각을 가지게 된 것이다. 그것만으로도 검을 들 충분한 이유가 있었다. 더욱이 상대는 자신을 죽이려 하지 않았던가? 송백은 검을 가슴 앞으로 끌어올리며 조용히 말했다.

"와라."

방립으로 가린 육관성의 입꼬리가 가늘게 위로 올라갔다. 지금까지 자신에게 이렇게 대담하게 나온 사람은 없었다.

"훗."

슥!

미미한 바람 소리와 함께 순간적으로 육관성의 신형이 흔들렸다. 그 순간 육관성의 신형이 송백의 가슴 앞에 나타났다. 나타나는 순간 송백의 옆으로 지나치고 있었다.

"……!"

송백의 눈동자가 커질 때 그 속으로 흰 섬광이 허리를 잘랐다.

퍽!

송백의 신형이 허리가 분리되어 상체와 하체가 위아래로 떨어졌다. 육관성의 입가에 미소가 걸렸다. 순간 상하로 분리되었던 송백의 신형이 흐릿하게 변하며 사라졌다. 순간적으로 육관성의 신형이 굳어지며 다리가 미미하게 떨리기 시작했다.

"빠르군."

육관성의 입에서 흘러내린 핏물이 땅으로 떨어질 때, 명치를 뚫고 나온 검날에 부딪치며 좌우로 퍼져 나갔다.

스슥!

명치를 뚫고 나온 검날이 서서히 육관성의 몸 안으로 들어가고 있었다.

"크으윽!"

육관성의 신형이 급격하게 떨기 시작했다. 그런 육관성의 뒷모습을 송백은 무심하게 바라보고 있었다. 불과 손가락 하나 정도의 거리에 서 있는 등이었다. 송백의 오른손이 서서히 뒤로 빠지고 있었다. 그런 가운데 피에 젖은 검신은 바닥으로 붉은 선혈을 뿌리고 있었고, 육관성의 전신은 강렬하게 떨리기 시작했다. 하지만 신음성은 처음에만 있었을 뿐, 그 이후로는 거친 숨소리만이 흘러나왔다.

슥!

살이 베이는 잔인한 소리가 끝나는 순간 육관성의 신형이 땅을 향해 쓰러졌다. 송백은 가만히 피 묻은 검신을 육관성의 피풍의에 닦아내며 검집에 넣었다. 그리고 시선을 옆구리로 돌렸다.

"……."

살짝 베여 피가 흘러내리고 있었다. 조금만 늦게 반응했어도 깊은 상처를 얻었을 것이다. 지금도 전신에 남아 있는 긴장감이 사라지지 않고 있었다. 송백은 가만히 옆구리를 바라보다 쓰러져 있는 육관성의 시신을 바라보았다. 여러 가지 생각들이 머리를 스치고 지나갔다. 송백의 입가에 씁쓸함이 앉았다.

"재미있군."

강북무림에는 많은 문파들이 존재한다. 그런 문파 가운데 사파는 과연 몇이나 있을까? 정파의 사람들이 사파라고 부르는 이유는 미미한 존재이기 때문이다. 무공도 그리 높지 않고, 하는 짓도 뒷거래가 많으니 사파라고 부를 수밖에 없었다. 흔히들 정파에서 말하는 사파는 시장의 잡배들이 모인 집단이 대다수다.

그런 사파이지만 정파무림인들이 무시할 수 없는 집단이 강북에는 두 곳이 존재한다. 하나는 살수들의 집합인 암동이고, 또 하나가 강북무림의 마정회(魔正會)다. 마정회는 철저히 이익을 위한 집단이었다. 돈과 도박, 그리고 살인. 그것을 즐기는 사람들이 모인 곳이 마정회다. 그들은 섬서와 산서, 감숙의 북부 지역을 주름잡고 있는 어둠이었으며,

법이었다. 그들은 잔인했으며 또한 철저했다. 그리고 강한 무림인들이 많이 존재했다.

무림에서 마정회가 철저하게 부딪치는 문파는 오직 하오문이었다. 명문과의 거리를 둔 마정회는 언제나 하오문과 부딪쳤다. 그로 인해 하오문에서는 다섯 명의 당주 중 한 명을 마정회를 견제하기 위해 보내야 했다. 그 사람이 염옥지였다. 염옥지가 당주라는 높은 지위에 있으면서도 변방이라 불리는 곳에서 생활하는 이유도 마정회에 대한 철저한 감시와 조사에 있었다.

마정회에서 추혼십이대는 어떤 의미로는 가장 무서운 단체였다. 마정회의 사업과 노략질, 인신매매 등 수많은 일들이 있다 보면 마정회를 배신하는 사람들도 나오기 마련이다. 그런 사람들을 척살하기 위해서 보내지는 것이 추혼십이대였다. 추혼십이대는 척살대로 무림에서도 알아주는 인물들도 가끔 섞여 있었다.

추혼십이대는 회주의 명령으로만 움직이며 그 명령은 언제나 살인이었다. 그러하기에 마정회에서도 고르고 고른 인물들로만 구성되었으며 늘 열두 명을 유지하고 있었다.

"놓쳤나?"

추혼십이대의 대주이자 조호이도(調號二刀)라 불리는 임조방은 방립을 벗으며 자리에 앉았다. 사십대의 나이처럼 얼굴에는 짧은 수염과 눈가에 난 두 개의 혈흔이 인상적으로 보이게 해주었다.

"놓친 것 같습니다. 아무래도 이곳의 지리를 잘 아는 것 같습니다."

그 옆으로 호리호리한 몸을 한 큰 키의 인물이 방립을 벗으며 앉았다. 삼십대 초반으로 보이는 날카로운 인상의 인물이었다. 추혼십이대의 셋째인 공노노였다. 그들 주변으로 여덟 명의 인물들이 모여 앉았다. 모두 추혼십이대의 인물들이었다.

"저희가 이렇게 한꺼번에 나오기도 오랜만인 것 같습니다."

임조방의 맞은편에 앉은 삼십대 후반의 인물이 말했다. 평범한 인상을 한 인물로 추혼십이대의 다섯째인 구이정이었다.

"그만큼 상대가 상대이니. 열째가 죽은 일은 피로 받아야지요."

구이정의 옆에 앉은 이십대 초반의 청년이 말을 하며 인상을 찌푸렸다. 여덟째인 호소형이었다. 임조방의 좌측으로 앉은 유일한 여성의 목소리가 울렸다.

"일곱째가 안 보이는구나."

추혼십이대의 둘째인 곡수림은 강호에서 칠정마수(七情魔手)라 불리는 여인으로 추혼십이대가 들어온 순서와 무공으로 서열을 정하는 단체인만큼 대단히 뛰어난 여고수였다. 그녀가 말하자 모두 인상을 찌푸렸다. 생각보다 오래 걸리기 때문이다.

"곧 오겠지요."

다섯째인 구이정이 대답하자 임조방의 인상이 굳어졌다.

"일단 이곳에서 좀 쉬다가 천천히 찾기로 하자. 어차피 이곳에서 갈 곳은 정해져 있으니. 그것보다 일곱째가 걱정이구나."

"제가 가보겠습니다."

호소영이 일어나며 말하자 임조방은 시선을 그 옆으로 돌렸다.

"막내도 같이 가거라."

"예."

막내라고 불린 십대 후반의 청년이 검을 들고 일어섰다. 그는 마정회주의 둘째 아들인 감주문으로 어린 나이에 추혼십이대에 들 수 있었다. 경험으로 생각하라는 회주의 배려도 있었다. 호소영이 사라지자 그 뒤로 재빠르게 몸을 움직이는 모습이 꽤나 믿음직스럽게 보였다.

"아무래도 일곱째가 늦는 것이 걱정이군요."

곡수림이 말하자 임조방도 고개를 끄덕였다. 일곱째인 관성은 손이 빠른 인물이었고, 급한 성격이었다. 단 한 번도 남을 기다리게 만든 적이 없었다. 임조방도 굳은 표정을 지었다.

"별일은 없을 테니 우리는 잠시 동안 기다리다 다시 출발하기로 하자. 어차피 다친 몸으로 움직인다 해도 항산을 벗어날 수는 없다. 벗어난다 하여도 갈 곳은 하나. 우리는 그저 천천히 즐기기만 하면 될 것이다."

곡수림은 미소를 그리며 방립을 썼다.

"햇살이 조금은 뜨겁군요. 송가의 피도 이렇게 뜨겁던데. 아쉽군요. 그 잘생긴 사람이 말이에요."

곡수림이 느긋한 음성으로 말하자 임조방은 미소 지었다. 배를 찌른 것은 곡수림이었기 때문이다.

"허억, 허억!"

가쁜 숨소리가 조용하게 수풀 사이에서 흘러나왔다. 나무에 기대앉은 백의인의 옷은 붉게 물들어 있었다. 청년은 고통스러운지 옆구리를 만지던 손에 힘을 주었다. 하지만 피가 흐르는 것을 멈출 수는 없었다. 곧 청년의 손이 움직이며 상의를 벗었다.

찌이익!

상의를 벗은 청년은 옆구리를 감으며 인상을 찌푸렸다.

"휴우."

깊게 내쉰 숨소리 속으로 고통스런 표정이 이어졌다. 청년은 옆구리를 감던 손을 들어 보았다. 양손이 퍼렇게 변해가며 이미 오른팔은 어깨까지 변색되어 있었다.

"독(毒)이라."

청년은 옆에 놓은 책자를 바라보며 인상을 찌푸렸다. 결국 그들이 자신을 따라오는 이유가 이 책 때문일 거란 생각이 든 것이다. 힘은 점점 사라져 갔고, 내공도 모이지 않았다. 결국 한 명을 죽일 수는 있었지만 곡수림의 검에 찔리고 말았다.

"휴우."

청년은 다시 한 번 숨을 몰아쉬며 책을 옆구리에 끼어넣으며 도를 들었다. 백색의 도집과 은백색으로 빛나는 손잡이가 인상적인 도였다. 청년은 일어서며 잠시 동안 머리를 잡고 나무에 기댔다. 어지러웠기 때문이다. 혼미해진 정신으로 청년은 발걸음을 옮기고 있었다.

관도에 나타난 두 명의 검은 인영은 가만히 서서 앞에 쓰러져 있는 시신을 응시하고 있었다. 마르지 않은 피가 그들의 눈에 들어왔다.

"형님."

호소영이 앉으며 조용히 말했다. 목소리에서 전해지는 살기가 주변의 공기를 흔들리게 하였다. 호소영은 시신의 옆으로 흘러나온 핏물을 손으로 만지며 아직 마르지 않은 것을 확인했다.

"우리와 헤어지고 바로 죽은 것 같다."

"명치를 뚫고 나온 것 같습니다."

옆에 앉은 감주문이 차갑게 말했다.

"단 일 초."

호소영은 다른 상처가 없는 것을 확인하곤 표정을 굳혔다. 육관성을 일 초로 죽일 수 있는 사람이 과연 몇 명인지 머리 속으로 생각하기 시작했다. 하지만 아무리 생각해도 많지 않았다. 호소영은 이곳을 지날 때 서 있던 인물의 뒷모습을 생각했다. 자신들이 이곳을 지나간 것을 보았기에 죽어야 하는 인물이었다. 그만큼 이번 일은 중요한 일이었다.

호소영은 육관성의 시신을 들고 일어섰다. 아직까지 핏방울이 떨어지고 있었다.

"일단 돌아가자. 송영을 잡으면 육 형님의 복수를 시작할 것이다."

"알겠습니다."

옆에서 관성의 비도를 챙기던 감주문이 대답했다.

"가자."

말을 마친 호소영이 땅을 박차고 숲으로 들어갔다. 그 뒤로 감주문이 따랐다.

항산의 서북부 끝 자락으로 들어서는 곳에 작은 마을이 있었는데 과거에는 송가촌(松家村)이라 불렸다. 하지만 지금은 그저 폐허만이 남아 있을 뿐이었고, 어디에도 마을의 흔적은 없었다. 그저 불타 없어진 작은 잔해들만이 남겨져 있을 뿐이었다. 그곳에 사람의 발길이 들어선 것은 오후 늦게였다. 검은 인영은 주변을 둘러보며 무언가를 찾는 것 같았다. 그러다 어떤 나무 밑으로 가던 흑영은 가만히 서서 나무의 기둥을 만져 보았다.

"아니군."

송백은 과거의 기억을 떠올리며 무언가를 찾아보았다. 분명히 기억에는 있는 곳이었다. 하지만 자신이 찾는 곳은 아니었다. 송백은 천천히 걸음을 옮겨 마을을 벗어나기 시작했다. 저 멀리 작은 지붕의 모습이 보이고 있었다. 그곳으로 걸음을 옮기던 송백의 머리에 하나둘씩 선명해져 오는 기억이 남겨지고 있었다.

"형."

조금은 커 보이는, 조금은 넓어 보이는 어깨와 조금은 어른스러웠던 얼굴이었다. 그리고 그 얼굴과 함께 이 길을 몇 번이고 걸었던 기억이 떠올랐다. 선명하지는 않았지만 남겨져 있었다. 잊은 것 같았지만 잊지 못하고 있었던 것이다. 송백은 저도 모르게 미소 지었다. 걸음은 자신도 모르게 빨라졌으며 마음은 점점 가볍게 변하고 있었다. 그리고 앞에 보이는 작은 언덕을 넘어 많은 소나무가 서 있는 곳을 지나갔다.

"……."

송백은 소나무가 많은 길의 중앙에 서서 앞에 보이는 커다란 정문을 응시했다. 지금까지 들떠 있던 기분이 순식간에 가라앉으며 표정이 굳어졌다. 문은 어디로 갔는지 없었으며 그렇게 높아 보이던 담장도 발목까지 허물어져 있었다. 어릴 때 보았던 높고 커다란 대청도 그 흔적만이 남았을 뿐, 아직까지 서 있는 몇 개의 기둥만이 눈에 들어왔다.

"후후후."

송백은 저도 모르게 웃음을 흘렸다. 어리석은 자신에 대한 비웃음이었다. 자신은 어른이었고, 지금은 그때의 시간이 아니었다.

삐걱!

대문의 부서진 파편을 뒤로 밀치며 안으로 들어선 송백은 저 멀리 허물어진 담벼락 너머로 보이는 작은 안채를 발견했다. 송백은 그곳으로 걸음을 옮기며 감회에 젖어 있었다. 그렇게 기억하고 싶어도 기억할 수 없었던 곳이었다. 하지만 지금은 조금씩 선명하게 기억이 나고 있었다.

"다섯 살 때의 기억뿐인가. 그 이전은… 전혀 모르겠으니."

송백은 중얼거리며 무릎까지 자란 잡초들을 헤치며 안채로 걸어갔다. 반은 허물어진 건물의 잔해 속에서 어머니의 모습이 나타났다. 기억은 잘 안 나지만 꽤나 미인이었고, 따뜻한 느낌이었다. 그 품으로 송백은 달려들었고, 그 모습을 아버지가 지켜보고 있었다. 꽤나 정겨운 상상이었다.

끼이익!

송백의 발이 풀숲을 헤치고 반쯤 열린 안채의 문을 당겼다. 거친 소리가 흘러나오며 문이 움직였다. 한쪽은 허물어져 햇살이 들어왔지만 남은 한쪽은 지붕이 있어 어두웠다. 그 어두운 안쪽에서 작고 희미한 불빛이 반짝였다. 송백의 눈이 불빛을 발견하는 순간 순식간에 눈동자에 확산되어 들어왔다.

"흡!"

팟!

송백의 신형이 옆으로 틀어지며 빛무리가 가슴을 베고 지나갔다. 살이 베이며 핏방울이 흘러내렸지만 송백은 무심하게 어둠을 응시했다.

"제길, 실패인가."

몰아쉬는 숨소리와 짙은 혈향이 코끝을 자극하고 있었다. 앉아 있는 청년의 눈은 어둠으로 가득 차 있었다. 송백은 무심하게 청년을 바라보았다.

"마정회가 아니었나?"

청년의 말에 송백의 눈동자가 굳어졌다. 마정회란 이름이 머리를 자극했기 때문이다.

"아니오."

송백의 입에서 짧은 목소리가 울리자 앉아 있던 청년은 숨을 몰아쉬며 미소 지었다. 송백의 눈은 청년의 손에 잡혀 있는 백색의 도에 집중되고 있었다. 흰빛이 싸늘하게 예기를 발산하는 도였다. 송백은 굳은 표정을 좀처럼 풀지 못하고 있었다. 송백의 눈이 도에서 청년의 옆구리에 박혀들었다. 하지만 그것보다 상체가 푸르게 변한 것이 송백의 눈을 어지럽혔다.

"다행이군, 다행이야. 이 책을… 좀 전해주겠소, 무림관의 기수령에게……."

청년의 손이 바닥에 떨어진 책을 집어 들며 말했다. 거친 숨소리에 섞인 작은 목소리였다. 송백은 고개를 끄덕였다. 불빛에 가려 잘 보이지는 않지만 송백의 행동을 읽었는지 청년은 손을 내리며 숨을 깊게 내쉬었다.

"사람이… 죽을 때가 되면… 고향에 가고 싶어한다고 했지. 나도 그런 사람에서 벗어날 수는 없었던 것 같네. 이렇게 집이 그리우니."

청년의 말소리에 송백은 한 걸음 앞으로 다가섰다. 그러자 허물어진 건물들 사이에서 들어오는 저녁의 햇살이 상체를 비춰주었다. 청년의 눈이 약간은 흔들렸다. 청년은 곧 미소 지으며 입을 열었다.

"나에게는 동생이 있었는데… 꼭 형장을 닮았소. 아마 컸다면… 형장과 비슷한 나이였을 것이오. 형장은 형제가 있소?"

송백은 가만히 고개를 저었다. 그 모습에 청년은 다시 말했다.

"형장은 불쌍한 사람이었구려. 보고 싶은 그리움을 모를 테니 말이오."

송백은 청년의 얼굴을 바라보다 목에 걸린 반쪽의 승룡패를 가만히 응시하고 있었다. 그것을 바라보는 송백의 눈은 차갑게 살기를 피우고 있었다. 송백의 손이 무의식적으로 검의 손잡이를 잡아갔다.

"찾아다니고 또 찾아다니고… 수많은 날들을 찾아다니며 빌었지. 살아 있기만을."

서서히 고개를 숙이는 청년의 목소리가 작게 잠겨들기 시작했다. 송백의 손이 멈춰 섰다.

"살아 있어만 준다면. 다시 만난다면 두 번 다시 그런 실수를 하지 않는다고… 맹세하고 하늘에 빌었지만."

고개 숙인 청년의 목소리가 잠기며 볼을 타고 눈물방울이 흘러내렸다.

"죽고 싶지 않아."

"……."

송백은 가만히 고개 숙인 청년을 바라보기만 했다.

이미 일도(一刀)를 피했을 때부터 알고 있었다. 죽기 전에 모든 것을 쏟아내었다는 것을… 우습다는 생각도 들었다. 자신이 왜 여기에 이렇게 서 있는지 이렇게 청년을 바라보며 왜 움직이지 못하는지 스스로도 알지 못했다.

"안… 떠난다면서……."

송백의 입이 미미하게 움직이며 열렸다. 떨리는 것은 그 스스로도 어쩔 수 없는 일이었다. 머리는 차갑게 식어갔고, 눈동자는 서늘한 한기를 품고 있었다.

"왜 자꾸 나를 화나게 하는데……."

송백의 신형이 숙여지며 청년을 안아 들었다. 차갑게 식어버린 청년의 몸에서는 역한 냄새가 미미하게 풍겨 나왔다. 하지만 송백은 인상을 찌푸리기보다 더욱 싸늘하게 눈을 빛냈다. 송백의 발이 어두운 그늘을 벗어나 밝은 곳으로 나왔다. 그곳에 청년을 내려놓은 송백은 그 옆에 가만히 앉았다.

슬픔도 없었다. 그렇다고 화가 나는 것도 아니었다. 그저 담담하기만 했다. 죽었다고 생각했을 때 들었던 심장의 울림도 차갑게 가라앉았다.

"크큭."

송백의 입가에 옅은 웃음소리가 흘러나왔다.

"하하하하."

송백은 곧 고개를 들어 하늘을 바라보았다. 해가 지고 어두움이 서서히 다가오고 있었다. 우습다는 생각이 들었다. 결국은 모두 죽은 것이다. 그것이 우습게 느껴졌다.

"내가 화가 나는 건… 형이 나를 버려서가 아니야."

송백의 오른손이 어두운 그늘로 움직이자 바람 소리와 함께 책자와 백색의 도가 빨려 들어오듯 송백의 손 안으로 들어왔다.

"내 허락도 없이 죽었다는 거야. 그게 화가 나. 하지만 더 화가 나는 건 무엇인 줄 알아."

송백은 책자를 바닥에 내려놓으며 도를 손에 쥐었다. 그리곤 손을 일자로 펴며 도끝을 시선의 높이와 일직선상에 놓았다. 마치 어두워져 가는 서산을 쪼개듯이 살기가 서서히 번지고 있었다.

"다른 사람 손에 형이 죽었다는 거야."

송백은 가만히 들어 올린 도를 옆으로 그었다.

쉬악!

순식간에 가느다란 초승달의 빛무리가 허물어진 담장을 향해 날아 들었다.

퍽!

"크아악!"

소음과 함께 담장을 뚫고 지나간 가는 초승달이 비명을 먹었는지 공기 중에 사라져 갔다. 송백의 눈이 담을 향하고 있었다. 길게 반 장 가까이 일직선의 선이 생겼으며 약간의 공간이 보였다. 그리고 그 속에서 바람이 미미하게 들어왔다.

하지만 그것보다 시선을 잡은 것은 담벼락이 미미하게 움직이며 사람의 형상을 나타내기 시작했을 때였다. 그렇지만 그 사람은 더 이상 사람일 수 없었다. 나타나는 순간 허리 위가 미끄러지듯 움직이며 땅으로 떨어졌다. 흑색의 피풍의와 검은 방립. 송백은 자리에서 일어섰다. 눈앞으로 십여 명의 흑의인이 모습을 나타낸 것도 송백이 일어서는 순간이었다.

『송백』 3권으로 이어집니다